Le Livre de Poche Jeunesse

ARKANGE

ANTHONY HOROWITZ

ARKANGE

ALEX RIDER
TOME 6

Traduit de l'anglais par Annick Le Goyat

Cet ouvrage a paru en langue anglaise
chez Walker Books (Londres)
sous le titre :
ARK ANGEL

1

FORCE TROIS

La bombe avait été réglée sur quinze heures trente précises.

Bizarrement, l'homme qu'elle était destinée à tuer en connaissait probablement davantage sur les bombes et le terrorisme que n'importe qui d'autre dans le monde. Il avait même écrit des livres sur le sujet. *Protection maximale – Cinquante moyens pour vous protéger chez vous et à l'étranger* n'était sans doute pas le titre le plus percutant, mais l'ouvrage avait été vendu à vingt mille exemplaires aux États-Unis, et l'on disait que le président lui-même en gardait un sur sa table de chevet. L'auteur ne se considérait pas comme une cible, néanmoins il faisait toujours preuve de prudence. Comme il le disait souvent en plaisantant, ce serait mauvais pour les affaires s'il était volatilisé en traversant la rue.

L'homme s'appelait Max Webber. Petit, replet, le nez chaussé de lunettes en écailles de tortue, les cheveux teints en noir corbeau. Il se vantait d'être un ancien du SAS[1] – ce qui était vrai. Mais il omettait de préciser qu'il en avait été éjecté sitôt sa première période de service finie. À quarante ans, Webber avait ouvert, à Londres, un centre d'entraînement où l'on apprenait aux riches hommes d'affaires à se protéger. Il était devenu écrivain et journaliste, et apparaissait fréquemment à la télévision pour débattre des questions de sécurité internationale.

Ce jour-là, il était invité à discourir devant la IVe conférence de Sécurité internationale, qui se déroulait dans la salle des congrès Reine-Elizabeth, sur la rive sud de la Tamise, à Londres. Le bâtiment entier était défendu par un cordon de police. Des hélicoptères l'avaient survolé toute la matinée et des chiens renifleurs étaient postés dans le hall. Mallettes, appareils photo et autres instruments électroniques étaient rigoureusement interdits dans l'auditorium. Plus de huit cents congressistes, originaires de dix-sept pays, avaient dû franchir un contrôle très strict avant d'entrer. Parmi eux, des diplomates, des hommes d'affaires, des politiciens de renom, des journalistes et des membres de divers services de sécurité. Il fallait que tous ces gens se sentent en lieu sûr.

Alan Blunt et Mme Jones se trouvaient eux aussi dans l'assistance. Le directeur et la directrice adjointe des Opérations spéciales du MI 6 devaient se tenir au courant des dernières évolutions, même si Alan Blunt ne voyait là qu'une perte de temps. Des congrès semblables, et tout aussi inutiles, se tenaient régulièrement dans toutes les grandes capitales. Les experts discouraient, les politiciens mentaient, les journalistes griffonnaient. Puis chacun ren-

---

1. *Special Air Service* : équivalent du GIGN.

trait chez soi et rien ne changeait. Alan Blunt s'ennuyait. Il avait l'air de somnoler.

À quatorze heures quinze exactement, Max Webber prit la parole.

Il était vêtu d'un élégant costume et s'exprimait lentement, d'un ton sec et plein d'autorité. Il avait des notes devant lui mais les consultait rarement. Il gardait souvent les yeux fixés sur le public, s'adressant à chaque personne individuellement. Dans une salle de projection vitrée dominant la salle, neuf interprètes parlaient doucement devant des micros, avec un décalage d'une ou deux secondes sur l'orateur. Ici et là, dans l'auditoire, on apercevait des hommes et des femmes tenant une main pressée sur leur écouteur, attentifs à ce qui se disait.

Webber tourna une page.

— On me demande souvent quel est le groupe terroriste le plus dangereux du monde. La réponse n'est pas celle que vous imaginez. C'est une organisation que vous ne connaissez peut-être pas mais qui est redoutable, croyez-moi. Je vais vous en dire quelque mots.

Il pressa un bouton placé sur son lutrin.

Deux mots s'affichèrent derrière lui, projetés sur un écran géant :

FORCE TROIS

Au cinquième rang, Blunt rouvrit les yeux et se tourna vers Mme Jones. Il semblait perplexe. Elle opina de la tête. L'un et l'autre furent soudain en alerte.

— Ce groupe se fait appeler Force Trois, poursuivit Webber. C'est une allusion au fait que la Terre est la troisième planète par rapport au Soleil. Les membres de

Force Trois ne se considèrent pas comme des terroristes. Ils préféreraient probablement être vus comme des éco-guerriers, combattant pour protéger notre planète des périls de la pollution. Pour résumer, ils luttent contre les altérations du climat, la destruction des forêts tropicales, l'usage de l'énergie nucléaire, les manipulations génétiques et la mondialisation. Des positions parfaitement honorables, vous me direz. Leur programme se rapproche de celui de Greenpeace. Mais il y a une différence : les membres de Force Trois sont des fanatiques. Ils sont prêts à éliminer quiconque se met en travers de leur route. Et ils ont déjà tué à plusieurs reprises. Ils réclament le respect de l'environnement mais n'ont pas le moindre respect pour la vie humaine.

Webber pressa de nouveau le bouton et une photo apparut sur l'écran. Un brouhaha agita l'assistance. À première vue, cela ressemblait à une image du globe terrestre. Puis on découvrait que le globe reposait sur des épaules. Enfin on comprenait qu'il s'agissait d'un homme. Un homme avec une tête très ronde et entièrement rasée – sourcils compris –, sur laquelle était tatouée la carte du monde. L'Angleterre et la France lui couvraient l'œil gauche. Terre-Neuve sortait du droit. L'Argentine flottait sur un côté de la nuque. Un hoquet de consternation écœurée parcourut le public. L'homme était un monstre.

— Je vous présente le commandant de Force Trois, reprit Webber. Comme vous le voyez, il se préoccupe tellement de la planète qu'elle lui est montée à la tête. Son nom, du moins celui qu'il se donne, est Kaspar. On connaît très peu de chose sur lui. On pense qu'il pourrait être français, mais on n'a aucune certitude sur son lieu de naissance. On ignore également où il s'est fait faire ces tatouages. Ce que je peux vous assurer, en revanche, c'est que Kaspar a été très actif au cours des six derniers mois. Il est responsable de l'assassinat, en juin, de Marjorie Schultz, une journaliste berlinoise dont le seul crime a été d'écrire un article critiquant Force Trois. Il a planifié l'enlèvement et le meurtre de deux membres de la Commission à l'énergie atomique à Toronto. Il a organisé des explosions dans six pays, notamment au Japon et en Nouvelle-Zélande. Il a détruit une usine de construction automobile au Dakota. Et je peux vous affirmer, mesdames et messieurs, que Kaspar adore son travail. Chaque fois que cela lui est possible, il appuie lui-même sur le bouton. À mon avis, Kaspar est l'individu le plus dangereux du moment, pour la simple raison qu'il croit que le monde entier est avec lui. Et, dans un sens, il a raison. Je suis certain qu'il y a parmi vous de nombreuses personnes favorables à la protection de l'environnement. L'ennui est que Kaspar n'hésiterait pas à vous tuer tous s'il pensait que cela l'aidait à atteindre ses objectifs. Voilà pourquoi je lance cet avertissement. Trouvez Kaspar. Trouvez Force Trois avant que ces fanatiques commettent d'autres crimes. Car, à chaque jour qui passe, ils deviennent une menace plus sérieuse et plus mortelle.

Webber s'interrompit, tourna une page de ses notes, et enchaîna sur un sujet différent. Vingt minutes plus tard, à quinze heures précises, il termina son exposé, salué par des applaudissements polis.

À l'issue de la session, du café et des biscuits furent servis dans le foyer, mais Webber ne s'attarda pas. Il serra rapidement la main d'un diplomate de sa connaissance, échangea quelques mots avec des journalistes, puis s'en alla. Il se dirigeait vers la sortie de l'auditorium quand il se trouva nez à nez avec un homme et une femme qui lui barraient le chemin.

C'était un couple étrange. Ou plutôt une paire car, bien que du même âge, on ne pouvait en aucun cas les imaginer mariés. La femme était mince, avec des cheveux noirs coupés court. L'homme était plus petit, avec des cheveux gris, et absolument rien qui attirait l'intérêt.

— Alan Blunt ! s'exclama Webber avec un sourire. Et Mme Jones !

Peu de personnes les auraient reconnus, mais Webber n'eut aucune hésitation.

— Nous avons apprécié votre intervention, monsieur Webber, dit Blunt, sans pourtant laisser percer le moindre enthousiasme.

— Merci.

— Particulièrement vos commentaires sur Force Trois.

— Vous connaissez cette organisation, bien entendu ?

La question s'adressait à Blunt, mais ce fut Mme Jones qui répondit :

— En fait, nous en savons peu de chose. Il y a six mois, Force Trois n'existait pas encore.

— C'est exact. Kaspar et ses amis n'ont fait parler d'eux que très récemment.

— Vous semblez très informés sur leur compte, monsieur Webber. Nous aimerions beaucoup connaître vos sources.

— Vous savez bien que je ne peux pas les dévoiler, madame Jones, répondit Webber avec un sourire désinvolte.

Puis il devint soudain sérieux et ajouta :

— Mais je trouve très préoccupant que les services de

sécurité de notre pays soient si ignorants. N'êtes-vous pas censés nous protéger ?

— C'est la raison de cette discussion, monsieur Webber, rétorqua Mme Jones. Si vous détenez des renseignements, vous devriez nous les communiquer...

— Je vous en ai dit assez, je crois, coupa Webber. Si vous voulez en apprendre davantage, je vous suggère d'assister à ma prochaine conférence. Je fais une intervention à Stockholm, dans une quinzaine de jours, et il se pourrait que j'aie d'autres informations à divulguer sur Force Trois. Si c'est le cas, je serai ravi de vous en faire profiter. Maintenant, si vous le permettez, je vais prendre congé.

Webber passa entre eux deux et gagna le vestiaire. Il ne put s'empêcher d'esquisser un sourire. Tout s'était parfaitement déroulé, et la rencontre avec Blunt et Mme Jones apportait un bonus inattendu. Il fouilla dans sa poche et en sortit un petit jeton de plastique qu'il remit à l'employé du vestiaire. Son téléphone mobile lui avait été confisqué à l'entrée : une mesure de sécurité que lui-même préconisait dans son livre et dont il subissait le désagrément.

Quatre-vingt-dix secondes plus tard, il émergea sur l'esplanade, devant la rivière. Pour un début d'octobre, la température était encore douce. Sous le soleil, l'eau avait pris une teinte bleu foncé. Il y avait peu de monde alentour : surtout des enfants qui faisaient des allées et venues sur leurs planches à roulettes. Webber les examina tous pour s'assurer qu'aucun d'eux ne le surveillait. Il décida de rentrer chez lui à pied plutôt qu'en taxi ou en transport en commun. Son livre préconisait une autre mesure de prudence : *Dans une grande ville, vous êtes toujours plus en sécurité en plein air et à pied.*

Il avait à peine parcouru quelques mètres que son portable vibra dans sa poche de veste. Il le sortit. Quelque part, dans le fin fond de son esprit, il avait le souvenir de l'avoir éteint avant de le confier au préposé du vestiaire. Cependant il se sentait si content de lui et de son exposé qu'il ignora cette légère pointe de doute.

Il était quinze heures et vingt-neuf minutes.

— Allô ?

— *Je vous appelle pour vous féliciter, monsieur Webber. Tout s'est bien passé.*

La voix était douce et curieusement artificielle. Son correspondant n'était pas un Anglais de souche mais quelqu'un qui avait appris la langue avec application. La prononciation était trop réfléchie, trop précise. Et le ton totalement dénué d'émotion.

— Vous m'avez écouté ? demanda Max Webber en continuant de marcher.

— *Oui, bien sûr. Je suis très satisfait.*

— Vous saviez que le MI 6 était dans la salle ?

— *Non.*

— J'ai parlé avec eux, en sortant. Ils semblaient très intéressés par ce que je pouvais leur apprendre, dit Webber en pouffant doucement de rire. Je devrais peut-être augmenter mon tarif.

— *Nous nous en tiendrons à notre accord initial, répliqua la voix.*

Max Webber haussa les épaules. Deux cent cinquante mille livres représentaient une jolie somme. Versée sur un compte bancaire secret, net d'impôt, ni vu ni connu. Et pour un travail d'une telle simplicité. Un quart de million de livres en dix minutes !

Au bout de la ligne, le correspondant reprit la parole, la voix soudain teintée de tristesse :

— *Il y a juste un détail qui me préoccupe, monsieur Webber.*

— Lequel ?

En arrière-fond, Webber perçut autre chose. Une sorte d'interférence. Il colla le téléphone plus étroitement contre son oreille.

— *Dans votre exposé, aujourd'hui, vous vous êtes fait un ennemi de Force Trois. Or, comme vous l'avez vous-même souligné, ces gens sont impitoyables.*

— Ni vous ni moi n'avons à nous inquiéter de Force Trois, répliqua Webber en jetant un coup d'œil autour de lui pour s'assurer qu'on ne pouvait l'entendre. Et vous semblez oublier, mon cher, que j'ai appartenu au SAS. Je sais veiller sur ma sécurité.

— *Vraiment ?*

Y avait-il une moquerie dans la voix ? Pour une raison indéfinissable, Webber commença à se sentir mal à l'aise. Et l'interférence augmenta. Se précisa. Il devina une sorte de cliquetis.

— Je n'ai pas peur de Force Trois ! fanfaronna-t-il. Je n'ai peur de personne ! Arrangez-vous seulement pour que l'argent arrive sur mon compte.

— *Au revoir, monsieur Webber, dit la voix.*

Il y eut un déclic.

Une seconde de silence.

Puis le téléphone mobile explosa.

Max Webber l'avait tenu plaqué contre son oreille. S'il entendit l'explosion, il était déjà mort avant d'en réaliser l'origine. Deux joggers qui approchaient en sens inverse poussèrent un hurlement en découvrant la chose qui, quelques instants plus tôt, leur apparaissait comme un homme tombé en travers de leur chemin.

L'explosion fut étonnamment sonore. On l'entendit dans la salle de conférence où les délégués s'attardaient à siroter du café et à se congratuler. Ils entendirent également les sirènes des ambulances et des voitures de police arriver rapidement sur les lieux.

Un peu plus tard, Force Trois contacta la presse pour revendiquer l'attentat. Max Webber leur avait déclaré la guerre, il devait donc mourir.

Ils profitèrent du coup de téléphone pour lancer un avertissement inquiétant.

Leur prochaine cible était déjà choisie.

Et ils projetaient une action que le monde n'oublierait pas.

2

LE GARÇON DANS LA CHAMBRE 9

L'infirmière, une jeune femme blonde de vingt-trois ans, était nerveuse. C'était seulement sa deuxième semaine à St. Dominic, l'une des cliniques privées les plus huppées de Londres. Des rock stars et des vedettes de la télévision la fréquentaient, disait-on. Ainsi que des VIP de pays étrangers. À l'hôpital, ils n'étaient plus des *very important persons* mais des *very important patients*. Même les gens célèbres tombent malades, et ceux qui souhaitaient se faire soigner dans un établissement cinq-étoiles choisissaient St. Dominic. Les chirurgiens et les médecins jouissaient d'une renommée internationale. La nourriture était si bonne que certains patients, selon la rumeur, feignaient d'être trop faibles afin de prolonger leur séjour.

Ce soir-là, l'infirmière poussait son chariot de médicaments dans un large couloir brillamment éclairé. Elle portait une blouse blanche immaculée, avec son nom : *D. MEACHER*, sur un badge épinglé à son uniforme. Plusieurs internes avaient déjà parié pour savoir lequel d'entre eux parviendrait à sortir avec elle.

Elle s'arrêta devant une porte ouverte. Chambre 9.

— Bonjour, dit-elle. Je m'appelle Diana Meacher.

— Enchanté, répondit l'adolescent de la chambre 9.

Assis dans son lit, Alex Rider lisait un manuel de français qu'il aurait normalement dû étudier à l'école. Son col de veste de pyjama bâillait et l'infirmière vit les bandages croisés sur son torse. Elle le trouva beau. Il avait des cheveux blonds, un regard brun et grave qui semblait avoir vu trop de choses. Elle savait qu'il avait quatorze ans, mais il paraissait plus âgé. La souffrance, sans doute. Ayant lu son dossier médical, l'infirmière Meacher était au courant de ce qu'il avait enduré.

En fait, il aurait dû être mort. Alex Rider avait reçu une balle de 22 long rifle d'une distance de soixante-quinze mètres. Le tireur avait visé le cœur. S'il avait atteint sa cible, Alex n'aurait eu aucune chance de survivre. Mais rien n'est sûr, pas même un meurtre. Un mouvement infime lui avait sauvé la vie. À la sortie du quartier général du MI 6, sur Liverpool Street, il avait posé le pied droit sur le trottoir légèrement plus bas que le seuil de l'immeuble, au moment précis où la balle l'atteignait. Ainsi, au lieu de lui traverser le cœur, la balle avait pénétré un demi-centimètre plus haut et ricoché sur une côte avant de ressortir horizontalement sous le bras gauche.

Aucun organe vital n'avait été touché, mais le projectile avait entaillé l'artère sous-claviculaire qui passe au-dessus du poumon et alimente le bras. C'était la douleur qu'avait ressentie Alex au moment de l'impact. Le sang de l'artère endommagée s'était répandu entre le poumon et la cage thoracique, l'empêchant de respirer. Le choc ou la perte de sang auraient pu lui être fatals. À sa place, un homme aurait probablement succombé. Mais le corps d'un adolescent est différent de celui d'un adulte. Chez un individu jeune, une artère se ferme automatiquement si elle est coupée – phénomène que ne peuvent expliquer les médecins –, ce qui limite la perte de sang. Alex était inconscient mais il respirait encore lorsque, quatre minutes plus tard, arriva la première ambulance.

Les secouristes ne pouvaient pas faire grand-chose : intraveineuse, oxygène, légère compression autour du point d'entrée de la balle. Mais c'était suffisant. Ils avaient conduit le blessé à toute vitesse à St. Dominic, où les chirurgiens avaient ôté les petits fragments d'os et mis un greffon sur l'artère. Alex avait passé deux heures et demie sur la table d'opération.

À le voir maintenant, personne n'aurait pu se douter qu'il avait failli mourir. Il avait le teint clair et l'œil vif. L'infirmière entra dans la chambre. Alex ferma son livre et se cala contre ses oreillers. C'était sa dernière nuit à l'hôpital. Il y séjournait depuis dix jours et sortait le lendemain. L'infirmière le savait ; elle savait aussi qu'elle n'était pas autorisée à poser trop de questions. Un avertissement figurait en grosses lettres sur le dossier « Rider » :

> *PATIENT 9/75958 – RIDER ALEX : CAS PARTICULIER (RMOS) – PAS DE VISITEUR NON AUTORISÉ. PAS DE JOURNALISTES. TRANSMETTRE TOUTES LES DEMANDES AU DR HAYWARD.*

Tout cela était très étrange. On avait prévenu Diana Meacher qu'elle rencontrerait des gens intéressants à

St. Dominic, et elle avait signé une clause de confidentialité sur son contrat d'embauche. Mais jamais elle n'aurait imaginé un cas de ce genre. Le sigle RMOS signifiait « Renseignement militaire Opérations spéciales ». Quel lien pouvait avoir un adolescent avec un service secret ? Comment Alex avait-il reçu une balle ? Et pourquoi deux policiers armés avaient-ils monté la garde devant sa chambre pendant les quatre premiers jours de son hospitalisation ? Diana chassa ces questions de son esprit et s'approcha avec le plateau de médicaments. Finalement, peut-être aurait-elle mieux fait de rester dans le service public.

— Comment te sens-tu ? demanda-t-elle.

— Bien, merci.

— Content de rentrer chez toi ?

— Oui.

Diana prit conscience qu'elle dévisageait Alex et reporta son attention sur les médicaments.

— Tu as mal ? Tu veux quelque chose pour t'aider à dormir ?

— Non, merci, ça va.

Il secoua la tête. Une fraction de seconde, une lueur de doute traversa son regard. La douleur dans sa poitrine s'était dissipée mais il savait qu'elle ne disparaîtrait jamais totalement. Il la devinait, en ce moment même, lointaine et vague, comme un mauvais souvenir.

— Tu veux que je revienne plus tard ?

— Non, ça ira. Merci, répondit-il en souriant. Je n'ai besoin de personne pour me border.

Diana rougit.

— Ce n'est pas ce que je voulais dire. Si tu as besoin

de moi, je suis au bout du couloir. Tu peux m'appeler n'importe quand.

— Je le ferai peut-être.

L'infirmière quitta la chambre, laissant derrière elle un sillage parfumé – bruyère et fleurs d'été. Alex huma l'air. Il avait l'impression que, depuis sa blessure, ses sens s'étaient aiguisés.

Il reprit son livre, puis changea d'avis. Au diable les leçons de français. La conjugaison des verbes pouvait attendre. Son propre futur le préoccupait davantage.

Il passa en revue la pièce impeccable, doucement éclairée, qui faisait de son mieux pour avoir l'air d'une chambre d'hôtel de luxe et non d'hôpital. Une télévision trônait sur une tablette d'angle, actionnée par une télécommande posée à côté du lit. La fenêtre donnait sur une large avenue bordée d'arbres, dans un quartier nord de Londres. La chambre se trouvait au deuxième étage, parmi une douzaine d'autres disposées en cercle autour d'un hall d'accueil moderne et étincelant. Dans les jours qui avaient suivi son opération, Alex avait été submergé de fleurs, mais il avait demandé qu'on les enlève. Il avait l'impression d'être dans un salon funéraire et préférait demeurer parmi les vivants.

Mais les cartes de vœux étaient toujours là. Il en avait reçu plus de vingt, étonné que tant de gens soient au courant de ses mésaventures et lui manifestent leur amitié. Une douzaine venaient du collège : une du principal, une de Miss Bedforshire, la secrétaire administrative, et plusieurs de ses camarades. Tom Harris lui avait fait parvenir quelques photos prises au cours de leur voyage à Venise, avec ce message :

Ils disent que tu as été opéré de l'appendicite mais je parie que c'est autre chose. Guéris vite.

Tom était la seule personne au collège Brookland à connaître la vérité sur Alex.

Même Sabina Pleasure, qui avait appris la nouvelle on ne savait comment, lui avait adressé un petit mot de San Francisco. Elle disait se plaire en Amérique mais regretter l'Angleterre, et espérait venir à Noël. Quant à Jack Starbright, elle lui avait envoyé la plus grande carte de toutes, et l'avait fait suivre de chocolats, de magazines, de boissons énergétiques, qu'elle lui apportait deux fois par jour. Il y avait même une carte émanant du bureau du Premier ministre – ce dernier avait été trop occupé pour la signer personnellement.

Il y avait aussi les cartes du MI 6. L'une de Mme Jones, l'autre d'Alan Blunt (un message imprimé signé *Blunt*, à l'encre verte, comme s'il s'agissait d'un mémo et non de vœux de prompt rétablissement). Alex avait été surpris et ravi de recevoir un message de Wolf, le soldat qu'il avait connu pendant son entraînement au SAS. Le cachet de la poste indiquait qu'il se trouvait à Bagdad. Mais sa carte préférée était celle de Smithers. Au recto figurait un ours en peluche. Aucune inscription à l'intérieur, mais quand Alex l'avait ouverte, l'ours avait cligné des yeux et parlé avec la voix de Smithers :

« Cher Alex, désolé d'apprendre que tu as été blessé. J'espère que tu seras vite rétabli. Repose-toi. Tu mérites des vacances. Ah, au fait, ce message s'autodétruira dans cinq secondes. »

Et le bristol s'était aussitôt désintégré, sous le regard horrifié des infirmières.

Les visites non plus n'avaient pas manqué. Mme Jones s'était présentée la première.

Alex venait de se réveiller, après l'opération, lorsqu'elle était apparue. Jamais il n'avait vu la directrice adjointe des Opérations spéciales aussi peu sûre d'elle-même. Elle portait un imperméable gris anthracite sur un tailleur sombre. Ses cheveux étaient mouillés et des gouttes de pluie luisaient sur ses épaules.

— Je ne sais pas quoi te dire, Alex.

Elle ne lui avait pas demandé comment il allait, s'étant sans doute renseignée auprès des médecins.

— Ce qui s'est passé à Liverpool Street indique une défaillance impardonnable dans la sécurité. Trop de personnes connaissent l'emplacement de notre quartier général. Nous allons cesser d'utiliser l'entrée principale. C'est trop dangereux.

Alex bougea dans son lit mais ne dit rien.

— Ton état est stationnaire. Tu n'imagines pas à quel point je suis soulagée. Quand j'ai appris qu'on avait tiré sur toi, je...

Elle s'interrompit et baissa ses yeux noirs sur les tubes et appareillages reliés au nez, à la bouche, au bras et à l'estomac de l'adolescent gisant devant elle.

— Je sais que tu ne peux pas parler, Alex. Alors je serai brève. Ici, tu es en sécurité. Nous avons déjà utilisé St. Dominic et les procédures spéciales sont en place. Il y a des gardes devant ta porte. Ils seront là vingt-quatre heures sur vingt-quatre tant que ce sera nécessaire. L'attentat de Liverpool Street a été commenté par la presse mais ton nom n'a pas été révélé. Ni ton âge. Le tireur qui t'a abattu avait pris position sur le toit d'en face. Nous enquêtons encore pour déterminer comment il a réussi à monter sans être repéré. Malheureusement, je crois qu'il nous a échappé. Mais, pour l'instant, c'est ta santé qui importe le plus. Nous pourrons négocier avec Scorpia[1]. Nous l'avons déjà fait par le passé. Je saurai les persuader de te laisser tranquille. Tu as anéanti leur opération, et ils t'ont puni. Cela suffit.

Mme Jones se tut. Le moniteur cardiaque d'Alex scintillait dans la lumière tamisée.

— Essaie de ne pas nous juger trop durement, je t'en prie, Alex, reprit Mme Jones. Après tout ce que tu as subi : Scorpia, ton père... Jamais je ne me pardonnerai ce qui est arrivé. Je pense parfois que nous avons eu tort de te recruter. Mais nous reparlerons de tout cela plus tard.

Trop faible pour réagir, Alex avait regardé Mme Jones se lever et partir. Et il supposa que Scorpia avait renoncé à se venger de lui car, quelques jours plus tard, les gardes postés devant sa porte s'étaient discrètement éclipsés.

À présent, dans une douzaine d'heures, il rentrerait chez lui. Jack avait déjà programmé les deux prochaines semaines : des vacances en Floride ou dans les Caraïbes. On était en octobre et l'été avait définitivement tiré sa révérence ; les arbres se dépouillaient de leurs feuilles et une brise froide se levait à la tombée de la nuit. Jack voulait emmener Alex se reposer et reprendre des forces au soleil, mais lui n'était pas sûr d'en avoir envie. Jamais il n'aurait cru s'entendre dire cela un jour mais, à la vérité, il préférait retourner au collège. Redevenir un garçon ordinaire. Scorpia lui avait envoyé un message aussi simple qu'inoubliable. Le métier d'espion était mortel. Les verbes irréguliers étaient moins dangereux.

---

1. Voir le précédent tome des aventures d'Alex Rider, *Scorpia*.

Une silhouette se profila devant la porte.

— Salut, Alex.

Le garçon avait un accent étrange. Un accent d'Europe de l'Est, vraisemblablement. Peut-être russe. Il avait quatorze ans, des cheveux blonds et courts, des yeux d'un bleu très clair, un visage mince et le teint pâle. Sur son pyjama, il portait une robe de chambre très large qui le faisait paraître plus petit qu'il n'était. Il occupait la chambre voisine, après une opération de l'appendicite suivie de complications. Il s'appelait Paul Drevin. Ce nom était vaguement familier à Alex, mais il ne savait rien d'autre sur lui. Ils avaient plusieurs fois échangé quelques mots. Ils étaient du même âge et les seuls adolescents de l'étage.

Alex leva la main pour l'accueillir.

— Salut !

— J'ai appris que tu sortais demain.

— Oui. Et toi ?

— Dans deux jours, au pire.

Paul Drevin hésitait sur le pas de la porte. Il semblait désireux d'approcher mais, en même temps, quelque chose le retenait.

— Je serai content de partir d'ici. J'ai hâte de rentrer chez moi.

— C'est où chez toi ?

— Difficile à dire, répondit Paul d'un air grave. La plupart du temps, nous habitons Londres. Mais mon père voyage beaucoup : Moscou, New York, le Sud de la France. Il a été tellement occupé qu'il n'a même pas pu venir me voir ici. Et nous avons tellement de maisons que je me demande parfois laquelle j'habite.

En l'entendant mentionner Moscou, Alex déduisit que Paul était russe.

— Où vas-tu à l'école ?

— Je ne vais pas à l'école. J'ai des précepteurs, expliqua Paul en haussant les épaules. C'est difficile. J'ai une vie plutôt bizarre, à cause de mon père. Et du reste. En tout cas, je t'envie de sortir demain. Bonne chance.

— Merci.

Paul hésita une fraction de seconde, puis s'éloigna. Alex observa pensivement le couloir désert. Peut-être le père de Paul était-il un politicien ou un banquier. Lors de leurs brèves conversations, il avait eu le sentiment que Paul n'avait pas d'amis. Il se demanda combien d'enfants avaient séjourné dans cet hôpital. Des enfants dont les pères auraient dépensé des fortunes pour leur santé mais qui n'avaient pas le temps de leur rendre visite.

Il était neuf heures du soir. Alex alluma la télévision et fit défiler les chaînes, mais aucun programme ne l'intéressait. Il regretta d'avoir refusé le somnifère proposé par l'infirmière. Une pilule, et il aurait largué les amarres pour la nuit. Avant de les larguer pour de bon le lendemain et rentrer chez lui. Il avait hâte de reprendre le fil de sa vie.

Il regarda pendant une demi-heure une émission comique qui ne le fit pas rire, puis il éteignit la télévision, la lumière, et se tourna dans son lit. Il aurait aimé que Diana Meacher revienne le voir. Il se remémora brièvement son parfum. Puis il s'endormit.

Mais pas pour longtemps.

Quand il rouvrit les yeux, il était minuit et demi. Les chiffres lumineux du réveil sur la table de chevet scintillaient dans l'obscurité. Il s'éveilla à regret et tenta de s'enfoncer à nouveau dans le puits noir dont il venait d'émerger. Difficile de dormir quand on n'avait rien fait de fatigant. Il était resté allongé toute la journée, dans l'atmosphère aseptisée et conditionnée qui, à St. Dominic, passait pour de l'air.

Il reposait dans la semi-obscurité, ne sachant quoi faire. Il finit par se lever et enfila sa robe de chambre. Le pire, dans un hôpital, c'était l'impossibilité de sortir, d'aller quelque part. Alex ne s'y habituait pas. Pendant une semaine, toutes les nuits, il s'était réveillé à peu près à la même heure. Finalement, il avait osé transgresser les règles et s'échapper de la boîte stérile qu'était sa chambre. Il avait envie d'être dehors. Il avait besoin de l'odeur de Londres, du bruit de la circulation, du sentiment d'appartenir encore au monde réel.

Il glissa les pieds dans ses pantoufles et sortit. L'éclairage, tamisé pour la nuit, diffusait à peine plus qu'une lueur discrète dans le couloir. Un écran d'ordinateur scintillait dans le poste des infirmières, mais il ne remarqua aucune trace de Diana Meacher ou de quiconque. Alex fit un pas. Peu d'endroits sont aussi silencieux qu'un hôpital au milieu de la nuit. Il avait l'impression de briser une loi non écrite entre les bien-portants et les malades. Mais il savait qu'il resterait éveillé des heures dans son lit s'il retournait se coucher. Il n'avait rien à craindre. Mme Jones avait assuré que Scorpia ne présentait plus aucune menace. Il était presque tenté de quitter l'hôpital et de rentrer chez lui par le bus de nuit.

Évidemment, c'était hors de question. Néanmoins, il était bien décidé à descendre dans le hall d'entrée où, derrière les portes vitrées coulissantes, on apercevait une vraie rue, avec des gens, des voitures, de l'animation et de la poussière. Dans la journée, trois réceptionnistes s'occupaient du standard téléphonique et de l'accueil. Après vingt heures, il n'en restait qu'un. Alex avait déjà fait sa connaissance. C'était un Irlandais jovial du nom de Conor Hackett. Ils avaient aussitôt sympathisé.

Conor avait soixante-cinq ans. Il avait passé presque toute sa vie à Dublin et pris ce travail pour aider à élever ses neuf petits-enfants. Alex avait réussi à le convaincre de le laisser sortir à l'air libre, et il avait ainsi passé un quart d'heure sur le trottoir, devant l'entrée principale, à regarder les voitures et respirer l'air nocturne. Il comptait bien renouveler l'expérience maintenant. Peut-être même prolonger la permission à une demi-heure. Conor ne manquerait pas de râler, menacerait d'appeler l'infirmière, mais finirait par céder.

Alex évita l'ascenseur, de crainte que le bruit ne le trahisse. Il descendit au rez-de-chaussée par l'escalier et s'engagea dans un long couloir. De là, il apercevait le sol luisant du hall de réception et les portes vitrées. Il vit Conor, assis derrière son bureau, plongé dans un magazine. Même au rez-de-chaussée l'éclairage était tamisé. Comme si l'hôpital tenait à rappeler aux visiteurs où ils entraient.

Conor tourna une page. Alex s'apprêtait à descendre les dernières marches lorsque, soudain, les portes de l'entrée principale coulissèrent.

Alex fut à la fois étonné et un peu embarrassé. Il ne tenait pas à se faire surprendre ici en robe de chambre. En même temps, il était curieux de savoir qui venait à St. Dominic à cette heure tardive. Il recula dans l'ombre. Il pouvait observer toute la scène sans être vu.

Quatre hommes entrèrent. Ils avaient tous dans les trente ans et un physique d'athlète. Le premier portait une veste de treillis et un tee-shirt à l'effigie de Che Guevara. Les autres étaient vêtus de jeans, de sweet-shirts à capuche, et chaussés de tennis. De sa cachette, Alex ne pouvait distinguer nettement leurs visages, mais il émanait d'eux quelque chose d'insolite. Leur façon de se mouvoir était trop rapide, trop énergique. D'habitude, les gens pénètrent dans un hôpital de façon plus prudente, plus réservée. Ce n'est pas un lieu que l'on aime fréquenter.

— Bonsoir ! lança le premier à l'adresse de Conor.

Sa voix, chaleureuse et cultivée, troua la pénombre.

— Je peux vous aider ? demanda le veilleur de nuit, visiblement aussi intrigué qu'Alex.

— Nous venons voir un de vos patients, expliqua l'homme. Vous allez sûrement pouvoir nous indiquer sa chambre.

— Je suis désolé, mais les visites sont interdites à cette heure, répondit Conor. Il est presque une heure du matin ! Vous devrez revenir demain.

— Vous m'avez mal compris, insista l'homme.

Alex sentit des picotements dans sa nuque. Une nuance menaçante s'était glissée dans la voix de l'inconnu. Et la façon dont les trois autres s'étaient postés avait quelque chose d'inquiétant. Ils s'étaient déployés entre le réceptionniste et la porte d'entrée. Comme s'ils voulaient lui bloquer la sortie. Ou bloquer l'entrée à quiconque.

— Nous voulons voir Paul Drevin.

Alex sursauta. Pourquoi voulaient-ils voir Paul ? Et pourquoi à cette heure de la nuit ?

— Dans quelle chambre est-il ? questionna l'homme en veste de treillis.

Conor secoua la tête.

— Je regrette, je ne peux vous donner cette information. Revenez demain et nous serons heureux de vous répondre.

— Nous voulons le savoir *maintenant*.

Il plongea la main dans sa veste et en sortit un pistolet. Alex eut l'impression que le sol se dérobait sous ses pieds. L'arme était munie d'un silencieux et pointée sur la tête du réceptionniste. Conor s'était figé.

— Mais qu'est-ce que... ? couina-t-il d'une voix aiguë. Je n'ai pas le droit de vous le dire ! Que faites-vous ici ? Que voulez-vous ?

— Le numéro de la chambre de Paul Drevin. Si vous ne répondez pas d'ici trois secondes, j'appuie sur la détente. Et le seul endroit dans cet hôpital où vous aurez votre place sera la morgue.

— Attendez !

— Un...

— Je ne sais pas où il est !

— Deux...

Une douleur se réveilla dans la poitrine d'Alex. Il s'aperçut qu'il retenait sa respiration.

— D'accord ! D'accord ! Laissez-moi regarder.

Conor pianota précipitamment sur le clavier dissimulé sous la tablette du bureau. Alex entendit le cliquetis des touches.

— Deuxième étage ! Chambre 8.

— Merci, dit l'homme, avant de tirer.

Alex entendit la toux sèche de la balle crachée par le silencieux, et vit une tache noire éclabousser le front du réceptionniste, qui bascula en arrière.

Personne ne fit un geste.

— Chambre 8. Deuxième étage, marmonna un des hommes.

— Je te l'avais bien dit que c'était la chambre 8, remarqua le premier.

— Alors pourquoi tu lui as demandé ?

— Pour m'en assurer.

Un autre gloussa de rire.

— Allons le chercher, grommela le quatrième.

Alex était pétrifié. Sa cicatrice palpitait furieusement. Il n'arrivait pas à le croire. Pourtant cela s'était passé sous ses yeux.

Les quatre hommes avancèrent.

Alex fit demi-tour et se mit à courir.

3

TRAITEMENT D'URGENCE

Alex monta les marches deux à deux, le cerveau en ébullition. Mille questions lui traversaient l'esprit. Qui étaient ces quatre hommes ? Que faisaient-ils ici ? Pourquoi cherchaient-ils Paul ? Le nom de Drevin lui évoquait quelque chose, mais le moment était mal choisi pour découvrir quoi.

Il s'arrêta devant un signal d'alarme encastré dans une boîte rouge accrochée au mur. Pendant quelques précieuses secondes, son poing hésita contre la vitre. Déclencher l'alarme n'arrangerait rien. Pour l'instant, il bénéficiait de l'effet de surprise. L'alarme avertirait les criminels qu'ils avaient été vus et les pousserait à accomplir plus rapidement leur sale besogne : tuer ou kidnapper Paul, bien avant l'arrivée de la police ou des pompiers.

Alex ne tenait pas à les affronter seul. Il avait une envie folle d'appeler à l'aide. Mais il savait que cette aide arriverait trop tard.

Il continua de gravir l'escalier, encouragé par le petit avantage qu'il avait sur les inconnus. Bien sûr, ceux-ci étaient déterminés et impitoyables, mais ils avaient déjà commis une erreur.

Ils s'étaient dirigés vers l'ascenseur. Or, Alex savait une chose qu'ils ignoraient. Les ascenseurs de St. Dominic étaient les monte-charges d'origine, vieux de vingt ans. Utilisés pour transporter les patients entre les salles d'opération et les chambres, ils devaient s'immobiliser sans le moindre à-coup.

Aussi se déplaçaient-ils avec une infinie lenteur. Il fallut moins de vingt secondes à Alex pour atteindre le deuxième étage. Par l'ascenseur, il faudrait près de deux minutes. Cela lui laissait donc une minute et quarante secondes pour tenter quelque chose.

Mais quoi ?

Il franchit comme une flèche la porte de l'étage et déboucha dans le poste des infirmières, face à sa chambre. Il n'y avait personne dans les parages – ce qui était étrange. Peut-être les quatre intrus avaient-ils créé une diversion ? Ç'aurait été assez logique. Ils avaient pu se débarrasser de l'infirmière de garde avec un simple appel téléphonique l'expédiant dans un autre secteur de la clinique. Alex s'arrêta dans le couloir faiblement éclairé, le souffle court, cherchant une idée. Il imaginait le monte-charge s'élevant lentement jusqu'à lui.

L'inégalité des forces sautait cruellement aux yeux. Ces types étaient des tueurs professionnels. Alex l'aurait deviné même s'il n'avait pas assisté au meurtre du réceptionniste. Cela se lisait dans leur langage corporel, leur façon de se mouvoir, de sourire, de parler. Chez eux, tuer était une seconde nature. Alex ne pouvait pas les combattre. Il était sans arme. Pire : il était en pyjama et pantoufles, et il avait une blessure maintenue par des points de suture et des bandages. Jamais il ne s'était senti aussi démuni. S'il était démasqué, c'en était fini de lui. Il n'avait aucune chance.

Pourtant il devait agir. Il songea au garçon étrange et solitaire occupant la chambre voisine de la sienne. Paul Drevin avait quatorze ans tout juste, soit huit mois de moins que lui. Et ces hommes venaient le chercher. Alex refusait l'idée de les laisser l'emmener sans rien tenter.

Il regarda la porte ouverte de sa propre chambre, située juste dans l'axe de l'ascenseur. Ce serait la première chose que les hommes verraient en sortant de la cabine. Paul Drevin dormait dans la pièce voisine. Sa porte était fermée. Les noms étaient visibles : *ALEX RIDER* et *PAUL DREVIN*, imprimés sur des languettes de plastique glissées entre deux rainures sur chaque porte. Dessous, également sur une languette de plastique, figurait le numéro de chambre.

Soudain, un plan se dessina dans son esprit. Mais aurait-il le temps de le mettre à exécution ? Il bondit pour prendre une petite cuiller dans une tasse à café abandonnée sur le bureau par une infirmière, et utilisa le manche pour enlever de leur support les étiquettes de plastique indiquant son nom et son numéro de chambre. Il répéta l'opération sur la porte voisine. Il lui fallut quelques secondes pour échanger les noms et les numéros. Maintenant, c'était Alex Rider qui était supposé dormir dans la chambre 9. La porte de la chambre 8 était ouverte et Paul Drevin n'était pas dans son lit.

Alex se précipita dans sa chambre pour prendre une chemise et un jean dans le placard. L'échange de noms et de numéros ne suffisait pas, et il le savait. Si les hommes regardaient les portes attentivement, ils s'apercevraient de la supercherie en voyant l'enchaînement incohérent des numéros : 6, 7, *9, 8*, 10. Il fallait donc détourner leur attention.

Alex devait les obliger à le poursuivre.

N'osant pas s'habiller en vue des ascenseurs, il s'éloigna rapidement, arriva devant un couloir obliquant à angle droit, et courut une vingtaine de mètres jusqu'à une porte battante donnant sur un autre escalier. Là, contre le mur du couloir, il remarqua un placard de réserves ouvert et, à côté, sur un chariot, une curieuse machine : basse et large, munie de toute une série de boutons, avec un écran de télé rectangulaire qui semblait avoir été écrasé. Il y avait également deux bouteilles d'oxygène cylindriques. Alex reconnut la machine. Il sentit son cœur battre sous ses bandages. Un silence troublant régnait dans la clinique. Combien de temps s'était écoulé depuis la mort de Conor ?

Il se débarrassa rapidement de son pyjama et enfila ses vêtements. Après dix longs jours, c'était agréable d'être habillé. Il n'était plus un patient. Il commençait à reprendre le contrôle de sa vie.

Les portes de l'ascenseur s'ouvrirent. Leur vibration métallique brisa le silence. Alex vit les quatre types en sortir. Il les jaugea vivement. Deux Noirs, deux Blancs. Sans doute habitués à travailler ensemble, ils se mouvaient comme un seul homme. Il leur attribua un sobriquet, inspiré de leur apparence. L'assassin de Conor était le chef. Son nez cassé semblait fendre son visage comme une fêlure sur un miroir. Alex le surnomma d'après sa tenue de combat : Veste de Treillis. Le deuxième, mince avec des joues fripées et des lunettes aux verres orange : Binocle. Le troisième, petit et musclé, passait visiblement beaucoup de temps à la salle de gym. Il portait au poignet une énorme montre en acier, qui lui donna son surnom : Montre d'Acier. Le dernier n'était pas rasé et avait les cheveux noirs et hirsutes. Il avait dû se faire soigner par un mauvais dentiste, qui avait laissé sur lui une marque visible. Il serait Dent d'Argent.

Ils se déplaçaient vite, agacés d'avoir dû patienter si longtemps dans l'ascenseur. C'était l'instant de vérité.

Veste de Treillis vit la porte ouverte, le lit vide, puis le nom sur l'étiquette. Alex choisit ce moment pour apparaître. Il avança dans le couloir comme s'il sortait des toilettes et regagnait sa chambre. Il se figea et simula un sursaut de surprise. Les quatre hommes le regardèrent, et en déduisirent immédiatement ce qu'Alex avait présumé. Même s'ils avaient une description de leur cible, l'éclairage tamisé les empêchait de discerner ses traits. Pour eux, cet adolescent était Paul Drevin. Qui d'autre pouvait-il être ?

— Paul ? dit Veste de Treillis.

Alex hocha la tête.

— Nous ne te ferons pas de mal. Mais tu dois venir avec nous.

Alex recula d'un pas.

Veste de Treillis sortit son arme.

Alex tourna les talons et s'enfuit.

Il craignait d'avoir trop tardé, de sentir la brûlure brutale d'une balle entre ses omoplates. Mais le couloir s'ouvrait juste devant lui. Il tourna l'angle avec soulagement. Cette fois, il était hors de vue.

Les quatre hommes mirent du temps à réagir. Ils ne

s'attendaient pas du tout à cela. Paul Drevin aurait normalement dû être endormi dans son lit. Or, il les avait aperçus et s'était échappé. Ils se ruèrent en avant. Leurs mouvements étaient maladroits, car ils ne voulaient pas faire de bruit, toutefois ils avançaient vite. Ils atteignirent le couloir et virent la porte battante au bout. L'un des panneaux oscillait encore. Le garçon venait visiblement de passer. Veste de Treillis en tête, ils s'élancèrent. Aucun d'eux ne prêta attention au placard sur leur gauche.

Veste de Treillis poussa la porte, suivi de Montre d'Acier et de Binocle. Dent d'Argent resta en arrière. C'est le moment que choisit Alex pour passer à l'action.

Il avait couru jusqu'au bout du couloir, poussé les portes, puis battu en retraite jusqu'au placard de réserve. Où il se trouvait maintenant. Il se glissa hors du placard sur la pointe des pieds, dans le dos de Dent d'Argent, tenant dans les mains des disques capitonnés, reliés à des fils électriques.

La machine qu'il avait remarquée sur le chariot était un défibrillateur Lifepak 300, appareil courant dans la plupart des hôpitaux britanniques. Alex en avait vu suffisamment dans des séries télévisées pour savoir à quoi ils servaient et comment ils fonctionnaient. Lorsque le cœur d'un patient s'arrêtait de battre, le médecin appliquait sur son torse les disques capitonnés, lesquels envoyaient une décharge électrique pour le ranimer. Alex avait eu le temps de brancher le défibrillateur quelques secondes avant l'arrivée de l'ascenseur. L'appareil était conçu pour être facile d'emploi et prêt en un instant ; les batteries étaient rechargées en permanence. Les dents serrées, il colla les patins contre la nuque de l'homme qui lui tournait le dos et appuya sur les boutons.

Dent d'Argent hurla et fit un bond en l'air, le corps traversé par la décharge électrique. Il perdit conscience avant même de retomber à terre.

La porte battante s'ouvrit brusquement. Binocle avait entendu le hurlement. Il réapparut en courant, plié en deux, un couteau à la main, le visage tordu par un horrible rictus de colère. Quelque chose avait mal tourné. Mais comment ?

Il ne parcourut même pas la moitié du couloir. Une bouteille d'oxygène de dix kilos le frappa entre les jambes. Son visage vira au violet et il lâcha son couteau, cherchant sa respiration. Par une ironie du sort, l'oxygène était la dernière chose à sa portée. Il s'effondra, les yeux exorbités.

Alex lâcha la bouteille ; il lui avait fallu toutes ses forces pour la projeter contre son adversaire. Il se palpa la poitrine pour s'assurer que son effort n'avait pas rouvert la plaie. Apparemment, les points de suture tenaient bon.

Laissant les deux hommes inconscients derrière lui, il passa devant sa chambre en courant et regagna l'escalier principal. Le claquement des portes battantes, derrière lui, l'informa que leurs complices revenaient. Il avait au moins réduit l'ennemi de moitié, même si la tâche s'avérait maintenant plus délicate. Les deux adversaires encore en piste savaient désormais qu'il était dangereux ; ils ne se laisseraient plus surprendre. Alex songea à disparaître. Il y avait des dizaines de cachettes possibles. Mais ce n'était pas une solution. Il se força à ralentir le pas. L'important était de les éloigner des chambres 8 et 9.

Ils le virent. L'un d'eux poussa un juron : un murmure rauque et haineux. Parfait. Plus ils seraient en colère, plus ils commettraient d'erreurs. Alex descendit l'escalier en courant. La tête lui tournait. L'espace d'un instant, il crut qu'il allait s'évanouir. Après tant de jours et de nuits passés au lit, son corps n'était plus préparé à ce genre d'exercice. Et son bras gauche lui faisait mal.

Son bras. Son bras lui indiqua la direction à prendre. Le service de kinésithérapie se trouvait au premier étage. Alex s'y était rendu plusieurs fois ; c'était un passage obligé pour sa rééducation.

La balle avait non seulement traversé l'artère mais aussi endommagé le plexus brachial, un réseau complexe de nerfs rachidiens desservant le bras. Les médecins l'avaient prévenu qu'il ressentirait des raideurs, des picotements, peut-être jusqu'à la fin de sa vie. Mais, là encore, Alex avait l'avantage de la jeunesse. Après quelques jours de kiné, l'essentiel de la douleur s'était dissipé. On lui avait prescrit divers exercices : résistance statique, étirements, réaction et rapidité. Au bout d'une semaine, Alex connaissait le service de kinésithérapie comme sa poche.

Il trébucha sur le seuil et y resta un moment pour reprendre son souffle. Sur sa gauche, deux alcôves équipées de lits accueillaient les patients pour leurs exercices. En face, un squelette humain – très réaliste bien qu'en plastique – était suspendu sur un cadre métallique. Le couloir formait un angle abrupt, puis continuait devant une rangée de portes et de placards jusqu'à une autre double porte battante, tout au bout. Alex savait exactement ce qu'il trouverait dans les placards. L'une des salles donnant sur le couloir était équipée d'appareils de gymnastique : vélos, haltères, ballons de rééducation et tapis de jogging. Les placards contenaient d'autres instruments, notamment des extenseurs pour les pectoraux et des rouleaux d'élastique. Chaque jour, le kiné coupait un segment d'élastique qu'il donnait à Alex pour de simples exercices d'étirements. Au début, les bandes d'élastique étaient souples, puis de plus en plus résistantes à mesure que s'opérait la guérison.

Alex ouvrit le premier placard. Il savait quoi faire. Mais la question restait la même : aurait-il assez de temps ?

Quarante secondes plus tard, la porte s'ouvrit devant Veste de Treillis. Il respirait bruyamment. Il était le chef de l'opération et tout allait de travers. Deux de ses hommes gisaient inconscients au deuxième étage – l'un d'eux électrocuté. Le pire, et le plus incroyable, était qu'ils avaient été mis hors circuit par un adolescent ! On leur avait annoncé un travail simple. Peut-être était-ce pour cela qu'ils avaient commis tant d'erreurs. Mais, cette fois, il n'en ferait plus.

Il avança lentement, le poing en avant, tenant un vilain pistolet à canon carré. C'était un FP9 hongrois, une de ces armes innombrables arrivant illégalement d'Europe de l'Est. Dans ce secteur de la clinique, les lumières étaient éteintes. Le seul éclairage provenait de la lune filtrant par les fenêtres. L'homme entrevit le squelette, qui avait l'air de sortir d'une mauvaise attraction de foire. Les orbites oculaires semblaient le fixer. Un avertissement ? Il détourna les yeux, dégoûté. Il n'allait pas se laisser impressionner.

Veste de Treillis inspecta les deux alcôves. Les rideaux étaient tirés et le garçon ne pouvait s'y cacher. Il passa devant le squelette et tourna l'angle du couloir, dont il pouvait voir l'extrémité. Il faisait sombre mais sa vue s'ajusta et il discerna une forme, tout au bout. Il sourit. Enfin il le tenait ! L'adolescent paraissait porter quelque chose contre sa poitrine. Une sorte de ballon. Eh bien, cette fois, il avait mal calculé son coup. Pas question de lui laisser le temps de lancer son projectile. Si le garçon esquissait le moindre geste, il lui logerait une balle dans le genou et le porterait jusqu'à la voiture.

— Lâche ça ! ordonna Veste de Treillis.

Alex obéit.

C'était un ballon de rééducation qui pesait cinq kilos. En le soulevant, Alex avait de nouveau eu l'impression que ses points de suture allaient céder. Ce que Veste de Treillis n'avait pas remarqué, c'était l'élastique qu'Alex avait également pris dans le placard. Il en avait attaché les extrémités à deux poignées de porte, face à face, et étiré l'élastique jusqu'au fond du couloir avec le ballon. Celui-ci était devenu un missile sur une catapulte surpuissante. Lorsque Alex le lâcha, le ballon fila comme un boulet de canon.

Veste de Treillis n'eut pas conscience de la force et du poids de ce qui arrivait droit sur lui avant de le recevoir en plein dans l'estomac. Il fut projeté en arrière, et son pistolet littéralement arraché de sa main. Le choc lui expulsa tout l'air des poumons. Ses épaules heurtèrent le sol et il fit une glissade de cinq mètres sur le dos avant de percuter le mur. En perdant connaissance, il eut juste le temps de se dire qu'il n'avait pas affaire à Paul Drevin, ni à un garçon ordinaire.

De son côté, Montre d'Acier venait de pénétrer dans le service de kinésithérapie. Il avait entendu le fracas et tourna l'angle du couloir en position de combat, arme au poing. Il ignorait ce qui se passait mais comprenait qu'il avait perdu l'initiative. Ce qui devait être un simple enlèvement tournait au désastre. Devant lui gisait un corps inerte, le cou tordu, à côté d'un gros ballon.

Il cligna des yeux, incrédule. Un des battants de la porte au bout du couloir se refermait. C'était tout ce qu'il avait besoin de savoir. Il avança.

Une vingtaine de mètres devant lui, Alex descendait les marches qui le ramenaient là où tout avait commencé. Le hall d'accueil était anormalement silencieux, à l'exception du léger bourdonnement d'un distributeur de boissons fraîches. Une lumière blanche se déversait sur les rangées de Coca et de Fanta, jetant des ombres dures sur le sol. Trois bureaux se faisaient face dans le hall désert. Derrière l'un d'eux gisait un homme mort. Alex ne put se résoudre à aller vérifier. Il voyait la rue, de l'autre côté des portes vitrées. Devait-il tenter sa chance ? Sortir chercher du secours ? Il n'avait pas le temps. Il entendit des pas et plongea derrière le bureau le plus proche.

Montre d'Acier apparut quelques secondes plus tard. De sa cachette, Alex aperçut le cadran lumineux de sa montre. Une montre énorme, semblable à celles que portent les plongeurs. Et l'homme avait un poignet anormalement gros. Son corps entier était surdéveloppé ; les faisceaux de ses muscles paraissaient presque s'affronter quand il marchait. Bien que le dernier survivant du groupe, il ne cédait pas à la panique. Lui aussi avait un FP9. Et il semblait deviner la présence toute proche d'Alex.

— Je ne te ferai pas de mal ! cria-t-il.

Sa voix n'était pas convaincante et il dut le sentir car, une seconde après, il ajouta :

— Sors les bras en l'air, sinon je te colle une balle dans le genou.

Alex minuta son mouvement avec précision et s'élança à travers le hall. Le FP9 toussa deux fois et la moquette fut déchiquetée devant ses pieds. Il comprit que les règles avaient changé. Montre d'Acier avait décidé de le capturer mort ou vif. Et plutôt mort que vif, apparemment. Heureusement, Alex était hors de vue. Il avait débouché dans un autre couloir, signalé par un panneau : *RADIOLOGIE*, et savait exactement où cela le menait. Il y était déjà venu deux fois.

Une porte fermée se dressait devant lui. Quelques jours plus tôt, il avait pu observer le brancardier pianoter le code d'ouverture. Il appuya sur les quatre chiffres dont il se souvenait, espérant ne pas se tromper, et poussa. La porte s'ouvrit. La nuit, cette partie de la clinique était déserte, mais les appareils qui s'y trouvaient ne dormaient jamais. On les maintenait en veille dans l'éventualité d'une urgence. Et il n'y avait jamais eu une telle urgence qu'en cet instant.

Alex entendait Montre d'Acier approcher mais il se força au calme. Il y avait une autre serrure à ouvrir, dont le télérupteur se trouvait sous l'un des bureaux des infirmières. Alex adressa de muets remerciements au brancardier qui avait plaisanté à ce sujet. Il regarda la lourde et large porte, placardée de signes d'avertissement sous ce simple mot :

MAGNETOM

Grâce au brancardier, Alex savait ce que signifiaient ces mises en garde. Il ouvrit la porte et entra.

Une étroite banquette rembourrée menait à une grosse machine qui évoquait un peu un sèche-linge, une capsule spatiale ou encore un beignet géant. Il y avait un trou au milieu, dont la jante intérieure tournait lentement. La banquette était conçue pour s'élever à hauteur de l'orifice et s'y introduire en douceur. Alex avait été conduit ici peu après son opération, et le médecin lui avait expliqué le mécanisme.

Le Magnetom était un appareil d'IRM : imagerie à résonance magnétique. Quand, allongé sur la banquette, Alex était passé dans l'orifice, un scanner avait pris une image de son corps en trois dimensions, pour vérifier les lésions musculaires dans sa poitrine, son épaule et son bras. Les explications du médecin, restées très précises dans sa mémoire, allaient lui être utiles maintenant.

Il y eut un mouvement du côté de la porte. Montre d'Acier l'avait suivi.

— Ne bouge pas, ordonna l'homme.

Il tenait son arme à hauteur de poitrine, le silencieux pointé sur la tête d'Alex.

Alex laissa retomber ses épaules d'un geste vaincu et soupira :

— Apparemment, je n'ai pas choisi la bonne porte.

— Tu vas me suivre gentiment, sale gosse, répliqua Montre d'Acier en passant sa langue sur sa lèvre supérieure. Les autres n'osaient peut-être pas te faire de mal, mais si tu tentes quoi que ce soit, je te descends.

— Je ne peux pas bouger.

— Quoi ?

— Je suis blessé...

Montre d'Acier observa Alex, soupçonneux. Il fit un pas en avant. C'est alors que la chose se produisit.

Le pistolet lui fut arraché de la main. Si vite qu'il ne comprit pas ce qu'il lui arrivait. C'était comme si des mains invisibles lui avaient subtilisé l'arme. Elle se volatilisa dans l'obscurité. Montre d'Acier poussa un cri de douleur. Le pistolet lui avait disloqué deux doigts, manquant presque les lui arracher. Il heurta le Magnetom avait un claquement sonore et y resta, comme collé à la surface.

L'IRM utilise un champ magnétique d'une force stupéfiante afin de numériser les tissus humains. La puissance de la machine était de 1,5 Tesla (unité de mesure électromagnétique), et les notices placardées sur la porte avertissaient les visiteurs qu'ils devaient se débarrasser de tous objets métalliques. Un appareil d'IRM peut enlever un trousseau de clés d'une poche, aspirer une carte de crédit à vingt mètres. Montre d'Acier avait senti sa puissance phénoménale mais n'avait toujours pas compris. Cela n'allait pas tarder.

Alex avait adopté la posture de karaté nommée *zenkutsu dachi*, pieds écartés et mains levées. Chaque fibre de son être était concentrée sur son adversaire. C'était un défi pour Montre d'Acier de le capturer à mains nues, et il n'y résista pas. Il fit un pas en avant.

Et poussa un hurlement quand sa lourde montre d'acier entra dans le champ magnétique. Alex assista, ébahi, au phénomène appelé « effet missile ». L'homme fut soulevé du sol et propulsé en l'air, entraîné par sa montre. Il percuta le Magnetom avec un horrible bruit. Il avait atterri en vrac, bras et tête bizarrement emmêlés. Et il demeura ainsi, à demi debout et à demi affaissé, les jambes traînant inutilement derrière lui.

C'était fini. Quatre hommes étaient entrés dans la clinique, et tous étaient maintenant évanouis. Ou pire. Alex se dit qu'il allait bientôt se réveiller dans son lit. Qu'on lui avait peut-être administré trop de calmants. Que tout ceci n'était qu'un cauchemar provoqué par les médicaments.

Mais non. Il regagna le hall d'accueil où Conor gisait derrière son bureau, un trou dans le front. Alex décida d'appeler la police. Il ne comprenait pas pourquoi il n'avait pas croisé une seule infirmière pendant toute la course-poursuite. Il se pencha par-dessus le bureau pour attraper le téléphone. Une brise fraîche lui effleura la nuque.

Cela aurait dû éveiller son attention.

Quatre hommes étaient entrés dans l'hôpital, mais cinq avaient été assignés à l'opération. Restait le cinquième : le conducteur de la voiture. Et s'il y avait eu une brise fraîche, c'est que la porte d'entrée s'était ouverte.

Alex le comprit trop tard. Il se redressa aussi vite qu'il le put, mais cela ne suffit pas. Il n'entendit rien. Il ne sentit même pas le coup à la base de son crâne.

Il s'effondra sur le sol et ne bougea plus.

4

KASPAR

Vous avez mal. C'est tout ce que vous savez. Vous avez la tête qui cogne, le cœur qui tambourine, et l'impression que quelqu'un vous a fait un nœud à la base du cou.

C'était une sensation bien connue d'Alex. Il avait déjà été assommé : par M. Green, dans l'usine d'assemblage de Stormbreaker, par la vicieuse Mme Stellenbosch, au pensionnat de Pointe Blanche, et par Nile, dans le Palais de la Veuve à Venise. Alan Blunt lui-même avait donné l'ordre à l'un de ses agents de l'endormir avec une fléchette sédative le jour où il s'était introduit dans le quartier général du MI 6.

Il n'y avait rien de différent cette fois. C'était la même lente remontée du néant vers l'air et la lumière. Il prit conscience qu'il gisait à terre, la joue pressée contre un plancher poussiéreux. Il avait un goût désagréable dans la bouche. Avec effort, il ouvrit les yeux, et les referma aussitôt, agressé par la lumière crue de l'ampoule qui pendait au plafond. Il attendit un peu, puis les rouvrit. Lentement, il étendit les jambes, puis les bras, et se fit la même réflexion que les fois précédentes :

« Tu es vivant. Tu es prisonnier. Pour une raison inconnue, on ne t'a pas encore tué ».

Alex se redressa tant bien que mal en position assise et regarda autour de lui. Il se trouvait dans une pièce totalement nue. Pas de tapis, pas de rideaux, pas de meubles, pas d'objets. Rien. Une porte en bois, vraisemblablement fermée à clé, et une fenêtre. Il s'étonna de ne pas y voir de barreaux, mais en comprit la raison dès qu'il s'en approcha en titubant.

La fenêtre était au septième ou au huitième étage. L'aube pointait à peine, il était difficile de voir quelque chose à travers la vitre crasseuse, mais il supposa qu'il était resté inconscient plusieurs heures et qu'il se trouvait toujours à Londres. Il avait l'impression d'être dans un immeuble abandonné. Une autre tour se dressait en face et, en levant les yeux, il aperçut une large banderole suspendue sur deux filins tendus entre les sommets des deux immeubles. Les premiers mots inscrits sur la banderole échappaient à son champ de vision, mais il parvint à lire le reste :

TOWERS	**Bientôt un nouveau projet immobilier de grand standing pour l'est de Londres**

Alex s'approcha de la porte pour essayer de l'ouvrir. On ne savait jamais. Inutile.

Il massa son bras gauche tout endolori, se demandant

quels dégâts ses efforts lui avaient causés. Normalement, ç'aurait dû être sa dernière nuit à la clinique. Comment avait-il pu se laisser embringuer dans les agissements d'une bande d'assassins ?

Et pour quoi ?

Il s'adossa contre le mur et glissa doucement jusqu'au sol en soutenant son bras douloureux. Il était toujours pieds nus. Il frissonna. Sa chemise ne suffisait pas à le protéger contre le froid matinal. Il essaya de faire le point et récapitula les événements qui l'avaient conduit ici.

Quatre hommes s'étaient introduits à St. Dominic, mais ce n'était pas lui qu'ils cherchaient. Ils venaient pour le garçon de la chambre voisine : Paul Drevin. Soudain, Alex se rappela où il avait vu ce nom. Il l'avait lu dans le journal. Drevin. Non pas Paul, mais Nicolaï. Oui, c'était ça. Nicolaï Drevin. Un milliardaire russe. Voilà qui expliquait bien des choses. Les quatre hommes étaient venus pour enlever le fils Drevin dans un but évident. L'argent. Mais ils avaient par erreur kidnappé Alex Rider.

Quelle serait leur réaction lorsqu'ils s'en apercevraient ? Alex s'efforça de chasser cette pensée de son esprit. Il avait vu ce qu'ils avaient fait de Conor. Son petit doigt lui disait qu'ils ne lui présenteraient pas leurs excuses et ne lui offriraient pas le taxi pour rentrer chez lui.

Mais il ne pouvait rien faire. Il resta assis là, à contempler le ciel qui vira du gris au rose, puis au bleu terne.

Il dut s'assoupir car il découvrit soudain Binocle, penché vers lui, le visage crispé par une expression de haine absolue. Ce qui n'avait rien de surprenant. À leur dernière rencontre, Alex lui avait balancé une bouteille d'oxygène de dix kilos dans le bas-ventre. Ce qui était surprenant, en revanche, c'était qu'il ait la force de marcher quelques heures après.

Binocle tenait un revolver. Alex sonda ses yeux. Ils luisaient d'un éclat orange derrière les verres teintés, et dardaient sur lui un regard venimeux.

— Debout ! aboya-t-il. Tu vas venir avec moi.

— Si ça peut vous faire plaisir, répondit Alex en se levant lentement. C'est mon imagination, ou vous avez la voix plus aiguë que d'habitude ?

— Par ici, grommela Binocle en pointant son revolver vers la porte.

Alex le suivit dans un couloir aussi délabré que la pièce où on l'avait enfermé. Les murs étaient humides, écaillés. Plusieurs dalles du faux plafond manquaient, dévoilant des trous béants encombrés de fils électriques et de canalisations. La plupart des portes, tous les dix ou quinze pas, pendaient sur leurs gonds. Autrefois, elles devaient ouvrir sur des appartements habités par des familles. Aujourd'hui, hormis les rats et les cafards, plus personne n'y logeait depuis longtemps.

Veste de Treillis les attendait dans le couloir. Il s'était remis de sa rencontre brutale avec le ballon de rééducation, mais le côté de sa tête s'ornait d'un vilain hématome, à l'endroit de l'impact contre le mur. Les deux hommes entraînèrent Alex vers une porte au fond du couloir.

— Entre ! ordonna Binocle.

Alex poussa la porte et avança.

Il se retrouva dans une vaste salle, aux murs couverts de graffitis et au sol jonché de détritus. Il y avait des fenêtres sur deux côtés, certaines obturées par des stores cassés. Alex supposa que c'était un appartement dont on avait abattu les cloisons pour faire un espace ouvert. Au milieu trônaient une table et deux chaises. Un homme l'y attendait. Binocle enfonça le canon de son arme dans les côtes d'Alex, qui avança et s'assit en face de l'inconnu.

Il ne put réprimer un frisson en l'examinant. L'homme était vêtu de ce qui avait dû être un uniforme, mais la veste était déchirée et avait perdu ses boutons. Il devait avoir dans les trente ans, mais il était impossible de l'affirmer. Des tatouages recouvraient entièrement son visage et son crâne. Alex repéra les États-Unis qui s'étiraient sur une joue, l'Europe sur l'autre. Le dessus des lèvres et le nez étaient bleus, de la couleur de l'océan Atlantique. Le Brésil et l'Afrique de l'Ouest touchaient les coins de la bouche. Alex supposa que la Chine et la Russie se trouvaient sur l'arrière du crâne. Jamais il n'avait rien vu de si étrange. Ni de si affreux.

Il dut faire un effort pour détourner les yeux et regarder autour de lui. Veste de Treillis et Binocle encadraient la porte. Dent d'Argent se cachait dans un angle. Alex ne l'avait pas remarqué, tapi dans l'ombre, mais il s'avança à la lumière, dévoilant son cou enflé et deux marques de brûlure rouges dans la nuque. Montre d'Acier n'était pas là. Peut-être n'avaient-ils pas réussi à le décoller du Magnetom.

Le tatoué prit la parole :

— Tu nous as causé pas mal de soucis, petit. Pour être franc, tu devrais être mort.

Alex préféra se taire et attendre la suite.

— Je m'appelle Kaspar.

— Comme Casper, le gentil fantôme ?

Le tatoué n'esquissa même pas un sourire.

— Pourquoi étais-tu sorti de ta chambre, hier soir ?

— J'avais besoin d'air.

— Tu aurais mieux fait d'ouvrir simplement ta fenêtre.

Lorsqu'il parlait, tous les continents remuaient. Alex se dit qu'un éternuement devait provoquer un tremblement de terre mondial.

— Tu sais qui je suis ? demanda Kaspar.

— Non. Mais dans un examen de géographie, ce doit être pratique de vous avoir comme voisin.

— Tu n'es guère en situation de faire de l'humour, répliqua le tatoué d'une voix monotone et impassible.

Il esquissa un geste vers ses complices et reprit :

— Tu as causé beaucoup d'ennuis et de souffrances à mes camarades. Ils aimeraient que je te tue. Je le ferai peut-être.

— Qu'est-ce que vous me voulez ?

— Je vais te le dire.

Kaspar se passa un doigt sur la joue, de la Norvège à l'Algérie.

— Je constate que mon apparence t'étonne. Tu trouves sans doute cela très excessif. Mais ces tatouages représentent qui je suis et ce en quoi j'ai foi. Nous faisons tous partie de ce monde. J'ai fait en sorte que le monde fasse partie de moi.

Il marqua une pause avant de reprendre :

— Je suis ce qu'on pourrait appeler « un combattant de la liberté ». Mais la liberté à laquelle je crois est celle d'une planète délivrée de l'exploitation et de la pollution engendrées par les riches hommes d'affaires et les multinationales, qui sont capables de tout détruire dans le seul but de s'enrichir. Il y a pourtant des avertissements. La couche d'ozone s'amenuise. Nos précieuses ressources diminuent à toute allure. Néanmoins de gros porcs continuent de s'en mettre plein les poches sans se soucier de demain. Ton père est de ces gens-là.

— Mon père ? Vous vous trompez complètement...

La tatoué réagit avec une rapidité surprenante. Il se leva et gifla Alex du dos de la main. Alex eut un sursaut, plus d'étonnement que de douleur.

— Ne m'interromps pas ! le somma Kaspar. Ton père a construit sa fortune dans le pétrole. Ses pipelines ont balafré trois continents. Et maintenant, non content des dégâts qu'il a causés sur Terre, il s'intéresse à l'espace. Quatre espèces d'oiseaux ont disparu à cause du lancement de ses fusées dans les Caraïbes. Des grands singes et des chimpanzés ont été les victimes de ses vols d'essai. C'est un ennemi de l'humanité et, comme tel, il est devenu une cible légitime de Force Trois.

Kaspar se rassit, puis reprit :

— Certains nous considèrent comme des criminels. Mais le véritable criminel, c'est ton père. C'est lui qui nous a obligés à agir ainsi. Nous avons décidé de le faire payer. Il nous versera deux millions d'euros pour te récupérer. Cet argent nous servira à poursuivre notre lutte pour protéger la planète. S'il refuse, il ne te reverra plus vivant. Voilà pourquoi nous t'avons enlevé à St. Dominic, cette nuit. Tu resteras avec nous jusqu'au versement de la rançon. Personnellement, je ne te veux aucun mal, Paul, mais il faut prouver à ton père que nous te retenons prisonnier. Nous devons lui envoyer un message qu'il ne pourra pas ignorer. Et je crains que ceci n'exige un petit sacrifice de ta part.

Alex voulut protester mais il était pris de vertige. Tout cela allait trop vite. Avant qu'il ait pu réagir, quelqu'un lui saisit le bras. Veste de Treillis s'était approché sans bruit dans son dos. Alex tenta de résister, mais l'homme était trop fort. Il lui déchira sa manche de chemise et la retroussa. Puis il le força à poser la main sur la table, doigts écartés. Alex ne pouvait rien faire. Veste de Treillis le tenait si solidement que ses doigts blanchissaient. Dent d'Argent vint se poster de l'autre côté. Il sortit son couteau et le tendit à Kaspar.

— Nous pourrions envoyer une photographie à ton père, reprit ce dernier. Mais à quoi bon ? En ce moment, il doit savoir que tu as été enlevé. Il y a des moyens plus efficaces pour faire connaître nos exigences. Des moyens nettement plus persuasifs.

Il leva le couteau vers son visage, comme s'il allait se raser. La lame mesurait quinze centimètres de long, avec un tranchant en dents de scie. Il examina son reflet dans l'acier.

— On pourrait lui faire parvenir une mèche de tes cheveux. Il les reconnaîtrait, j'en suis sûr. Mais il prendrait sûrement cela pour un signe de faiblesse ou de compassion de notre part. Je te présente donc mes excuses, Paul Drevin. Blesser un enfant ne me procure aucun plaisir. Même un enfant de riche, un enfant pourri-gâté comme toi. Mais je compte envoyer un doigt de ta main droite à ton père...

Instinctivement, Alex voulu reculer, mais Veste de Treillis avait prévu sa réaction. Il pressa de tout son poids sur la main d'Alex. Ses doigts étaient écartés, impuissants, sur la table.

— La douleur sera intense. Mais partout dans le monde il y a des enfants qui n'ont connu que la souffrance et la faim, tandis que d'autres, comme toi, se morfondent dans le terrain de jeu des riches. Tu joues du piano, Paul ? J'espère pour toi que non. Ça ne te sera plus très facile.

Il saisit le petit doigt d'Alex, et le couteau commença à s'en approcher.

— Je ne suis pas Paul Drevin ! s'écria Alex, cédant à l'affolement.

Il sentait le sang refluer de son visage. Le couteau continuait d'approcher.

— Vous avez fait une erreur ! Je m'appelle Alex Rider. J'étais dans la chambre 9. Je ne sais rien de votre Paul Drevin !

Le couteau s'immobilisa. À quelques millimètres de son petit doigt.

— Coupez ! siffla Veste de Treillis entre ses dents.

— La nuit dernière, je n'arrivais pas à dormir, insista Alex précipitamment. Je suis allé dans les toilettes du couloir. En revenant, j'ai vu des hommes devant ma chambre. L'un d'eux a sorti un revolver, et ils se sont élancés vers moi. Je ne comprenais pas ce qui se passait. Il fallait bien que je me défende !

— Il ment, gronda Veste de Treillis. Je lui ai demandé son nom.

Il se tourna vers Binocle et ajouta :

— Dis-lui, toi.

— C'est vrai, acquiesça Binocle. On a vu sa chambre. La 8. Elle était vide. Ensuite il s'est pointé dans le couloir. On a dit son nom et il a répondu.

Kaspar resserra sa prise sur le manche du couteau. Sa décision était prise.

— Non ! J'étais dans la 9, pas dans la 8 ! cria Alex.

La tête lui tournait. Il voyait déjà la lame entailler la

chair et l'os. Il imaginait la douleur. Tout à coup, une idée lui vint :

— Pourquoi croyez-vous que j'étais à l'hôpital ?

— Nous *savons* pourquoi. Tu as été opéré de l'appendicite.

— Très bien. Alors regardez mes bandages. Ils sont près de l'appendice ?

Il y eut un long silence. Alex sentait tout le poids de Veste de Treillis peser sur sa main. Il était impatient de voir le sang couler. Mais Kaspar hésita.

— Ouvrez sa chemise, ordonna-t-il.

Personne ne fit un geste.

— Ouvrez-la !

Veste de Treillis ne relâcha pas sa prise. Ce fut Dent d'Argent qui avança. Il saisit le col de la chemise d'Alex et tira, arrachant deux boutons. Kaspar regarda fixement les bandages croisés sur sa poitrine. Alex sentait son cœur tambouriner dessous.

— Qu'est-ce que c'est ?

— J'ai été blessé au torse.

— Quel genre de blessure ?

— Un accident de vélo.

Ce fut l'unique mensonge d'Alex. Difficile de leur avouer la vérité ! Il ne tenait pas à leur apprendre sa véritable identité.

— J'ai fait la connaissance de Paul Drevin, admit-il. Il est de mon âge. Mais il ne me ressemble pas du tout. Passez un coup de téléphone. C'est facile à vérifier. Vous pouvez me couper tous les doigts, son père ne vous versera pas un sou. Il ne sait même pas que j'existe !

Il y eut un autre silence.

— Il ment ! s'entêta Veste de Treillis.

Mais Kaspar était convaincu. Un doute l'avait effleuré en entendant parler le supposé Paul Drevin sans le moindre accent russe. Ce garçon-là avait manifestement passé toute sa vie en Angleterre. Kaspar poussa un juron et planta la pointe du couteau dans la table d'un geste rageur. À moins d'un centimètre de la main d'Alex. Le manche vibrait encore quand il le lâcha.

La déception se lisait sur les visages de Binocle et de Veste de Treillis. Mais Kaspar était sûr de lui.

— Lâchez-le.

Veste de Treillis le maintint encore un instant, puis recula à regret, en marmonnant une vilaine injure. Alex retira vivement sa main. Son bras droit lui faisait presque aussi mal que le gauche. Il se demanda si Kaspar allait le renvoyer à l'hôpital. Il en aurait bien besoin.

Mais ce n'était pas encore terminé.

Veste de Treillis et Binocle étaient prêts à l'escorter dehors. Kaspar leur fit signe d'attendre. Il examina Alex attentivement, le jaugea. Les tatouages qui lui recouvraient le visage empêchaient de deviner le cours de ses pensées.

— Si tu es vraiment ce que tu dis, reprit-il, si tu n'es pas Paul Drevin, alors tu ne nous sers à rien. Nous pouvons t'éliminer de la façon qu'il nous plaira. Et je pense que mes hommes prendront un grand plaisir à te tuer lentement. Donc, mon jeune ami, il est dommage pour toi que nous ayons commis une erreur. La perte d'un petit doigt aurait été moins désagréable.

Dent d'Argent souriait. Veste de Treillis hocha gravement la tête.

— Ramenez-le dans sa cellule, ordonna Kaspar. Je vais faire les vérifications nécessaires. Ensuite nous nous occuperons de lui.

5

ESCALIER DE SECOURS

L'après-midi touchait à sa fin lorsque la porte s'ouvrit devant Veste de Treillis. Alex estima qu'il était enfermé depuis environ huit heures. On l'avait autorisé une seule fois à utiliser des toilettes chimiques. Vers midi, Binocle lui avait apporté un sandwich et une boisson. La date inscrite sur l'emballage de Cellophane indiquait que le sandwich était périmé depuis trois jours, mais Alex l'avait avalé avidement.

Veste de Treillis revenait le chercher. Il conduisit de nouveau Alex dans la salle où Kaspar l'avait interrogé. Son visage au vilain nez cassé ne révélait rien. Quelque chose dans cette machination intriguait Alex. Kaspar s'était présenté comme un combattant de la liberté, un défenseur de l'écologie. Quel que soit leur nom, ces gens étaient des fanatiques. Les tatouages suffisaient amplement à le prouver. Mais la façon dont ils le traitaient, les menaces, la demande de rançon semblaient appartenir à un autre monde. Ils parlaient de la pollution et de la couche d'ozone, mais ils agissaient comme des truands et des criminels. Ils avaient abattu le réceptionniste de nuit sans raison. Ils semblaient n'avoir aucun respect pour la vie humaine.

À cette heure, ils devaient connaître la vérité. Qu'allaient-ils faire de lui ? Les paroles de Kaspar lui revinrent en mémoire et il fit taire son imagination. Mieux valait chercher un moyen de sortir d'ici. Ce ne serait pas facile. Les quatre hommes avaient appris à leurs dépens de quoi il était capable. Ils ne lui donneraient pas une seconde chance.

Kaspar l'attendait. Devant lui, sur la table, il y avait un journal. Mais aucune trace du couteau. Binocle et Dent d'Argent se tenaient debout derrière lui. Alex s'assit. Kaspar fit pivoter le journal. C'était l'*Evening Standard.* Le gros titre de la une résumait toute l'histoire en trois mots :

ERREUR DE KIDNAPPING

Comme personne ne disait rien, Alex lut rapidement l'article. Il y avait une photo de St. Dominic, mais aucune de Paul Drevin ni de lui. Il se rappela avoir lu quelque part que le père de Paul, Nicolaï Drevin, mettait un embargo sur toutes les photos de sa famille sous prétexte que cela mettait en danger leur sécurité. Et, bien entendu, jamais le MI 6 n'aurait autorisé la publication d'une photo d'Alex. Son nom n'était même pas mentionné.

Un gardien de nuit a été tué cette nuit au cours d'une attaque brutale dans un hôpital du nord de Londres. Selon toute probabilité, la personne visée par les quatre malfaiteurs était Paul Drevin, quatorze ans, fils de l'homme d'affaires russe Nikolaï Drevin, l'une des plus grosses fortunes du monde. Drevin a fait la une des journaux, cette année, en achetant le club de football de Stratford East. Il est également le promoteur du projet pharaonique « Arkange », le premier hôtel de l'espace, estimé à dix milliards d'euros.

La police a confirmé que, par un curieux concours de circonstances, les kidnappeurs se sont trompés de cible. L'autre garçon, dont le nom n'a pas été révélé, a disparu de sa chambre, où il était soigné à la suite d'une grave opération chirurgicale. Le porte-parole de l'hôpital, le Dr Roger Hayward, a demandé aux ravisseurs de libérer très vite l'adolescent, dont l'état de santé est stable mais sérieux.

Alex leva les yeux. Kaspar semblait attendre sa réaction.

— Je vous l'avais dit. Vous pouvez me laisser partir, maintenant. Je n'ai rien à voir avec tout ça. J'étais dans la chambre voisine, c'est tout.

— Tu es intervenu volontairement, dit Kaspar.

— Non !

Alex avait la bouche sèche tout à coup.

— Tu as échangé les numéros de chambres. Tu as répondu au nom de Paul Drevin. Tu as estropié un de mes hommes et blessé les autres.

Alex se taisait. Il attendait le verdict.

— Je ne comprends pas pourquoi tu t'es interposé, poursuivit Kaspar. Je ne sais pas qui tu es. Mais tu as agi délibérément. Tu as choisi de devenir un ennemi de Force Trois. Donc tu dois payer.

— Je n'ai rien choisi !

— Je ne tiens pas à discuter avec toi. Je mène une guerre, et dans toutes les guerres il y a des pertes humaines. D'innocentes victimes qui se trouvent au mauvais endroit. Si ça peut te rendre les choses plus faciles, imagine que tu es une de ces victimes.

Kaspar poussa un soupir, mais on nc lisait aucune tristesse sur la carte de son visage.

— Adieu, Alex Rider. Dommage qu'on se soit rencontrés. Ça m'a coûté une rançon de deux millions d'euros. À toi, ça coûtera plus cher...

Avant qu'Alex ait pu esquisser un geste, ou prononcer un mot, il fut saisi par-derrière, soulevé de son siège, emporté hors de la pièce et traîné dans le couloir. Puis on le poussa dans une pièce plus petite que la précédente. Il eut juste le temps d'apercevoir une chaise, une fenêtre obstruée de barreaux et quatre murs nus, avant de recevoir un coup violent dans le dos qui le jeta à plat ventre sur le sol. Veste de Treillis se pencha au-dessus de lui et chuchota d'une voix rauque :

— J'aurais aimé qu'il me laisse un petit moment avec toi. Si on avait fait à mon idée, ça se serait passé autrement...

— Alors, tu viens ? s'impatienta une voix dans le couloir.

Veste de Treillis cracha sur Alex et sortit. La porte claqua et, presque aussitôt, Alex reconnut le bruit caractéristique de coups de marteau. Il secoua la tête d'incrédulité. Ces brutes ne se contentaient pas de l'enfermer à clé. Ils clouaient la porte à l'encadrement !

Il inspecta sa cellule, se demandant pourquoi ils avaient particulièrement choisi cette pièce. Les barreaux à la fenêtre ne faisaient pas de réelle différence. Même grande ouverte, il n'aurait pu sauter de sept ou huit étages. Quelles étaient leurs intentions exactes ? De toute évidence, ils n'envisageaient pas de revenir le chercher. Comptaient-ils simplement l'abandonner ici jusqu'à ce qu'il meure de faim et de soif ?

La réponse à sa question se manifesta une heure plus tard. Le soleil déclinait et partout, dans les quartiers est de Londres, des lumières s'allumaient dans les immeubles. Une sourde angoisse étreignit Alex. Il était seul, perché dans une tour délabrée. Il avait le sentiment que Kaspar et ses acolytes étaient partis ; plus aucun bruit ne lui parvenait de l'autre côté de la porte. Le MI 6 devait sans doute faire son possible pour le retrouver, fouiller la ville à sa recherche... mais quelle chance avaient-ils de le découvrir ici ? Il ne pouvait pas ouvrir la fenêtre. La pièce était vide. Il n'avait aucun moyen d'attirer l'attention. Cette fois, sa situation semblait vraiment désespérée.

Et puis l'odeur lui parvint. Filtrant au travers du plancher, venant de loin, quelque part au cœur de l'immeuble.

Le feu.

Ils avaient incendié le bâtiment. Alex le comprit avant même de voir les premières volutes de fumée grise ramper sous la porte. Ils avaient répandu de l'essence et allumé le feu, le laissant littéralement emmuré dans ce qui allait bientôt devenir le plus grand bûcher funéraire du monde. Un court instant, la panique le submergea. Une panique noire, irrésistible. La fumée s'enroulait sous la porte. Il se releva d'un bond et recula vers la fenêtre, dans l'idée de briser la vitre. Mais cela ne lui servirait à rien. Il se força au calme. Il devait réfléchir. Il ne se laisserait pas tuer sans résister. Onze jours plus tôt, un tueur à gages avait essayé de lui loger une balle de calibre 22 en plein cœur. Pourtant il était encore là. Il n'était pas facile à tuer.

La pièce n'avait que deux issues : la porte et la fenêtre. L'une et l'autre infranchissables. Mais les murs ? Des panneaux en contreplaqué et plâtre. Dans la salle où Kaspar l'avait interrogé, on avait abattu toutes les cloisons. Pourquoi ne pas tenter de faire la même chose ici ? Il palpa les murs, poussa, sonda, à la recherche de points faibles. Il avait la gorge irritée et les yeux larmoyants. La fumée commençait à s'accumuler dans la pièce. Il recula, prit son élan et lança une ruade de karaté au centre du mur. Une douleur vive irradia de sa jambe dans tout son corps. La cloison ne se fissura même pas.

Restait le plafond. Alex se souvint du couloir. Des plaques du plafond manquaient et il avait aperçu les tuyaux et les fils qui couraient derrière. Or, le plafond de cette pièce se composait des mêmes plaques.

Et il y avait une chaise.

Il la traîna dans l'angle le plus proche de la porte et monta dessus. À présent, le plancher avait presque disparu sous un tapis de fumée mouvante. Et la fumée semblait se hisser vers lui comme si elle cherchait à le saisir et le dévorer. Alex assura son équilibre, puis porta un violent coup dans le plafond avec le talon de sa main. Les plaques étaient faites d'une sorte d'aggloméré de fibres qui se cassait facilement. Il donna un autre coup, puis déchiqueta les bords du trou. Il reçut une averse de débris et de saletés qui l'aveugla un instant. Quand il rouvrit les yeux, il découvrit un grand espace vide. S'il parvenait à s'y hisser, il pourrait se faufiler au-dessus de la porte et sauter de l'autre côté.

Il dégagea d'autres plaques afin de se ménager assez de

place. Quelques étages au-dessous, il entendit quelque chose. Une sorte de crépitement. Le bruit lui donna la chair de poule. Cela signifiait que le feu se rapprochait. Il s'obligea à se concentrer sur sa tâche. La chaise vacillait sous lui. S'il tombait et se tordait la cheville, il était perdu.

Enfin il fut prêt. Il prit son élan et sauta. Il sentit la chaise basculer à terre, mais il avait réussi ! Il avait saisi à deux mains une vieille canalisation d'eau et y était suspendu, ses bras disparaissant dans l'espace vide au-dessus des plaques du faux plafond. Ses points de suture se rappelèrent de nouveau douloureusement à sa mémoire. Les kinés lui avaient conseillé de faire des exercices d'étirements, mais probablement pas du même genre.

Serrant les dents, Alex rassembla toutes ses forces pour se hausser dans la cavité du plafond. Son visage traversa une toile d'araignée et il ne put réprimer une grimace quand les fils délicats s'entrelacèrent sur son nez et sa bouche. Son estomac frôla le bord du trou. Il avait la moitié du corps dans la pièce, l'autre moitié en dehors. Des dizaines de fils électriques et de tuyaux calorifugés couraient au-dessus de sa tête et filaient à perte de vue. La poussière lui piquait les yeux. Et maintenant ?

Dans un dernier effort, Alex hissa ses jambes. Puis il pivota et donna des coups de talon dans les plaques, qui cédèrent. Le couloir apparut au-dessous de lui. Cela représentait un saut de trois mètres. Il avança, bascula, puis laissa pendre ses jambes et son torse. Enfin, il lâcha prise, et atterrit accroupi. De l'autre côté de la porte. Il poussa un soupir de soulagement et se redressa. Il était sorti de sa cellule, mais il était encore au septième étage, ou plus, d'un immeuble désaffecté et dévoré par un incendie. Il était loin d'être tiré d'affaire.

Le craquement sinistre des flammes était plus sonore dans le couloir. L'immeuble, qui lui avait semblé humide et moisi, s'embrasait comme une torche. Il sentait la température monter. L'extrémité du couloir, où le tatoué l'avait interrogé, vibrait déjà comme un mirage dans la chaleur. Où étaient les pompiers ? Quelqu'un avait forcément remarqué l'incendie. Alex repéra un signal d'alarme dans le couloir, mais la vitre était brisée et la manette absente. Il allait devoir se débrouiller seul.

Mais par où ? Il n'avait que deux options possibles : à gauche ou à droite. Il décida de s'éloigner de la salle d'interrogatoire. Quand on l'avait conduit à Kaspar, il avait remarqué un escalier. Il devait en exister un second du côté opposé. La fumée filtrait dans les interstices, s'accrochait étrangement dans l'encadrement des portes. Bientôt il ne pourrait plus rien voir. Bientôt il ne pourrait plus respirer.

Il passa en courant devant sa première cellule, continua dans le couloir, dépassa les ascenseurs sans même songer à s'y risquer. Rien, dans l'immeuble, ne fonctionnait. Mais, juste à côté, il trouva ce qu'il cherchait : un escalier. Il posa brièvement la main sur la rampe en métal. C'était chaud. Le feu approchait.

Il n'avait pas le choix. Il commença à descendre en courant, toujours pieds nus, espérant ne pas rencontrer de verre brisé. Chaque étage comptait vingt-cinq marches. Il fit machinalement le calcul. Il tourna et vit une porte menant à un couloir envahi de fumée. Aucune issue par ici.

Plus il descendait, plus ça empirait. Encore vingt-cinq marches et il arriva à une autre porte. Derrière, le couloir était brillamment éclairé. D'éclatantes flammes rouges et orange déchiraient les murs, bondissaient sur le sol, dévorant tout sur leur passage. Alex fut sidéré par la vitesse de leur progression et par leur puissance. Il dut lever un bras pour se protéger le visage de la chaleur incandescente.

Et il poursuivit sa descente. Les membres de Force Trois avaient allumé l'incendie au rez-de-chaussée, laissant l'air propager les flammes dans les niveaux supérieurs. Arrivé au troisième étage, au moment d'entamer une nouvelle volée de marches, Alex pouvait à peine respirer. La fumée l'étouffait. Il regrettait de n'avoir pas pensé à mouiller sa chemise pour se couvrir la bouche et les yeux. Mais où aurait-il trouvé de l'eau ? Encore vingt-cinq marches. Et encore vingt-cinq. Il suffoquait. Son corps ruisselait de sueur. Il avait l'impression d'être dans un four géant. Combien de marches encore ?

Il entrevit le jour. Une porte conduisait à la rue.

C'est alors que Veste de Treillis apparut, créature cauchemardesque surgissant de nulle part, comme au ralenti, son arme braquée devant lui. Alex vit une étincelle jaillir du canon et se jeta en arrière. La balle fila quelques centimètres au-dessus de sa tête. Il atterrit brutalement sur les marches et roulait déjà sur lui-même lorsqu'une deuxième balle ricocha à côté de lui, projetant des éclats de ciment sur sa joue. Il parvint à se remettre debout et entreprit, cette fois, de monter l'escalier. Veste de Treillis tira de nouveau. La fumée masqua Alex et les balles le manquèrent. Il tourna à mi-palier et ne s'arrêta que lorsqu'il fut revenu au premier étage.

Il avait la nausée, mélange de fureur et de désespoir. Il avait failli réussir. Veste de Treillis était-il resté là pour le guetter ? Avait-il deviné qu'Alex parviendrait à s'échapper ? Non, c'était absurde. Mais le moment était mal choisi pour réfléchir. Il était toujours prisonnier d'un bâtiment en flammes, et le nombre de possibilités se réduisait rapidement. Respirer devenait de plus en plus difficile. Le couloir était une fournaise. Impossible de passer par là. Impossible de descendre. Il ne lui restait plus qu'à monter.

Ce qu'il fit. Avec lassitude. Il parvint au deuxième étage et n'eut que quelques secondes de répit. Alors qu'il reprenait sa progression, il y eut une brutale bouffée de flammes et le plafond s'effondra avec fracas. Du bois enflammé, du métal, du verre cascadèrent jusqu'en bas. Le feu avait atteint la cage d'escalier. Maintenant cette issue était définitivement condamnée. Alex devrait tenter de fuir par le toit. Avec un peu de chance, la police et les pompiers ne tarderaient pas. Peut-être y aurait-il un hélicoptère.

Alex continuait de monter. Ses mains étaient noires, son visage sillonné de larmes. Mais il ne s'arrêtait pas. Au pire, il mourrait à l'air libre. Il ne se laisserait pas rattraper par les flammes ici.

Il ne comptait plus les marches. Il avait mal aux jambes, ses bandages s'étaient desserrés. Il dépassa le huitième étage en courant, poussé par un désespoir grandissant. C'était là que tout avait commencé. Il devait continuer, monter encore, atteindre le neuvième, le dixième, le onzième, le douzième... Il avait conscience des flammes lancées à sa poursuite, qui envahissaient la cage d'escalier, lui léchaient les talons. On aurait dit que le feu sentait sa présence et craignait de le perdre. Enfin il atteignit une porte pleine, avec une barre d'ouverture en fer. Il y appliqua brutalement ses deux paumes pour pousser, terrifié à la pensée qu'elle ne s'ouvre pas. Mais la porte s'ouvrit. L'air frais du soir l'accueillit. Le soleil s'était couché mais le ciel était encore tout rougeoyant, de la même couleur que le feu qui le rejoignait à pas de géant.

Alex était au bord de l'épuisement. Il avait à peine mangé de la journée. Normalement, il aurait dû être au lit. Au lieu de céder au découragement, il poussa un juron, très fort. Puis il s'essuya le visage d'un revers de manche et regarda autour de lui.

Il était sur le toit, au quinzième étage. Devant lui se dressaient une citerne d'eau et le local de brique abritant le mécanisme des ascenseurs. Mais aucun ascenseur ne fonctionnait, et la citerne était probablement vide. Aucune aide à chercher de ce côté. Au moment des travaux, les maçons avaient abandonné sur place quelques barres d'échafaudage, des tubes de plastique, ainsi qu'une bétonnière et deux seaux en fer, tous deux remplis de ciment solidifié depuis longtemps. Alex courut au bord du toit, cherchant un escalier d'incendie. Sous ses pieds nus, le sol goudronné était chaud. Bientôt il commencerait à fondre.

Il n'y avait pas d'escalier d'incendie. Aucune issue de secours extérieure. Dans la rue, tout en bas, il n'y avait pas une seule voiture. Pas un piéton. L'immeuble se trouvait dans un quartier industriel de l'est de Londres. Tout le secteur était condamné en attendant les investissements qui permettraient sa réhabilitation. L'immeuble en face était identique, lui aussi désaffecté. Il se dressait à moins de quinze mètres, relié au premier par la banderole qu'Alex avait entrevue en se réveillant :

Un an plus tard, il se serait probablement trouvé sur

HORNCHURCH TOWERS	**Bientôt un nouveau projet immobilier de grand standing pour l'est de Londres**

la terrasse d'un fabuleux appartement. Alex admira la vue : la Tamise ; en face, le dôme du Millenium, non désiré et mal aimé par les Londoniens, posé sur une saillie de terre contournée par le fleuve. Un avion plongeait du ciel pour aller atterrir. Alex leva machinalement le bras pour attirer l'attention, mais il savait que c'était inutile. L'avion volait trop haut, il faisait déjà sombre, et la fumée était trop épaisse.

Il battit en retraite vers la porte. Il devait redescendre, en espérant que les étages supérieurs étaient encore praticables. Peut-être pourrait-il tenter sa chance de l'autre côté. Il ouvrit la porte avec précaution. Il y avait peu de risques que Veste de Treillis l'ait suivi jusqu'ici, mais il préférait être prudent. Quand la porte s'ouvrit, il comprit que Veste de Treillis était le moindre de ses problèmes. Une sorte de poing de feu le frappa. La cage d'escalier s'était transformée en enfer.

Au même instant, une explosion le projeta en arrière avec un millier d'éclats de bois enflammés. Il atterrit douloureusement sur le dos. En se redressant, il s'aperçut que la porte elle-même était en feu. Or, le toit ne possédait aucune autre issue.

Cette fois, il était pris au piège.

Alex se remit debout, mais le sol devenait trop chaud et il devait sautiller d'un pied sur l'autre. De la fumée noire jaillissait par la porte et s'élevait en grosses bouffées. Enfin il entendit ce qu'il avait tant espéré : les sirènes ! Mais le temps que les secours arrivent jusqu'à lui, il serait trop tard. Une nouvelle explosion retentit quelque part dans les étages inférieurs. Les fenêtres commençaient à éclater sous l'effet de la chaleur. Que faire ?

La banderole.

Longue d'une vingtaine de mètres, suspendue à une centaine de mètres au-dessus du sol, elle formait une sorte de main courante entre les deux immeubles. La publicité pour Hornchurch Towers était suspendue entre deux filins d'acier. Celui du haut, au niveau du toit, était fixé dans la façade. Alex s'en approcha. Pourrait-il marcher sur le filin du bas en s'accrochant au filin du haut ? Ce serait comme ces ponts de corde dans la jungle. En avançant lentement, il parviendrait peut-être à passer de l'autre côté.

Mais les filins étaient trop écartés, et la toile claquait au vent. Il serait éjecté avant même d'être arrivé à mi-course.

Alors comment ?

La réponse surgit brusquement. Tout ce dont il avait besoin était sur le toit. Mais, pour que cela fonctionne, il devait tout assembler. En aurait-il le temps ?

Une autre fenêtre vola en éclats. Derrière Alex, la porte du toit disparaissait dans un tourbillon de flammes et de fumée. Il se trouvait sur un plat chaud géant, qui devenait plus intenable à chaque seconde. Il apercevait les véhicules de pompiers, minuscules comme des jouets, qui affluaient à toute vitesse, à sept ou huit cents mètres. Il devait tenter sa chance. Il n'y avait pas d'autre issue.

Il saisit un des tubes de plastique et le soupesa. Le tube

mesurait environ six mètres et son poids ne lui causait aucune douleur. Trop léger, donc. Il fallait l'alourdir un peu. Alex examina rapidement les seaux de ciment durci et les souleva. Ils étaient remplis à moitié et pesaient à peu près le même poids. Il devait trouver un moyen de les attacher au tube. Mais il n'y avait pas de corde. Alex toussa, intoxiqué par la fumée, et essuya la sueur et les larmes qui lui brûlaient les yeux. Comment remplacer la corde ? Il baissa la tête et vit les bandages défaits qui pendaient sur son torse. Il en saisit une extrémité et les défit complètement.

Soixante secondes plus tard, il était prêt.

Alex remercia en pensée son oncle Ian. Six ans auparavant, à Vienne, pour son huitième anniversaire, Ian l'avait emmené au cirque. Il se souvenait encore de son numéro préféré.

— Les funambules, avait dit Ian.

— Qu'est-ce que c'est ?

— Ça vient du latin, Alex. *Funis* signifie « corde ». Et *ambulare* veut dire « marcher ». Le funambulisme est l'art de marcher sur une corde raide.

— C'est difficile ?

— Beaucoup moins qu'il n'y paraît. Les gens l'ignorent, mais il y a une astuce...

Alex leva le tube de plastique, le centre pressé contre son torse, environ trois mètres de chaque côté. Un seau de fer lesté de ciment à chaque extrémité, attaché avec de la bande Velpeau. À chaque seconde qui passait, Alex sentait la température augmenter. Il avait déjà des ampoules sous la plante des pieds. Il ne pouvait plus attendre. Il s'approcha du bord du toit. Le filin qui tendait le haut de la banderole s'étirait au-dessus du vide et le second immeuble apparaissait soudain terriblement éloigné. Alex se força à ne pas regarder en bas, sachant que le vertige le paralyserait.

Selon les explications de Ian, voici comment la technique des funambules était censée fonctionner :

Le filin fait office d'axe. Si l'on essaie de marcher dessus, on tombe dès l'instant où le centre de masse n'est plus au-dessus de l'axe. Un seul vacillement et la pesanteur fait le reste.

Au contraire, une longue perche augmente ce qu'on appelle « l'inertie de masse » du funambule. Et réduit les risques de chute. Et si l'on ajoute assez de poids à chaque extrémité, on abaisse le centre de gravité *sous* le filin. C'est ce qu'Alex avait fait avec les deux seaux. À condition de ne pas lâcher la perche, il lui serait presque impossible de perdre l'équilibre. Il avait vu des jouets fonctionner sur le même principe. Ce ne devait pas être trop difficile.

Du moins en théorie.

Alex fit un pas. Il avait un pied sur l'extrême bord du toit, et un pied sur le filin. Tout ce qu'il avait à faire, c'était de se pencher en avant, de transférer son poids d'un pied sur l'autre, et il deviendrait un funambule. Si les lois de la physique ne le trahissaient pas, il devait pouvoir traverser. Dans le cas contraire, il mourrait. C'était aussi simple que ça.

Il prit une profonde inspiration et quitta le sol ferme du toit.

Le tube fléchit de chaque côté sous le poids des seaux. Pendant un instant terrifiant, le monde parut vaciller et Alex crut qu'il allait tomber. Mais il s'efforça de ne pas céder à la panique. Il pressa plus étroitement le tube contre sa poitrine et se concentra sur le filin devant lui.

Une fraction de seconde, il ferma les yeux, afin de ne pas lutter pour trouver son équilibre, de laisser simplement les lois de la physique le guider.

Et cela fonctionna. Il ne tombait pas. Le filin lui cisaillait les pieds mais il était stable. Combien de pas jusqu'à l'autre immeuble ? Les flammes lui chauffaient le dos. Il était temps d'avancer.

Un pied après l'autre, il entama la traversée. Une envie folle de regarder en bas le tenaillait. Tous les nerfs de son corps lui disaient de jeter un coup d'œil. La tension lui raidissait le cou et la colonne vertébrale. Mais c'était la seule chose à ne pas faire. Il essaya de s'imaginer sur le terrain de sport du collège. Combien de fois n'avait-il pas marché sur les lignes blanches ! C'était exactement la même chose. Juste un peu plus haut.

Il était à peu près à mi-parcours lorsque les choses commencèrent à se gâter. Et de façon spectaculaire. D'abord, la police et les pompiers arrivèrent. Alex entendit les hurlements des sirènes juste en dessous de lui. Incapable de se maîtriser, il baissa les yeux. Erreur fatale. Il ne marchait plus sur un terrain de sport. Il était perché sur un fil, horriblement loin du sol. Il vit des gens en uniforme le montrer du doigt en criant. Il distinguait tout juste leurs voix. L'un des camions de pompiers déployait sa grande échelle dans sa direction, mais ils avaient peu de chances de l'atteindre à temps.

Le monde commença à tournoyer. Alex ressentit une bouffée de panique qui parut dissoudre tous les muscles de son corps, et le laissa si faible qu'il se crut près de s'évanouir. En même temps, le vent se leva. La banderole se mit à battre comme la voile d'un bateau et le filin oscilla. Alex savait que seuls les poids attachés aux extrémités du tube lui permettaient de tenir. Il était paralysé. Il ne pouvait rien faire.

C'est alors que le toit de l'immeuble explosa. Les flammes s'étaient enfin libérées. Une boule de feu perfora le revêtement goudronné. Les policiers et les pompiers se mirent à l'abri des morceaux de briques et de ferraille qui leur pleuvaient dessus. La tour entière était sur le point de s'effondrer. Alex sentit une vibration se répercuter dans son corps, et s'aperçut avec horreur que le support métallique tenant le filin supérieur s'apprêtait à céder. Il ne lui restait que quelques secondes.

Le choc de l'explosion le délivra de sa paralysie. Il accéléra le pas, poussant le balancier comme un coureur coupant la ligne d'arrivée. Les seaux oscillaient follement, amarrés par les bandages. Une autre explosion. Plus violente. Alex n'osa même pas regarder.

L'autre immeuble se rapprochait, mais pas assez. Ses bras lui faisaient mal. Il n'avait presque plus la force de tenir la perche. Le filin lui entaillait les pieds. Le vent le fouettait. Il n'allait pas y arriver.

Le filin se rompit.

Alex entendit une sorte de claquement de fouet. Poussant un cri, il lâcha la perche et se jeta en avant, les bras tendus vers le toit qui se trouvait à quelques mètres. Le filin et la banderole se dérobèrent sous ses pieds. Ses mains manquèrent la corniche et il commença à plonger. Mais il était entravé par la banderole, entortillée autour de lui. Alex s'agrippa au tissu. Il eut le souffle coupé quand il percuta la paroi. Ses pieds pendillaient dans le vide. Le filin se dévidait sous lui. Pourtant il était encore relié au toit, quelques mètres au-dessus de sa tête. Il attendit d'être certain que rien ne bougeait. Puis, péniblement, il entreprit de se hisser.

Deux pompiers avaient réussi à atteindre le sommet de l'immeuble. Ils contemplaient, ébahis, l'immeuble d'en face achever son spectaculaire effondrement. Un bruit attira leur attention et ils baissèrent les yeux. Un adolescent venait de ramper sur le rebord du toit, juste à leurs pieds. Sa chemise était en lambeaux et des restes de pansements pendaient sur sa poitrine. Son visage et ses mains étaient couverts de suie. Ses cheveux charbonneux et plaqués par la sueur.

Ils l'empoignèrent et le tirèrent sur le toit. En sécurité.

Alex s'assit lourdement. Il regarda les décombres du bâtiment où il avait été retenu prisonnier. Il en restait peu de chose. Des étincelles bondissaient dans le ciel assombri.

— Belle nuit pour une balade, dit-il avant de perdre connaissance.

6

REPOS ET DÉTENTE

Jack Starbright faisait les meilleurs œufs brouillés du monde. Le secret, selon elle, consistait à n'utiliser que des œufs de poules élevées en plein air, les mélanger avec un peu de beurre doux et de lait, et d'en finir au plus vite. Jack n'aimait pas faire la cuisine et n'appliquait que les recettes réalisables en moins de dix minutes. Ce petit-déjeuner, par exemple, représentait huit minutes et demie exactement, du réfrigérateur à la table.

Elle posa les œufs brouillés sur deux assiettes, y ajouta du bacon grillé, des tomates et des toasts, et les apporta devant Alex. Il était onze heures du matin et ils avaient regagné la maison de Chelsea, qu'Alex partageait autrefois avec son oncle. Jack y était d'abord venue comme étudiante au pair, pour veiller sur lui quand Ian Rider voyageait. Peu à peu, elle était devenue une sorte de gouvernante. Et, désormais, elle était sa tutrice légale, ainsi que sa meilleure amie.

Alex était vêtu d'un pantalon de jogging et d'un grand tee-shirt. Il sortait de la douche et avait les cheveux mouillés. Deux jours s'étaient écoulés depuis sa confrontation avec Kaspar et ses tueurs, et il avait récupéré ses forces, même si Jack le surprenait parfois à se masser le bras gauche. Elle posa son assiette devant lui et servit deux tasses de thé. Aucun d'eux ne parlait.

Après son évasion dramatique, Alex était retourné directement à l'hôpital. Les pompiers ébahis croyaient avoir secouru un artiste de cirque. Une fois encore, le MI 6 avait dû bâillonner la presse. Des photos d'Alex perché sur le filin étaient parues dans les journaux du monde entier, mais on ne pouvait distinguer son visage, et son nom avait été gardé secret. Une ambulance l'avait transporté à la clinique, sirène hurlante, avant l'arrivée des journalistes. Vers dix heures du soir, il avait réintégré son lit de St. Dominic. Inutile de préciser qu'il s'était endormi aussitôt.

Le lendemain matin, il avait été réveillé par l'infirmière Diana Meacher.

— Comment te sens-tu ?

— Fatigué.

— Alors, c'était vraiment toi, sur le toit ? J'ai vu le reportage à la télé, hier soir.

Elle s'approcha de la fenêtre pour lever le store.

— On ne parle que de ça, à l'hôpital... bien qu'on nous l'ait interdit.

Elle revint au lit et glissa un thermomètre dans la bouche d'Alex.

— Quand je pense à ces hommes qui se sont introduits

ici ! Les gens savent ce que tu as fait et te trouvent incroyablement courageux.

— 'Erci, répondit Alex, gêné par le thermomètre.

— Quand même... à ta place, je ferais attention. Le Dr Hayward est furieux. Il dit qu'il n'a pas passé des heures à t'opérer pour que tu ailles te faire tuer une deuxième fois ! Il ne va pas tarder.

Elle lui ôta le thermomètre de la bouche.

— Ta température est normale. Mais c'est bien la seule chose qui soit normale chez toi !

Un peu plus tard, dans la matinée, le Dr Hayward vint faire sa visite et se montra, en effet, assez peu amical. Il examina Alex avec attention, prit sa tension sanguine et son pouls, puis inspecta sa cicatrice sans un mot.

— Tu as de la chance, remarqua-t-il enfin, avec l'air et la voix d'un directeur d'école d'une patience à toute épreuve. Tout ce chaos aurait pu provoquer de sérieux dégâts, mais apparemment tes points de suture ont bien tenu et ton état général me semble bon.

— Je peux partir ?

— On va te garder en observation jusqu'à ce soir. Les personnes pour qui tu travailles veulent te voir.

— Je ne travaille pour personne.

— Oui... bon... tu vois ce que je veux dire. De toute façon, je préfère te surveiller encore aujourd'hui. Il pourrait se produire un contrecoup. Tu vas rester au lit et je viendrai te revoir après le thé.

Le Dr Hayward se leva et ajouta :

— Une dernière chose, Alex. Je te prescris au moins quinze jours de repos. J'y tiens absolument.

— Pas d'école ?

— Non. Tu as subi une intervention chirurgicale

sérieuse. Tu as récupéré tes forces à une vitesse surprenante, c'est vrai. Mais tu cours encore des risques. Des risques d'infection, notamment. Deux semaines de vacances, Alex. Et pas de discussion !

Après le départ du chirurgien, Alex resta seul. Pour tuer le temps, il sortit se promener dans le couloir. La chambre voisine, la 8, était vide. Personne n'avait mentionné Paul Drevin. Visiblement, il était rentré chez lui.

Il n'y a rien de pire que d'être à l'hôpital quand on a l'impression de n'avoir aucune raison d'y être. Vers onze heures, Alex était d'une humeur de dogue. Jack téléphona et il lui demanda de ne pas venir ; il la verrait quand elle viendrait le chercher. La visite annoncée eut lieu avant midi. Mais ce n'était pas la personne qu'Alex attendait.

Il savait que le MI 6 voudrait apprendre ce qui s'était passé à Hornchurch Towers et enverrait quelqu'un l'interroger. Mme Jones, probablement. Mais ce fut John Crawley qui se présenta, vêtu d'un vilain blazer bleu avec un écusson sur la poche de poitrine, une boîte de chocolats dans les mains. À leur première rencontre, John Crawley s'était prétendu chef du personnel. Alex ne savait toujours pas quelle était sa fonction précise au MI 6. La trentaine largement entamée, Crawley avait le crâne dégarni et un visage toujours préoccupé. C'était le genre d'homme à compter les trombones et ranger ses crayons dans un tiroir spécial.

Il s'assit à côté du lit et tendit la boîte de chocolats à Alex.

— Tiens, je t'ai apporté ça.

— Merci, monsieur Crawley.

De près, Alex s'aperçut que l'écusson sur sa poche de

veste était celui du Club royal de golf et de croquet de Tunbridge Wells.

— Mme Jones s'excuse de ne pas venir. Elle est à Berlin. Elle m'a demandé d'établir ce qui s'est passé. La police voulait aussi t'interroger. Mais je leur ai parlé et ils ne t'ennuieront pas. Au fait, comment te sens-tu ? Nous avons tous été ébranlés par ce qui t'est arrivé. J'ai eu moi-même des démêlés avec Scorpia, il y a une dizaine d'années, et ça a failli mal se terminer. Mais revenons à Force Trois. Que s'est-il passé, exactement ?

Crawley sortit un magnétophone miniature et le posa sur le lit. Alex réalisa que l'agent du MI 6 avait laissé échapper un indice sur son passé en parlant de ses démêlés avec Scorpia. Avait-il travaillé sur le terrain, lui aussi ? Alex raconta rapidement les événements, en commençant par l'arrivée des quatre hommes à St. Dominic. Il décrivit la bagarre dans la clinique, sa rencontre avec Kaspar dans l'immeuble abandonné, la demande de rançon, l'incendie, et son évasion. Crawley tressaillit à plusieurs reprises mais ne l'interrompit pas.

— Drôle d'aventure, remarqua-t-il, une fois qu'Alex eut terminé. Je me souviens du jour où je t'ai rencontré. J'ai vu tout de suite que tu avais quelque chose de spécial. J'ai connu ton père. Je n'étais pas autorisé à te le dire jusqu'à maintenant. J'ai travaillé avec lui une ou deux fois.

— Sur le terrain ?

— Oui. C'était avant...

Crawley se passa une main dans les cheveux.

— J'ai été blessé et j'ai dû arrêter. Mais tu lui ressembles. C'est saisissant. Bon, il me reste quelques questions à te poser, ensuite je te laisserai tranquille.

Crawley ralluma le magnétophone qu'il avait mis en pause.

— L'homme qui t'a interrogé. Tu dis qu'il s'appelle Kaspar. Tu peux le décrire ?

— Rien de plus facile, monsieur Crawley. Il a un visage qu'on n'oublie pas.

— Des tatouages ?

— Oh oui.

Alex décrivit l'homme qui avait failli lui trancher le petit doigt.

— Et il t'a expressément dit qu'il représentait Force Trois ?

— Absolument. Il a parlé d'avertissement global, ce genre de choses.

— Et il a mis sa menace à exécution en incendiant l'immeuble.

— Apparemment, oui.

— Que peux-tu me dire d'autre à son sujet ? Est-ce qu'il a un accent ?

— Je ne pense pas qu'il soit anglais, répondit Alex après un instant de réflexion. Il pourrait avoir un léger accent français. Mais je n'en suis pas sûr.

— Un dernier point, dit Crawley en hochant la tête. Les trois types qui étaient dans l'immeuble. Ceux que tu as surnommés Veste de Treillis, Binocle et Dent d'Argent. Tu as entendu leurs noms ?

— Non.

— Bien. Merci, Alex.

Crawley pressa un bouton sur le magnétophone. Il y eut un déclic.

— Expliquez-moi une chose, monsieur Crawley. Qui est Kaspar ? Qui est Force Trois ? Que veulent-ils ?

— C'est une longue histoire.

— Je ne suis pas pressé. Je suis cloué ici.

— D'accord. Commençons d'abord par Nikolaï Drevin. Tu sais qui il est, je suppose ?

— J'en ai entendu parler. C'est un milliardaire russe.

— Né en Russie, oui. Mais avant tout milliardaire. Un homme exceptionnel. Il vit principalement en Angleterre, et il aime se considérer comme anglais.

— Il a acheté un club de foot.

— C'est exact. Stratford East. Personne n'en avait jamais entendu parler, mais Drevin a casqué très cher pour obtenir quelques-uns des meilleurs joueurs du monde. Et maintenant le club est en première division. Drevin possède une énorme propriété dans l'Oxfordshire, un appartement en terrasse près de Tower Bridge, et des maisons un peu partout dans le monde. Il a même une île dans les Caraïbes. Flamingo Bay. C'est là qu'ont lieu les lancements.

— Ar*k*ange.

— Oui. Ar*k*ange est le nom de l'hôtel spatial qu'il fait construire. Il est assemblé pièce par pièce, et il faut y envoyer régulièrement des fusées pour apporter le matériel. Tu ne le sais peut-être pas, Alex, mais le gouvernement britannique est associé au projet et c'est très important pour nous. Le premier hôtel de l'espace battra pavillon britannique ! D'ici dix ans, les voyages commerciaux dans l'espace seront devenus réalité. D'ailleurs, ça l'est déjà. Un homme d'affaires américain a payé vingt millions de dollars pour avoir ce privilège. Une fois Ar*k*ange en état de fonctionnement, d'autres amateurs suivront l'exemple. Les personnalités les plus puissantes et les plus influentes du monde feront la queue pour acheter un ticket, et nous serons les seuls sur le marché.

— Kaspar a fait allusion à l'espace. Ça n'avait pas l'air de le réjouir.

— Kaspar est un fanatique. Il est vrai que quelques oiseaux sauvages ont été éliminés à Flamingo Bay, quand on a installé l'aire de lancement. En fait, il n'y a plus un seul flamant rose. Les Amis de la Terre et l'Organisation mondiale de protection de la nature sont un peu remontés contre le projet, mais ils n'assassinent pas des gens pour autant. Force Trois, c'est une autre histoire.

— Qu'est-ce que vous savez sur eux ?

— Pas grand-chose, se renfrogna Crawley. Jusqu'à cette année, personne ne les connaissait. Puis une femme, en Allemagne, a écrit un article sur eux dans *Der Spiegel*. Quelques jours plus tard, elle a été abattue en pleine rue. Il s'est produit la même chose à Londres, la semaine dernière. Un certain Max Webber a dénoncé les agissements de Force Trois lors d'un congrès sur la sécurité internationale. En sortant, il a explosé. Nous enquêtons sur ces deux morts. C'est pourquoi Mme Jones se trouve à Berlin. Force Trois semble être un groupe tout à fait nouveau. Des éco-terroristes, en quelque sorte. C'est extrêmement alarmant.

— Et Kaspar ?

— Hormis ce que tu nous as appris sur lui, nous savons peu de chose.

— Il ne devrait pas être si difficile à capturer. Avec une tête pareille, on se fait repérer à des kilomètres.

— Au moins, on sait ce qu'on cherche.

— Quant à Drevin, il peut veiller sur sa propre sécurité, je suppose. Il a tout un bataillon de gardes sur Flamingo Bay. Notre principal souci, c'est que Force Trois tente un coup contre Ar*k*ange. Ils ont déjà fait sauter une usine automobile, un centre de recherche et plusieurs autres installations. Évidemment, ils auront du pain sur la planche. Ar*k*ange est tout de même à quatre cent cinquante kilomètres de la Terre. Mais tout ceci ne te concerne pas.

John Crawley se leva et ajouta :

— Tu as fait un travail formidable, Alex. Je suis certain que Drevin t'es très reconnaissant. Je ne serais pas surpris que tu reçoives un joli chèque par la poste. Ou au moins deux tickets gratuits pour un match de Stratford East.

— Je ne veux pas de chèque, dit Alex. Je veux juste rentrer chez moi.

— D'après le médecin, tu pourras sortir ce soir, dit Crawley en glissant le magnétophone dans sa poche. Bon, je suis resté assez longtemps. Ravi de t'avoir vu, Alex. Nous nous reverrons.

Nous nous reverrons.

Alex se remémora les dernières paroles de John Crawley en mangeant ses œufs brouillés. Crawley croyait-il vraiment qu'il retravaillerait un jour pour le MI 6 ? Dans ce cas, il se trompait. Le plus étrange était qu'Alex connaissait des dizaines de garçons, au collège Brookland, qui rêvaient probablement d'être un espion. Ils imaginaient sûrement que c'était amusant. Alex, lui, avait découvert la déplaisante réalité. Il avait été blessé, menacé, manipulé, tabassé, mitraillé, presque tué. Il avait plongé dans un monde où l'on ne pouvait croire personne, où tout n'était que faux-semblant. Et il en avait assez. Dans deux ans, il entrerait au lycée. À partir de maintenant, il se tiendrait tranquille. La prochaine fois que des tueurs s'introduiraient dans un hôpital, il tournerait la tête et se rendormirait !

Jack Starbright avait presque fini de manger et Alex s'aperçut qu'elle n'avait pas dit un mot. Elle était silencieuse depuis qu'elle l'avait ramené de la clinique.

— Tu es en colère contre moi, Jack ?

— Non.

Pourtant ce simple mot signifiait le contraire.

Alex posa son couteau et sa fourchette.

— Je suis désolé.

— Je ne sais pas quoi te répondre, Alex, soupira Jack. Je ne me sens plus capable de veiller sur toi.

— Tu retournes aux États-Unis ?

— Non ! Je ne sais pas, dit-elle d'une voix triste. Tu n'imagines pas comme ces derniers mois ont été difficiles pour moi. D'abord, tu m'annonces que tu pars en vacances à Venise. Ensuite, j'apprends que tu t'es acoquiné avec une organisation criminelle internationale, puis qu'on t'a tiré dessus. Comment j'ai réagi, à ton avis, en apprenant la nouvelle ? Finalement, tu survis et on te conduit à l'hôpital. N'importe quel garçon normal attendrait tranquillement de guérir. Toi, non ! Tu te mets en travers du chemin d'une bande de kidnappeurs et tu manques encore une fois d'être tué.

— Ce n'était pas ma faute, protesta Alex. Ça s'est trouvé comme ça, c'est tout.

— Je sais. C'est ce que je n'arrête pas de me répéter. Mais ça ne change rien au fait que j'ai l'impression d'être totalement inutile.

Elle poussa un soupir et reprit :

— Je ne veux pas rester assise là en attendant qu'on vienne m'annoncer que, cette fois, tu ne t'en es pas sorti. Je ne le supporterais pas.

Alex s'approcha d'elle.

— Il n'y aura pas de prochaine fois, Jack. Et puis tu n'es pas inutile. Je ne sais pas ce que je ferais sans toi. Il n'y a personne pour veiller sur moi. D'ailleurs, ce n'est pas seulement ça. Je pense souvent que tu es la seule qui me connaisse vraiment. Il n'y a qu'avec toi que je me sens normal.

Jack se leva et le serra dans ses bras.

— C'est bien ma veine, bougonna-t-elle. Il y a des millions d'ados de quatorze ans dans le monde, et c'est sur toi que je tombe !

Le téléphone sonna dans le vestibule.

— J'y vais, dit Jack.

Pendant ce temps, Alex débarrassa la table et mit les assiettes dans le lave-vaisselle. Deux minutes plus tard, Jack revint. Elle avait une expression bizarre.

— C'était qui ?

— Quelqu'un pour toi. Je n'arrive pas à y croire ! Nikolaï Drevin !

— En personne ?

— Oui. Il t'invite à prendre le thé avec lui cet après-midi. Il donne une conférence de presse à l'hôtel *Waterfront* et aimerait te voir après.

— Qu'est-ce que tu lui as répondu ?

— Que j'allais t'en parler. Il m'a dit qu'il t'enverrait une voiture. Je suppose qu'il s'attendait à ce que tu acceptes, conclut Jack avec un haussement d'épaules.

Alex réfléchit un instant. John Crawley avait prédit que Drevin prendrait probablement contact avec lui.

— À ton avis, je dois y aller ?

— Je ne sais pas, soupira Jack. Il veut sans doute te remercier. Après tout, tu lui as fait économiser deux millions d'euros. Et tu as évité à son fils de souffrir.

Alex songea à Paul Drevin et se demanda s'il serait à l'hôtel.

— Si tu préfères, je peux le rappeler et lui dire que tu es fatigué, proposa Jack.

C'était tentant. La dernière fois qu'Alex avait rencontré un milliardaire, il s'agissait de Damian Cray. Et cette expérience avait failli le tuer. Mais, dans le cas présent, la situation était différente. Drevin était la cible. Kaspar l'ennemi. Et il paraissait assez logique que Drevin souhaite rencontrer celui qui avait empêché l'enlèvement de son fils. Refuser son invitation aurait été gênant.

Parfois, le détail le plus infime peut faire la différence entre la vie et la mort. Quelques centimètres de hauteur de trottoir avaient sauvé la vie d'Alex dans Liverpool Street au moment où le tireur appuyait sur la détente. À présent, deux petits mots allaient le ramener dans le monde qu'il pensait avoir quitté.

7

HÔTEL *WATERFRONT*

L'hôtel *Waterfront* était flambant neuf : une tour de verre et d'acier s'élevant au-dessus de la Tamise à St. Katharine's Dock. En amont du fleuve, on apercevait Tower Bridge, avec le *HMS Belfast* amarré à proximité. Alex préféra ne pas regarder en aval : c'était à quelques kilomètres seulement de l'endroit où il avait été retenu prisonnier. Inutile de raviver certains souvenirs.

Jack Starbright descendit après lui du taxi ordinaire qui les avait conduits jusqu'ici. Au début, elle avait été un peu dépitée. « Où est la Rolls Royce ? » s'était-elle exclamée. Puis elle avait fini par convenir que Nikolaï Drevin avait eu raison. Mieux valait éviter une arrivée remarquée.

Ils traversèrent le hall de l'hôtel, où tout semblait blanc ou en verre. Une jeune femme les y attendait.

— Bonjour ! Vous devez être Alex Rider et Jack Starbright ? M. Drevin m'a chargée de vous accueillir et de m'occuper de vous, dit-elle avec un accent américain. Je m'appelle Tamara Knight. Je suis l'assistante personnelle de M. Drevin.

Alex l'examina pendant qu'ils se serraient la main. Tamara Knight avait vingt-cinq ans, bien qu'elle parût plus jeune. Elle n'était guère plus grande qu'Alex, avec des cheveux châtain clair retenus en arrière et de beaux yeux bleus. Il trouva que son tailleur strict et ses chaussures de cuir bien lustrées ne lui allaient pas. Il aurait aussi aimé la voir sourire un peu plus. Visiblement, elle n'était pas ravie de le voir.

— M. Drevin est encore à la conférence de presse, expliqua-t-elle alors qu'ils traversaient l'atrium central chapeauté de verre.

Des ascenseurs en métal argent et verre montaient et descendaient autour d'eux, manœuvrés par de silencieux câbles cachés. Un groupe d'hommes d'affaires japonais traversaient le hall dallé de marbre.

— Si vous le souhaitez, vous pouvez y aller. Sinon, vous l'attendrez dans sa suite privée, proposa Tamara Knight.

— Je me demande combien coûte une suite dans cet hôtel, murmura Jack.

— Cela ne coûte rien à M. Drevin, dit Tamara Knight avec un sourire glacial. Il est propriétaire de l'hôtel.

— Allons à la conférence de presse, décida Alex.

— D'accord. M. Drevin parle du projet « Ar*k*ange ». Je suis certaine que ça vous intéressera.

Elle les précéda dans un large escalier, puis dans un long couloir, jusqu'à une double porte de verre fumé. Deux grands costauds en costume montaient la garde.

— Nous allons nous faufiler dans le fond de la salle,

chuchota Tamara. Asseyez-vous. Personne ne vous remarquera.

Elle fit un signe de tête et l'un des gardes ouvrit les portes.

Alex entra dans une vaste et imposante salle, dotée de larges fenêtres qui offraient une vue panoramique sur la Tamise. Une centaine de journalistes étaient assis sur plusieurs rangées devant une longue table perchée sur une estrade. Le mot ARKANGE se dressait en lettres d'acier de deux mètres de hauteur, et des photos de la Terre vue de l'espace étaient suspendues sur des fils invisibles. Trois hommes se tenaient derrière la table. L'un était le ministre de la Science et de l'Innovation. Un autre, inconnu d'Alex, avait l'allure d'un fonctionnaire. Le troisième, au centre, était Nikolaï Drevin.

Drevin n'avait rien d'imposant. Ce fut la première pensée d'Alex. S'il l'avait croisé par hasard dans la rue, il l'aurait sans doute pris pour un directeur de banque ou un notaire. Âgé d'une quarantaine d'années, il avait un air sérieux, des yeux gris pâle, des cheveux autrefois blonds qui grisonnaient. Et une très vilaine peau, avec des rougeurs autour du menton et dans le cou comme s'il avait eu des problèmes en se rasant. Tous ses vêtements – le costume, la chemise, la cravate de soie unie – avaient l'air neuf et luxueux. Mais ils n'amélioraient en rien son apparence. Drevin les portait avec autant de style qu'un mannequin dans une vitrine de grand magasin. Alex remarqua la montre en or au poignet gauche, et une bague en platine ou en or blanc à l'autre main.

Drevin semblait écrasé par ses deux voisins, nettement plus grands que lui. Le ministre répondait à une question lorsque Alex entra. Drevin tripotait nerveusement sa bague. Tamara indiqua un siège et Alex s'assit. Le ministre termina sa réponse et le troisième homme sonda l'assistance dans l'attente d'une nouvelle question.

Un journaliste leva la main :

— Si je compte bien, Ar*k*ange a deux mois de retard sur le programme, et trois cent millions de dollars de dépassement de budget. J'aimerais demander à M. Drevin s'il regrette maintenant de s'être engagé dans ce projet.

— Vous faites erreur, répliqua Drevin. Son accent était nettement plus prononcé que celui de son fils. Il parlait lentement, faisait ressortir chaque mot. Ar*k*ange dépasse le budget de trois millions de livres sterling. Je vous rappelle que c'est un projet britannique.

Il y eut des rires dans la salle. Drevin haussa les épaules.

— Il fallait bien s'attendre à certaines difficultés. C'est le projet immobilier le plus ambitieux du XXIe siècle. Un hôtel dans l'espace ! Ai-je des regrets ? Certainement pas. Il s'agit ici des débuts du tourisme spatial, de la plus grande aventure de notre vie. D'ici cent ans, non seulement il sera possible de voyager jusqu'aux frontières de l'univers, mais ce sera bon marché ! Un jour, peut-être, nos petits-enfants marcheront sur la Lune. Et ils se souviendront que tout a commencé avec Ar*k*ange. Tout a commencé là.

Une autre main se leva :

— Comment se porte votre fils ? Êtes-vous inquiet que les kidnappeurs courent toujours dans la nature ?

Jack donna un petit coup de coude à Alex. Ils étaient arrivés au bon moment.

— En règle générale, je ne parle jamais de ma famille. Mais je vais vous dire ceci. Ces gens de Force Trois clament qu'ils luttent pour l'environnement. Je reconnais que la faune, à Flamingo Bay, a souffert de nos premiers lancements. Et je le regrette. Mais ces activistes ne m'inspirent que du mépris. Ils ont tenté de m'extorquer de l'argent. Ce sont de vulgaires criminels et je suis persuadé que la police britannique ou européenne les traduira bientôt en justice.

— Absolument, renchérit le ministre.

— Il nous reste un peu de temps pour une dernière question, intervint le troisième homme.

Un barbu, assis au premier rang, leva un doigt jauni par la nicotine :

— J'ai entendu des rumeurs disant que le gouvernement fédéral américain mène actuellement une enquête sur M. Drevin. Apparemment, ils recherchent des irrégularités financières. Ces rumeurs sont-elles fondées ?

— M. Drevin n'est pas ici pour répondre à des questions d'ordre personnel, jeta sèchement le fonctionnaire.

Le ministre l'approuva d'un signe de tête. Pourtant Drevin répondit, comme si cela ne le concernait pas.

— Je suis un homme d'affaires, dit-il en regardant le journaliste droit dans les yeux. Et un homme d'affaires qui réussit, vous en conviendrez.

Cette remarque suscita quelques sourires dans le public. Chacun ici savait qu'il possédait l'une des plus grosses fortunes du monde.

— Il est tout à fait exact que la CIA met le nez dans mes activités. Le contraire serait surprenant. C'est leur travail. Mais... je n'ai rien à cacher, ajouta-t-il en écartant les mains. Au contraire, je suis prêt à coopérer. Il est possible qu'ils découvrent certaines irrégularités. La semaine dernière, j'ai déjeuné au restaurant et j'ai oublié de garder la note. S'ils décident de me poursuivre pour ça, je vous promets de vous en avertir le premier.

Cette fois, il déclencha de vrais rires, et même quelques applaudissements. Le journaliste barbu rougit et plongea le nez dans son calepin. Ses confrères se levèrent et commencèrent à refluer vers la sortie. La conférence de presse était terminée.

— C'est un brillant orateur, remarqua Tamara Knight avec un enthousiasme non dissimulé.

Ils sortirent de la salle et Tamara les guida jusqu'à l'un des ascenseurs, de l'autre côté de l'atrium. Une fois dans la cabine, elle sortit une clé de sa poche. L'hôtel comptait vingt-cinq étages. La clé activait le bouton du dernier.

Les portes se fermèrent et l'ascenseur les hissa rapidement et souplement. Alex sentit son estomac sombrer en même temps que l'atrium. Au niveau du vingtième étage, la cabine pénétrait dans un puits et l'on ne voyait plus rien. Quelques secondes plus tard, l'ascenseur ralentit et s'arrêta en douceur. Les portes s'ouvrirent.

Ils étaient arrivés.

Ils débouchèrent dans une pièce immense dont les fenêtres offraient une vue à couper le souffle sur St. Katharine's Dock, avec les yachts et les voiliers amarrés tout en bas. Tower Bridge était tout proche, irréel, baigné dans le soleil de l'après-midi. On aurait cru une copie miniature. Alex regarda autour de lui. La pièce était sobrement, mais coûteusement décorée de trois tapis persans étalés sur un parquet de bois clair. Le mobilier était moderne. D'un côté, une table de salle à manger entourée d'une douzaine de chaises en cuir. Un couloir passait devant un piano à queue noir pour atteindre, au bout, une porte fermée. Au milieu de la pièce, dans un espace en contrebas, trois immenses sofas et une table basse en verre. On y avait servi une collation : sandwichs, biscuits et thé.

— Pas mal ! s'exclama Jack.

— M. Drevin réside ici lorsqu'il est à Londres, expliqua Tamara Knight en désignant une fenêtre. Vous voyez le troisième bateau, à partir de la gauche ? *L'Étoile de Crimée.* Il appartient à M. Drevin.

Jack en resta bouche bée. Le navire, d'un blanc étincelant, était de la taille d'un petit paquebot.

— Vous êtes déjà montée à bord ? demanda-t-elle.

— Certainement pas. Mon travail auprès de M. Drevin ne m'autorise pas à entrer dans ses appartements privés, expliqua-t-elle d'un ton guindé.

À cet instant, la porte située au bout du couloir s'ouvrit devant Nikolaï Drevin. Alex supposa qu'il y avait un second ascenseur, menant à une autre partie de l'appartement. Nikolaï Drevin était seul. Il avait les mains croisées devant lui et tripotait sa bague.

— Merci, Miss Knight. Vous pouvez nous laisser.

— Bien, monsieur Drevin.

— Vous avez pris toutes les dispositions pour samedi ?

— J'ai laissé le dossier sur votre bureau.

— Parfait. Nous en discuterons plus tard.

Tamara Knight adressa un petit signe de tête à Alex.

— Ravie d'avoir fait votre connaissance, dit-elle sans enthousiasme.

Elle recula vers l'ascenseur qui les avait amenés. Les portes se refermèrent et Tamara Knight disparut.

Pour la première fois, Nikolaï Drevin sembla se relaxer. Il s'approcha d'Alex et lui posa une main sur chaque épaule. L'espace d'une seconde, Alex crut qu'il allait l'embrasser. Au lieu de cela, Nikolaï Drevin le serra solidement contre lui.

— Alex Rider, dit-il. Je suis très, très content de te rencontrer.

Il lâcha Alex, se tourna vers Jack et lui serra la main.

— Miss Starbright. Je suis ravi que vous ayez pu venir. Asseyez-vous, je vous en prie.

Il les guida vers les sofas et prit la théière.

— Du thé ?

— Oui, merci.

Un silence s'installa pendant qu'il servait. Enfin il s'assit et examina ses invités.

— Tu n'imagines pas à quel point je te suis reconnaissant, Alex. Mais j'espère que tu me laisseras te le prouver. Tu as probablement sauvé la vie de mon fils. En tout cas, tu l'as sauvé d'une terrible épreuve. Je te suis terriblement redevable.

— Comment va Paul ? s'enquit Alex.

— Bien, merci. Servez-vous, je vous en prie.

Jack prit un biscuit, mais Alex n'avait pas faim. Nikolaï Drevin le mettait un peu mal à l'aise. Il était à peine plus grand que lui et avait une apparence très ordinaire, pourtant il irradiait la puissance. Comme tous les gens très riches qu'il avait rencontrés. Les milliards de leurs comptes en banque parlaient avant même qu'ils ouvrent la bouche.

— C'est à toi qu'il faut demander comment tu vas, reprit Drevin. J'ai cru comprendre que tu as subi une intervention chirurgicale au thorax. Un accident de vélo, c'est ça ?

— Oui.

Alex détestait mentir, mais c'était la version officielle.

— Alex est abonné aux accidents, marmonna Jack en grignotant son biscuit.

— En tout cas, c'est une chance pour moi que tu aies occupé la chambre voisine de celle de Paul. Je n'arrive toujours pas à croire que tu aies pu agir comme tu l'as fait. Mais allons droit au but. Tu sais qui je suis. Je ne recherche pas la publicité, mais les journaux aiment écrire à mon sujet. Surtout quand mon équipe perd. Je suis un homme très riche. S'il y a une chose au monde dont tu as envie, Alex, je peux te l'offrir. Ce n'est pas une vantardise. C'est la vérité. Tu m'as rendu un service immense et j'aimerais te récompenser.

Alex réfléchit un instant et répondit :

— Je n'ai envie de rien de spécial, merci. Je suis content d'avoir pu aider votre fils. Mais c'était le hasard. Je n'ai pas besoin de récompense.

— Je me doutais de ta réponse, dit Drevin en hochant la tête. Mais je ne peux pas l'accepter. Je vais donc te faire une proposition. J'ai discuté avec ton médecin, ce matin. Le Dr Hayward. Tu seras peut-être content d'apprendre que j'ai fait une donation en ton nom de deux millions de livres sterling au nouveau service de cardiologie de St. Dominic.

— C'est très généreux de votre part. Du moment qu'ils ne lui donnent pas mon nom.

— Ne t'inquiète pas ! sourit Drevin. Le Dr Hayward m'a appris que tu ne retourneras pas au collège avant deux semaines. Je te propose donc de venir te reposer chez moi. Je serais ravi de veiller sur toi pendant ta convalescence. J'ai une équipe médicale complète à disposition, aussi tu seras entre de bonnes mains en cas de complications. Et, plus important, mon cuisinier est un chef renommé ! Tu seras comme un coq en pâte. Miss Starbright est la bienvenue, elle aussi.

— Je ne sais pas trop, commença Alex.

— S'il te plaît, Alex ! l'interrompit Drevin. J'ai oublié de te parler de mon fils. Paul a presque ton âge. Il m'a dit que vous avez un peu bavardé, à la clinique. Je sais que ta compagnie lui ferait très plaisir. Paul voit peu de gens de son âge. C'est en grande partie ma faute, bien sûr. J'ai peur pour lui. Je crains toujours que quelqu'un essaie de m'atteindre à travers lui. Ce qui s'est passé à St. Dominic en est la preuve. Il te connaît et il t'aime bien. Ce serait bon pour lui de passer un peu de temps avec toi. En fait, tu me ferais une faveur en acceptant mon invitation.

Il se tut et Alex sentit son regard gris le sonder.

— Je t'offre deux semaines de vie de luxe, comme jamais tu n'en as connu. Nous commencerons par l'Angleterre. Je ne peux pas partir avant le week-end prochain. Ensuite, New York. J'ai un appartement là-bas, et je dois y régler quelques affaires. Tu comprends pourquoi Paul est toujours seul.

Il posa sa tasse de thé et se pencha en avant. Son intonation ne changea pas, pourtant Alex y décela soudain une énergie nouvelle et une excitation.

— Ensuite, dans une semaine, aura lieu un événement que tu ne peux pas manquer. Un lancement à Flamingo Bay. As-tu déjà assisté à un lancement de fusée ? C'est une expérience inoubliable. Si le temps est favorable, la fusée décollera à neuf heures précises, heure locale, mercredi matin. Elle emportera le module d'observation d'Ar*k*ange. Sa construction nous a pris trois ans. Il sera au cœur même d'Ar*k*ange. Le centre de communications, une fenêtre comme il n'en existe aucune autre dans le monde. Bien entendu, Paul sera là et je veux que tu sois avec lui. J'ai une maison sur l'île. Les plages sont fantastiques. Après le lancement, tu pourras y rester autant que tu voudras.

Alex garda le silence. C'était tentant, bien sûr. Il n'avait jamais assisté au lancement d'une fusée, et c'était une aventure sans risque pour une fois – aucun tueur ne chercherait à l'éliminer. Et pourtant...

Nikolaï Drevin sentit son hésitation.

— Je suis certain que le Dr Hayward approuverait une convalescence sous le soleil des Caraïbes. Ça te fera le plus grand bien. S'il te plaît, Alex ! Ne dis pas non. D'ailleurs j'ai un aveu à te faire. Ma décision est prise, et je suis le genre d'homme qui a l'habitude d'obtenir ce qu'il veut.

Alex se tourna vers Jack, indécis. Il avait le sentiment vague que quelque chose le gênait. Une remarque de Nikolaï Drevin qui ne collait pas.

— Qu'est-ce que tu en penses, Jack ?

Les yeux de la jeune femme brillaient. Visiblement, Nikolaï Drevin l'avait impressionnée. L'appartement sur la Tamise, *L'Étoile de Crimée*.

— Je pense que c'est une idée géniale. Deux semaines au soleil, c'est exactement ce qu'il te faut. Et je suis certaine que M. Drevin veillera bien sur toi.

— Vous avez ma parole, assura Drevin.

— Bon, c'est d'accord, dit Alex. Merci. Mais je dois vous avouer une chose. Je suis un supporter de Chelsea.

Drevin sourit.

— Ce n'est pas grave. Personne n'est parfait. J'enverrai un chauffeur te chercher. Après-demain, ça te va ? Il te conduira à *Neverglade*. Ma propriété d'Oxfordshire.

Paul s'y trouve en ce moment. Je vais le prévenir de ton arrivée.

Il regarda sa montre et ajouta :

— Maintenant, si vous voulez bien m'excuser, je dois vous quitter. J'ai un rendez-vous à la Banque d'Angleterre.

— C'est là que vous avez votre compte ? demanda Jack.

— Entre autres, répondit Drevin en se levant. Miss Knight vous montrera la sortie lorsque vous aurez terminé votre thé. Et elle vous fera raccompagner en voiture. Merci encore, Alex. Je suis certain que tu ne le regretteras pas.

Drevin fit tourner sa bague autour de son doigt. Ses mains n'étaient jamais en repos. Il s'en alla par où il était venu.

Un long silence s'installa.

— Ouah ! s'exclama enfin Jack.

— Flamingo Bay, murmura Alex.

— C'est exactement ce que le médecin t'a prescrit, dit-elle en se servant un petit sandwich. Ça ne pouvait pas mieux tomber.

— Sûrement...

Pourtant Alex n'en était pas sûr, justement. Qu'est-ce qui le tracassait ?

Ah oui. Une remarque de Drevin

Paul Drevin était une cible. C'était ce que son père avait dit. Paul était toujours en danger.

Dans ce cas, pourquoi était-il toujours seul ? À la clinique, l'autre nuit, quatre hommes étaient venus pour le kidnapper, certains de l'y trouver.

Or, il n'y avait pas le moindre garde devant sa chambre.

8

GRAND LUXE

— Bienvenue à *Neverglade*, dit Paul Drevin.

Alex descendit de la luxueuse limousine qui l'avait amené et regarda autour de lui. Il avait déjà approché la richesse. Il avait même effectué une mission sous l'identité d'un fils de magnat des supermarchés, et passé une semaine dans un manoir du Lancashire pour parfaire sa couverture. Mais c'était sans commune mesure avec la propriété de Drevin.

L'entrée était un portail, beau mais simple, sur une route de campagne, à une trentaine de kilomètres au nord de Londres. Alex avait remarqué le haut mur d'enceinte et les bois entourant le domaine, et les caméras de surveillance qui pivotaient discrètement entre les arbres. Après le portail, l'allée serpentait dans les bois sur près de deux kilomètres, avant de déboucher sur des prés si parfaitement tondus qu'on avait peine à croire que c'était de l'herbe. D'un côté, il y avait un lac, avec une jetée où étaient amarrés deux jet-skis et un voilier Lapwing en bois. De l'autre côté, en partie caché dans une légère déclivité, un circuit de courses automobiles à échelle réduite, avec sa tribune pour les spectateurs. Et, dans un enclos, les quatre plus beaux chevaux qu'Alex eût jamais vus. Le soleil brillait. L'été semblait revenu.

Et puis il y avait *Neverglade*. Ce n'était pas une maison, mais un château du XIVe siècle, avec ses douves, ses créneaux, ses tours, son église. Du lierre vert sombre s'accrochait en diagonale sur la façade en pierre grise. Alex retint son souffle lorsque la voiture avança pour franchir le pont-levis. Le château paraissait irréel. Sorti d'un livre d'images. Pourquoi avait-il été construit à cet endroit ? Alex s'étonnait de n'avoir jamais entendu parler de son existence, ni vu de photos.

Il commença à regretter l'absence de Jack.

Dans le taxi qui les ramenait de l'hôtel *Waterfront*, elle avait paru mal à l'aise et absorbée par ses pensées, mais ce n'est que dans la soirée qu'elle lui avait annoncé sa décision :

— J'adorerais t'accompagner, Alex. Et j'adorerais assister au lancement d'une fusée. Mais je ne peux pas. Je n'ai pas vu mes parents depuis près d'un an et je dois rentrer chez moi, à Washington. Leur anniversaire de mariage a lieu la semaine prochaine, et c'est une bonne occasion de prendre des vacances. Tu seras en sécurité et dorloté chez Drevin. Et puis il y a Paul. Il est de ton âge. Tu ne m'auras pas sur le dos. Vas-y, Alex, et profites-en. Arrange-toi seulement pour ne pas t'attirer d'autres ennuis. Repose-toi et reprends des forces. C'est ce que le docteur a dit.

Cette fois, Nikolaï Drevin avait envoyé un chauffeur en

uniforme dans une Rolls Royce Corniche bleu pâle, avec toit rétractable. Ils étaient sortis de Londres par l'autoroute M40, le moteur V8 6,75 litres dépassant sans effort tous les autres véhicules, comme si les routes avaient été construites pour son usage exclusif. La Rolls disparut derrière le château tandis que Paul sortait pour accueillir Alex.

À leur dernière rencontre, Paul était en pyjama et peignoir. À présent, il portait un jean et un pull ample. Il avait l'air nettement plus en forme qu'à l'hôpital mais, surtout, il semblait plus en confiance. Il était chez lui, sur son territoire. Un territoire dont il hériterait un jour. Déjà, son argent de poche devait lui être livré dans un véhicule blindé !

— Sacrée propriété, dit Alex en se dirigeant avec Paul vers la porte principale sur les graviers crissants.

— C'est mon père qui l'a fait construire à cet endroit. À l'origine, le château se trouvait quelque part en Écosse. Mon père l'a fait démonter, transporter, et remonter pierre à pierre. Viens, je vais te montrer ta chambre.

Alex suivit Paul dans un vaste hall au sol dallé de pierres, avec des tapisseries aux murs et une cheminée assez grande pour y brûler un autobus. Ils gravirent un majestueux escalier, passant devant des tableaux de Picasso, Warhol, Hockney et Lucian Freud. Manifestement, Nikolaï Drevin aimait l'art contemporain.

— Ce que tu as fait à l'hôpital est incroyable, dit Paul. Tu voulais vraiment te faire passer pour moi ?

— Tu sais, c'est le hasard...

— Si ces types m'avaient enlevé, ils m'auraient coupé un doigt !

Paul frissonna, et Alex se demanda comment il était au courant. Aucun détail de l'affaire n'avait été révélé dans la presse. Mais, pour un homme tel que Nikolaï Drevin, même les informations classées secrètes ne devaient pas être trop difficiles à obtenir.

— Ils ont failli te tuer à cause de moi, poursuivit Paul. Je ne sais vraiment pas quoi dire.

— Il n'y a rien à dire.

— Je suis content que tu aies accepté de venir.

— Ton père ne m'a pas vraiment laissé le choix, dit Alex avec un haussement d'épaules.

— Je sais. Il est comme ça.

Ils étaient arrivés en haut de l'escalier. Paul sortit un inhalateur de sa poche et aspira deux bouffées.

— J'ai de l'asthme, expliqua-t-il.

— Ça, c'est pas de chance.

— Viens, c'est par ici...

Ils s'engagèrent dans un couloir, bordé de chaque côté par des portes en bois sculpté.

— Il y a trente chambres, dit Paul. Je ne sais pas pourquoi nous en avons autant. Elles ne sont jamais occupées. Je t'ai installé à côté de moi. Si tu as besoin de quelque chose, décroche le téléphone. Ici, c'est un peu comme un hôtel. Sauf qu'on n'a pas de note à payer en partant.

Ils arrivèrent devant une porte ouverte et entrèrent dans une chambre à la décoration moderne, qui donnait sur le lac. Le chauffeur avait dû passer par un autre chemin car les bagages d'Alex étaient déjà sur le lit. Il remarqua l'écran de télévision à plasma fixé sur un mur, la console avec DVD, vidéo et PlayStation, le téléphone doté d'une douzaine de boutons pour les différents services à disposition, une étagère garnie de livres – apparemment neufs –, la salle de bains avec baignoire, douche à jets et Jacuzzi. Nikolaï Drevin lui avait promis un cadre luxueux, il avait tenu parole.

— Qu'est-ce que tu as envie de faire ? demanda Paul.

— Dis-moi ce que tu proposes.

— On peut monter à cheval, si tu aimes ça. Nous avons aussi deux piscines : une piscine extérieure et une couverte. On peut regarder un film. Il y a une salle de cinéma et mon père reçoit tous les nouveaux films qui sortent. On peut jouer au tennis, au golf, ou au ball-trap. Tu as vu le lac. On peut faire du jet-ski, de la voile, ou même pêcher. Mais le mieux serait peut-être de commencer par une visite du domaine. Ça nous prendra presque la journée. Mon père dîne avec nous, ce soir. À toi de décider.

— Ça m'est égal, dit Alex, qui ne savait vraiment pas quoi choisir.

— Bon. Je vais d'abord te montrer la maison. Ensuite on prendra deux Quad pour faire le tour de la propriété. Il y a une centaine d'hectares. Tu as faim ?

— Non, merci.

— Alors allons-y.

— D'accord.

Alex s'efforçait d'afficher un air enthousiaste, mais quelque chose l'en empêchait. Et Paul le sentit.

— Je suppose que tout ça te paraît bizarre. Tu ne me connais pas et tu ne m'aimes probablement pas. J'ai l'habitude. Les gens me voient comme un gosse de riche, un enfant gâté, et ils viennent ici uniquement à cause de toutes ces choses dont ils peuvent profiter gratuitement. Mon père t'a invité pour te remercier. Mais ce n'est pas tout. Il espère que nous deviendrons amis. C'est la seule chose qu'il ne peut pas acheter. L'amitié. Mais je comprendrai très bien si tu préfères prendre ton sac et t'en aller. J'en ai envie, moi aussi, quelquefois.

Alex réfléchit un instant avant de répondre :

— Non. Je suis content d'être venu. Je ne peux pas aller à l'école et je suis censé me reposer pendant deux semaines. Pour être franc, je n'ai pas d'autre endroit où aller. Donc, si ton père veut me traiter comme un milliardaire, je ne vais pas me plaindre.

— D'accord, dit Paul, soulagé. Dimanche, on part pour New York. Ce sera sympa. Ensuite, Flamingo Bay. Tu as déjà fait du *kite-surfing* ?

— Non.

— Je te montrerai. C'est de la planche avec un cerf-volant.

Paul s'était animé et Alex sentit naître de la sympathie à son égard.

— Pour l'instant, commençons par la salle de cinéma. Il suffit de descendre...

Deux heures plus tard, ils n'avaient toujours pas terminé la visite. Alex avait vu plus de richesses qu'il ne pouvait en imaginer. Voilà donc comment vivaient les gens d'en haut. Ils n'étaient probablement qu'une poignée, dans le monde, à posséder une fortune aussi colossale. Drevin pouvait satisfaire toutes ses envies : de l'armure du Moyen Âge postée devant la salle à manger, aux deux jet-skis Polaris MSX amarrés à la jetée du lac. Alex en avait également appris un peu plus sur Paul. Enfant unique, ses parents avaient divorcé quand il avait six ans et sa mère vivait maintenant en Amérique. Il la voyait deux ou trois fois par an. Son père et elle ne s'adressaient plus la parole. Comme il étudiait avec des précepteurs, une partie de la maison avait été convertie en salle d'étude. En la visitant, un sentiment de tristesse avait envahi Alex. Il y avait des bureaux, des ordinateurs, des livres, des tableaux noirs. Mais pas d'élèves. Pas de cris. Pas de vie.

À cinq heures, il regagna sa chambre pour se reposer une heure. Puis il prit une douche et se changea pour le dîner. Il avait vu la grande salle à manger de *Neverglade*, avec ses lustres et son antique table en bois massif, assez longue pour accueillir vingt convives, et il fut soulagé d'apprendre qu'ils dîneraient dans le jardin d'hiver, non loin des cuisines. C'était une jolie salle avec des colonnes de marbre, du carrelage italien et des plantes exotiques dans d'énormes pots en terre cuite. Nikolaï Drevin était déjà là. Seul.

— Entre, Alex ! Prends un siège.

Le Russe buvait du vin. Il avait troqué son costume contre un jean et une chemise en jean, qui lui allaient tout aussi mal.

— Un peu de vin, Alex ? Ou peut-être une bière ?

— De l'eau, merci.

— En Russie, on commence très jeune à boire de l'alcool.

La porte s'ouvrit sur une jeune femme qui apportait le premier plat sur un plateau : melon et jambon de Parme. Alex n'avait aucune idée du nombre de personnes employées à *Neverglade* ; les domestiques avaient le don de rester invisibles, sauf quand on avait besoin d'eux. Il se servit un verre d'eau glacée. Paul les rejoignit et s'assit sans un mot. La jeune femme quitta la pièce et les laissa seuls.

— Paul t'a fait visiter le domaine ? demanda Nikolaï Drevin.

— Oui. C'est magnifique.

— Je l'ai acheté lors de mon premier voyage dans ce pays. Neverglade était à l'origine un manoir du XVIe siècle. On raconte que la reine Elizabeth Ire y a séjourné et assisté à une représentation de La *Nuit des rois* dans la grande salle. Mais le style architectural ne me plaisait pas. L'intérieur était trop sombre et il n'y avait que onze chambres. C'était trop petit.

— Qu'est devenu le manoir ?

— Il s'est produit un terrible accident, soupira Drevin. Tout a brûlé. Et c'est ce château qui est né des cendres. Plus exactement, je l'y ai amené. Il m'a plu dès le premier regard. Le seul ennui, c'était qu'il se trouvait en Écosse. Heureusement, j'ai pu y remédier. Avez-vous décidé de ce que vous allez faire demain, tous les deux ?

— Je pensais à une promenade, dit Paul.

Drevin se tourna vers son fils, et Alex vit un éclair traverser ses yeux. Ce fut trop bref pour en être certain, mais cela ressemblait à du mépris.

— Tu peux peut-être imaginer quelque chose de plus aventureux que ça, Paul ! Pourquoi ne pas sortir les chevaux ? Ou les VTT ? Bien sûr, je sais que vous êtes en convalescence, tous les deux. Paul, de l'appendicite, et toi, Alex... d'un accident de vélo ?

Le regard de Drevin s'attarda sur Alex. Avait-il un doute ?

— Oui. Je suis passé par-dessus le guidon et j'ai percuté une barrière.

— Tu devais rouler très vite.

— Oui. Jusqu'à ce que la barrière m'arrête.

— Une balade en VTT n'est peut-être pas indiquée, alors.

Nikolaï Drevin réfléchit un instant. Il tripotait sa bague

du bout des doigts mais son visage ne révélait rien. Cet homme avait l'habitude de garder ses secrets bien cachés.

— J'ai une idée ! reprit-il. Demain matin, j'ai une téléconférence. Avec le lancement prévu la semaine prochaine, je dois rester en contact permanent avec mes techniciens, la NASA et, bien sûr, le gouvernement britannique. Mais, l'après-midi, on pourrait organiser une petite course. Vous deux contre moi. Qu'en dites-vous ?

— Une course à cheval ? s'inquiéta Alex.

— Non, une course de karting. Tu as dû apercevoir la piste. Je l'ai fait construire pour Paul mais il s'en sert rarement.

— Si, je m'en sers, protesta Paul. Mais ce n'est pas drôle de faire la course quand on est tout seul.

Son père l'ignora et continua de s'adresser à Alex :

— J'ai plusieurs karts. Je suis sûr que tu trouveras ça grisant. Ça te tente ?

— Pourquoi pas ?

L'idée n'emballait pas Alex, mais Drevin avait une façon de faire des propositions qui piégeait son interlocuteur. Il ne laissait pas le choix.

— Et si on pariait, pour corser le jeu ? Si tu me bats, je te donne mille livres.

— Je ne suis pas certain de vouloir mille livres, se défendit Alex.

Ce n'était pas l'argent qui l'inquiétait. Simplement, il hésitait à accepter quelque chose de Drevin.

— Très bien, dit le Russe. Dans ce cas, je verserai la somme à l'œuvre charitable de ton choix. Mais tu n'as pas à te tracasser. Tu n'as aucune chance de gagner. Paul sera arbitre de course. Demain, deux heures. D'accord ?

— D'accord.

Drevin prit son couvert et commença à manger. Alex s'aperçut que Paul n'avait pas touché à son assiette. Le fossé entre le père et le fils sautait aux yeux. C'était évident dans chaque mot échangé, chaque instant passé ensemble.

Deux heures plus tard, Alex regagna sa chambre. Seul. Nikolaï Drevin était sorti fumer un cigare dans le jardin, et Paul, fourbu, était monté se coucher.

Alex emprunta le couloir principal du rez-de-chaussée. Au fond, il y avait un gymnase équipé de tout le matériel possible et imaginable, et une piscine olympique couverte. Alex fut tenté d'aller faire quelques brasses avant de se coucher. Il n'était plus fatigué. Il avait envie de glisser dans l'eau tiède et de se laver de ses premières impressions de *Neverglade*. Il avait envie de téléphoner à Jack. Elle devait être arrivée chez ses parents, à Washington. Il regrettait qu'elle ait renoncé à l'accompagner, et il se reprochait de l'avoir laissée tomber. Peut-être aurait-il mieux fait de partir avec elle.

Il passa devant la double porte du bureau de Drevin. Paul la lui avait signalée, un peu plus tôt, mais ils n'étaient pas entrés. Saisi d'une impulsion, Alex jeta un coup d'œil à droite et à gauche. Le couloir était désert. Le dallage noir et blanc lui donnait l'apparence d'un échiquier. Le plus long échiquier du monde. Il tourna la poignée. La porte s'ouvrit. Sans s'interroger sur ce qu'il faisait, Alex actionna l'interrupteur et entra.

La pièce était gigantesque, dominée par un bureau massif en verre et acier, de la forme d'un croissant de lune. Le parquet était partiellement recouvert d'un tapis persan, dont la fabrication avait sans doute pris des années. Derrière la table, des portes vitrées donnaient sur la pelouse de devant. Alex compta quatre téléphones, ainsi que deux ordinateurs, une imprimante, diverses piles de documents, et une série de pendules correspondant à différents fuseaux horaires. Il y avait également une petite photo de Paul dans un cadre d'argent.

Si Alex avait espéré en apprendre davantage sur son hôte, il fut déçu. Ce bureau surdimensionné et équipé de matériel hi-tech n'ajoutait rien à ce qu'il savait déjà. L'un des murs était couvert de photos. C'était nettement plus parlant. Alex décela enfin une petite faille dans l'armure impressionnante du Russe : la vanité. Le mur de photos composait en fait une galerie de célébrités.

On y voyait Nikolaï Drevin avec des pop stars et des acteurs, dans des réceptions fastueuses et des hôtels de luxe. Sur les photos, Drevin montrait peu d'émotion ; pourtant on le devinait heureux d'être là. Drevin avec Tom Cruise, Drevin avec Julia Roberts, Drevin bavardant avec Steven Spielberg sur le plateau de son dernier film. Drevin à Whitehall avec le Premier ministre (et son éternel sourire), à Washington avec le président des États-Unis. Drevin serrant la main du président russe – Alex tressaillit devant le visage bouffi de Boris Kiriyenko, qu'il avait croisé sur l'île de Skeleton Key.

Drevin reçu par le pape. Et par Nelson Mandela, au Cap. Certaines photos étaient extraites de journaux, et les titres racontaient l'histoire de sa vie en traits concis et vigoureux :

DREVIN S'INSTALLE AU ROYAUME-UNI

Drevin plus riche que la reine

DREVIN SE FAIT CONSTRUIRE UNE MAISON DE 50 MILLIONS DE LIVRES

DANS L'OXFORDSHIRE
Drevin achète Stratford East

Ce dernier gros titre était illustré d'une photo de Drevin avec Adam Wright, le buteur anglais : sa première acquisition importante pour sa nouvelle équipe de football. Alex continua de parcourir les titres :

DREVIN ANNONCE LE PROJET ARKANGE
Drevin achète l'hôtel *Waterfront*
DREVIN INVESTIT DANS L'IMMOBILIER À LONDRES

Alex perçut un mouvement derrière lui.

Nikolaï Drevin était entré par les portes-fenêtres. Il mâchonnait son cigare et observait Alex avec curiosité.

— Alex ? Que fais-tu ici ?

Il n'y avait aucune colère dans sa voix. Seulement une légère perplexité.

— Excusez-moi.

Alex mit quelques secondes à se ressaisir. Il se savait en faute, bien que la porte n'ait pas été fermée à clé.

— C'est mon bureau, reprit Drevin. Je préférerais que tu n'y viennes pas.

— Bien sûr, oui. Je m'apprêtais à sortir mais j'ai vu ces photos. Vous avez rencontré la reine !

— Plusieurs fois. Elle parle beaucoup de ses chevaux. Je ne l'ai pas trouvée très intéressante.

— Et Nelson Mandela.

— Ah oui ! Un grand homme. Il m'a offert un exemplaire dédicacé de son livre.

Silence et soupçons flottaient entre eux.

— Bon, je ferais mieux de monter dans ma chambre.
— Tu sauras retrouver ton chemin ?
— Oh oui. Merci. Bonne nuit.
— Bonne nuit.

Alex se sentait un peu étourdi. Son bras gauche le lançait. Il quitta le bureau d'un air aussi décontracté que possible, et ne s'arrêta pas avant d'avoir regagné sa chambre, au deuxième étage. Il s'assit lourdement sur le lit. Il connaissait ce qu'il venait de voir. Mais il n'arrivait pas à trouver une explication logique.

La dernière photo extraite d'un journal montrait Drevin, revêtu d'une veste et d'un casque fluo, devant un immeuble désaffecté d'un quartier vieillot de l'est de Londres. Alex l'avait reconnu aussitôt, sans avoir besoin de la banderole suspendue en arrière-plan qui indiquait le nom :

Hornchurch Towers.

L'immeuble ravagé par l'incendie. La photo avait été prise quelques jours avant qu'Alex manque y trouver la mort.

Soit il s'agissait d'une coïncidence extraordinaire, soit Kaspar et ses hommes l'avaient délibérément emmené dans un immeuble que Nikolaï Drevin venait d'acheter. Les ravisseurs l'avaient pris pour Paul Drevin. Ils projetaient d'exiger une rançon. Pourquoi l'avaient-ils conduit dans un immeuble appartenant à son père ?

Alex se déshabilla et se mit au lit. Il était incapable de dormir. Lui qui était censé passer deux semaines de farniente dans le grand luxe, en sécurité et dorloté ! Décidément, ce petit séjour n'était pas une idée grandiose.

9

COURT-CIRCUIT

L'immeuble était situé à Soho, au sud de Manhattan, entre une épicerie fine et un parking couvert, dans une rue pleine d'entrepôts convertis en appartements, avec des escaliers d'incendie métalliques sur les façades et des boutiques sans enseigne, qui n'éprouvaient apparemment pas le besoin de faire de la publicité. Il n'y avait pas de gratte-ciel dans ce secteur de New York. Soho se glorifiait de son atmosphère de village, même s'il fallait un salaire mirobolant pour y habiter. L'ambiance était très décontractée. Les gens promenaient leurs chiens et mangeaient leurs sandwichs sous le soleil d'automne. Il y avait peu de circulation. On oubliait facilement le bruit et l'agitation qui faisaient rage à une vingtaine de rues plus au nord.

Création Innovation et Animation s'inscrivait parfaitement dans le décor. On y vendait des planches de dessins animés, des bobines des Simpson et de Futurama, des dessins originaux de Disney et de Dreamworks. La vitrine de la galerie était petite, et peu de dessins y étaient exposés. Contrairement aux autres boutiques du quartier, la porte d'entrée était fermée à clé. Les visiteurs devaient sonner. Cela ne décourageait pas les curieux mais, une fois à l'intérieur, ils étaient (mal) reçus par une vendeuse peu serviable, et découvraient que les prix étaient aberrants et le choix plus restreint qu'ailleurs. Depuis vingt ans que la galerie existait, personne n'y avait jamais rien acheté.

Ce qui était précisément le but recherché. Les personnes qui travaillaient à *Création Innovation et Animation* n'avaient aucun intérêt pour l'art, sous toutes ses formes. Ils avaient simplement besoin d'une base à New York et ils avaient choisi cette boutique. Soho leur convenait parfaitement. Personne ne remarquait qui entrait ou qui sortait. Ce qui, d'ailleurs, était sans importance, puisqu'ils possédaient le parking mitoyen, par lequel ils accédaient à la galerie en utilisant une porte secrète.

À dix-huit heures, ce soir-là, cinq hommes et deux femmes se tenaient assis autour d'une table de conférence, dans une pièce étonnamment spacieuse et bien aménagée au-dessus de la galerie. La table était un rectangle de verre sur un piétement en chrome. Les chaises, également en chrome, étaient garnies de cuir noir. Sur deux murs s'alignaient des pendules indiquant l'heure de tous les fuseaux horaires. Un large écran à plasma couvrait le troisième. Le quatrième était occupé par une baie vitrée donnant sur le restaurant d'en face. Mais c'était une vitre spéciale : personne, de l'extérieur, ne pouvait voir à l'intérieur de la pièce.

Tous les individus présents autour de la table portaient des tenues strictes et sombres. Six, quatre hommes et deux femmes, étaient jeunes et en bonne forme physique ;

on aurait pu les croire tout juste sortis de l'Université. Le septième, en bout de table, était un Noir d'une soixantaine d'années, avec des yeux enfoncés, des cheveux grisonnants, une moustache, et un air de lassitude perpétuelle.

L'un des hommes jeunes parlait :

— Je dois vous faire part d'événements nouveaux qui ont eu lieu en Angleterre. C'est peut-être sans rapport, mais, comme vous le savez, Nikolaï Drevin a été la cible d'une attaque, il y a six jours, par le groupe écologiste Force Trois. Ils voulaient enlever son fils pour lui demander une rançon, mais ils ont commis une erreur et kidnappé un autre adolescent. Apparemment, celui-ci s'est interposé volontairement. Il s'est laissé enlever à la place du fils Drevin. Incroyable, non ?

L'homme toussota et reprit :

— Ensuite, les choses deviennent plus confuses. Mais le garçon a réussi à s'échapper et Drevin a décidé de le récompenser en l'invitant chez lui. Ils vont bientôt venir ici. Le jeune Anglais doit accompagner Drevin et son fils à Flamingo Bay.

— Il a un nom, ce garçon ? demanda quelqu'un.

— Alex Rider, répondit le plus âgé. Je vous conseille de bien regarder sa photo.

Il ouvrit un dossier sans étiquette posé devant lui et en sortit une photographie qu'il fit passer à son voisin de table.

— On me l'a envoyée hier soir. Voici l'adolescent en question. La femme qui se trouve à côté de lui est sa tutrice. Il n'a plus de famille.

L'un après l'autre, tous examinèrent la photo montrant

Alex et Jack à l'hôtel *Waterfront*. Le cliché avait été pris par un appareil caché au niveau du sol.

— Qu'Alex Rider ait été mêlé à cela ne change rien. Je suis surpris que Drevin n'ait pas enquêté sur lui. Ce pourrait bien être sa première erreur. Et la plus grosse.

— Je ne comprends pas, intervint l'une des deux femmes. Qui est Alex Rider ?

— Ce n'est pas un garçon ordinaire. Et ce que je vais vous apprendre ne doit pas sortir de cette pièce. C'est une information classée « top secret » mais la situation exige que je vous la révèle. Alex est un agent des Opérations spéciales du MI 6.

Un murmure d'incrédulité fit le tour de la table.

— Mais, monsieur..., protesta la femme. C'est absurde. Il n'a même pas quinze ans !

— Quatorze. Et vous avez raison. Une idée pareille ne peut venir que du MI 6. Pourtant c'est efficace. Pour les Britanniques, Alex Rider est une arme redoutable.

— Comment s'est-il trouvé embringué dans cette affaire avec Drevin ?

L'homme eut un sourire entendu, comme s'il était seul à connaître certaines choses. En réalité, il commençait tout juste à les découvrir.

— C'est peut-être une coïncidence. Ou peut-être pas, dit-il à voix basse. Mais quoi qu'il en soit, ça change complètement le jeu. Alex Rider a rencontré Kaspar. Il a été au cœur de Force Trois. Et maintenant il est aux côtés de Drevin.

— Vous pensez qu'il peut nous aider ?

— Il nous aidera qu'il le veuille ou non.

L'homme regarda la photo et, soudain, son regard devint dur.

— Si Alex Rider vient à New York, je veux le voir. Vous avez bien compris ? C'est une priorité absolue. Utilisez tous les moyens nécessaires pour l'approcher. Je veux que vous m'ameniez ce garçon.

À cinq mille kilomètres de là, à *Neverglade*, Alex venait de terminer deux sets de tennis avec Paul Drevin. À sa grande surprise, Paul l'avait écrasé.

C'était un joueur brillant. S'il avait voulu, il aurait pu servir ace après ace, et Alex n'aurait eu aucune chance. Mais Paul, au lieu de profiter de son avantage, avait ralenti son service. En dépit de cela et des efforts d'Alex, le score était sans appel : 6-3, 6-4. Alex aurait volontiers continué la partie, mais Paul était fatigué. Il s'était écroulé sur l'herbe avec une bouteille d'eau. Alex remarqua qu'il avait aussi sorti son inhalateur. Il avait eu du mal à respirer vers la fin du deuxième set.

— Tu devrais jouer dans un club, dit Alex en s'asseyant près de lui. Et faire de la compétition.

— Je ne peux pas, répondit Paul. Deux sets, c'est le maximum. Après, mes poumons tombent en panne.

— Depuis quand as-tu de l'asthme ?

— Depuis toujours. Par chance, les crises ne sont pas trop sévères. Mais quand ça me prend, je suis K.-O. Ça exaspère mon père.

— Tu n'y peux rien si tu es malade.

— Mon père ne voit pas les choses de cette façon, dit Paul en regardant sa montre. Viens, il doit déjà être sur le circuit.

Ils abandonnèrent leurs raquettes et traversèrent la pelouse. Un homme passa au volant d'un tracteur et leur fit un signe de tête. Alex avait remarqué qu'aucun membre du personnel n'adressait jamais la parole à Paul. Cela leur était-il interdit ?

— Tu ne veux pas faire la course ?

— Plus tard, peut-être. Si nous étions tous les deux, ça me plairait. Mais mon père...

Paul s'interrompit, se retenant d'ajouter quelque chose.

— Mon père prend ça très au sérieux.

— À quelle vitesse ils roulent, ces karts ?

— Ils peuvent aller jusqu'à 150 à l'heure.

Paul vit les yeux d'Alex s'agrandir et ajouta :

— Ce ne sont pas des jouets, si c'est ce que tu croyais. Mon père a reçu des gens avec qui il travaille, il y a quelques mois. L'un d'eux a perdu le contrôle dans un virage et le kart s'est retourné. Ça peut arriver. Je l'ai vu. Il a dû faire six ou sept tonneaux. Heureusement, le type portait un casque. Sinon, il se tuait.

— Il a été sérieusement blessé ?

— Il s'est cassé le poignet et la clavicule. Et il avait plein d'hématomes et de coupures sur le visage. Tu aurais vu l'état du kart ! Il était bon pour la casse.

Paul secoua la tête et ajouta :

— Sois très prudent, Alex. Mon père déteste perdre.

— De toute façon, j'ai peu de chances de gagner.

— Si tu veux un conseil, n'essaie même pas.

Alex brûlait de poser une question à Paul depuis le matin, et il jugea le moment propice :

— Pourquoi vis-tu avec ton père et non avec ta mère ?

— C'est lui qui a insisté.

— Tes parents se haïssent vraiment à ce point ?

— Il ne parle jamais de ma mère. Et elle se met en colère si je parle de lui. Et toi ? Tes parents ?

— Ils sont morts quand j'étais petit.

— Pardon. Je suis désolé.

Ils continuèrent de marcher en silence. Puis, tout à coup, Paul reprit :

— J'aimerais avoir un frère. C'est ça le pire. Être toujours seul.

— Tu ne peux pas aller dans une école ?

— J'y suis allé. Mais ça posait trop de problèmes. Mon père exigeait que j'aie un garde du corps. Alors j'avais du mal à m'intégrer. À la fin, il a décidé que ce serait plus facile de prendre des cours particuliers.

Paul haussa les épaules.

— Je n'arrête pas de penser que, bientôt, j'aurai seize ans et que je pourrai partir d'ici. Mon père n'est pas si terrible, mais je voudrais vivre ma vie.

Ils étaient arrivés à l'entrée de la piste de karting : un kilomètre de lacets d'asphalte, une tribune pour une cinquantaine de spectateurs, et une demi-douzaine de karts sur une voie d'arrêt. Nikolaï Drevin était déjà là, penché sur un des engins. Il y avait deux mécaniciens à disposition, mais personne d'autre. La course allait se dérouler sans public.

— Bonne chance, murmura Paul.

— Ah, Alex ! s'exclama Drevin en se redressant. Tu as déjà conduit ce genre d'engin ?

— Une ou deux fois. (Alex avait été sur la piste couverte de King's Cross, à Londres.) Mais je ne pensais pas que les karts pouvaient être aussi rapides.

— Ce sont les meilleurs. Je les ai fait construire spécialement. Châssis en chrome Molly et moteur Rotax Formula E 125 cc, starter électrique, refroidissement par eau. Regarde. Pour démarrer, tu appuies sur ce bouton, à côté du volant. J'espère que tu aimes la vitesse. Ils montent à 100 en 3,8 secondes. Plus vite qu'une Ferrari.

— Combien de tours voulez-vous faire ?

— Disons trois. Ça te va ? Si tu franchis le premier la ligne d'arrivée, ton œuvre de charité préférée sera plus riche de mille livres.

Drevin prit deux casques et en tendit un à Alex.

— J'espère que c'est ta taille.

Le casque d'Alex était bleu. Drevin garda le noir.

Alex l'enfila et serra la sangle sous son menton. Il y avait une visière qui glissait devant le visage, et des tampons de protection pour le cou et les côtés de la tête.

— C'est ta dernière chance, Alex. Si tu as le trac, c'est le moment de renoncer...

Alex examina les karts. Ils ressemblaient à des squelettes. C'étaient des enchevêtrements de fils électriques et de tuyaux, avec un siège en plastique au milieu et deux réservoirs d'essence derrière. Une fois assis, on se trouvait à quelques centimètres seulement au-dessus du sol. Autre chose manquait, en dehors du plancher : il n'y avait aucun pare-chocs. L'avertissement de Paul prenait tout son sens. Ces engins étaient mortels. Le circuit était bordé de ballots de paille mais, s'il perdait le contrôle, si l'une de ses roues heurtait celles de Drevin, le kart pouvait facilement se retourner et faire des tonneaux, comme celui de l'ami mentionné par Paul. Et si le moteur frottait contre l'asphalte, l'étincelle risquait de toucher le réservoir et tout explosait.

Drevin attendait sa réponse. Il le toisait, tenant son casque d'un air désinvolte, un pouce accroché dans un passant de son jean de couturier. Son attitude irrita Alex.

Pas question de renoncer. Il allait faire la course contre cet homme. Et il allait gagner.

— Je n'ai pas le trac.

— Parfait, Alex. Je te propose deux tours d'essai avant de commencer la course. Paul donnera le signal avec un drapeau pour indiquer le départ et le dernier tour.

Alex balaya le circuit du regard. Une série de lacets et de virages serrés, avec deux portions rectilignes où l'on pouvait accélérer. Une partie de la piste s'élevait sur des arceaux métalliques, qui formaient un pont au-dessus d'une autre section du circuit. Il lui faudrait ralentir pour aborder la côte. Celle-ci montait à environ six mètres de hauteur, et même si les bas-côtés du pont étaient bordés d'un mur protecteur fait de pneus de caoutchouc, il préférait ne pas imaginer ce qui se passerait s'il les percutait. Après le pont et la descente venait un long tunnel qui débouchait sur la ligne d'arrivée.

Alex prit place dans le kart et pressa le bouton du démarreur. Aussitôt le moteur s'anima bruyamment. Alex se sentait déjà horriblement exposé. L'engin n'avait ni flancs, ni toit. Il était assis, genoux fléchis, les jambes allongées devant lui. Il tira la ceinture de sécurité et se sangla. Il était trop tard pour reculer. Drevin avait lui aussi mis le contact et commençait à rouler en douceur. Alex testa les pédales de chaque côté de l'arbre de direction. Il n'y en avait que deux. Accélérateur à droite, frein à gauche. Le kart fit un bond en avant. Le moteur semblait impatient de le propulser sur le circuit. Drevin avait déjà pris le large. Alex serra les dents et écrasa la pédale droite.

Accélération de 0 à 100 en 3,8 secondes. Sur le premier tour d'essai, Alex n'alla pas aussi vite, pourtant la puissance du moteur l'étonna. Le fait d'être assis très bas empêchait d'évaluer correctement la vitesse. Il roulait à environ 60 kilomètres à l'heure, mais il avait l'impression d'aller beaucoup plus vite. La piste était floue. Le circuit entier semblait s'être contracté, tandis que sa vision se condensait. Il vit la tribune passer comme un coup de fouet. Les mécaniciens avaient arrêté de bricoler sur les karts pour observer la course. Alex concentrait toute son attention sur ses mains qui serraient le volant. Ses bras vibraient. Il arriva à un virage et braqua à droite. Les pneus chassèrent et il faillit perdre le contrôle. Il avait viré trop brutalement et s'empressa de rectifier sa trajectoire. Bientôt le kart s'engagea sur la portion surélevée. À mi-parcours du pont, la piste s'incurvait à gauche. Alex donna un coup de volant et le mur de pneus noirs miroita sur le côté. Il l'avait frôlé. Il regrettait d'avoir accepté ce défi absurde. Il venait à peine de sortir de l'hôpital. Une erreur de conduite à cette vitesse et il y retournerait directement.

Alex termina le premier tour et amorça le second. Il n'apercevait Drevin nulle part et se demanda s'il n'avait pas quitté la piste. Mais, soudain, il entendit un vrombissement derrière lui et le Russe le doubla, le visage dissimulé derrière son casque noir. Drevin avait bouclé deux tours pendant qu'Alex en parcourait un et demi. S'il ne se décidait pas à accélérer, il n'y aurait pas de lutte pour l'arrivée. À quelle vitesse Paul disait-il que ces karts pouvaient rouler ? 150 à l'heure. Quelle folie !

Paul s'était posté sur la tribune, un drapeau à damier à la main. Drevin ralentit pour attendre qu'Alex arrive à sa hauteur. La course allait débuter. Au moins, Alex avait eu l'occasion de tester les virages serrés et les courbes dangereuses. Et de réfléchir à sa tactique de course. Il avait compris qu'il possédait un gros avantage sur Drevin : son poids. Plus léger, il serait favorisé sur les pointes de vitesse.

Mais le moment n'était plus à la réflexion. Le drapeau s'abattit. Le départ était donné.

60 kilomètres à l'heure, 70, 80. À quelques centimètres au-dessus de l'asphalte qui filait comme un ruban flou. Alex écrasa à fond la pédale de l'accélérateur et sentit toute la puissance du moteur derrière lui. Très vite, il rattrapa Drevin. Un virage approchait. Drevin le prit à la corde. Alex surgit à l'extérieur et le doubla. Il arriva le premier à l'entrée du tunnel. Il avait donc bien calculé. La différence de poids l'avantageait. Maintenant, tout ce qu'il avait à faire pour gagner, c'était de conserver la tête.

Il venait tout juste d'entamer le deuxième tour quand son kart fut ébranlé par une secousse. Un instant, Alex crut à un raté du moteur. Mais cela se reproduisit. Plus violemment. Un à-coup brutal le projeta en arrière et il ressentit une douleur dans la nuque. Ses pneus dérapèrent. Il dut batailler pour garder le contrôle. Troisième heurt. À cette vitesse, il eut l'impression de recevoir un coup de massue. Il jeta un coup d'œil par-dessus son épaule et comprit ce qui se passait. Drevin le tamponnait par-derrière. Et de façon délibérée, méthodique. Il n'essayait pas de le doubler. Ils roulaient à 110, suspendus au milieu d'un châssis métallique qui n'offrait aucune protection. Drevin cherchait-il à les tuer tous les deux ?

Alex freina et Drevin bondit devant lui, filant vers la portion surélevée de la piste. Alex lui colla à la roue, guettant une nouvelle occasion de passer en tête. Mais Drevin trichait, zigzaguait, refusant de céder le passage. Ils redescendirent la côte à toute allure, puis plongèrent en ligne droite dans le tunnel. Après le soleil étincelant, il y faisait très sombre. Alex accéléra et arriva à la hauteur de Drevin. Le Russe donna un petit coup de volant et son kart frictionna celui d'Alex.

Ce fut comme si le monde entier faisait un bond. Des étincelles explosèrent dans l'obscurité. Acier contre acier. Les parois du tunnel filèrent comme l'éclair. Alex s'accrocha désespérément à son volant. Les deux karts jaillirent au grand jour et il freina légèrement, laissant Drevin reprendre la tête.

Du coin de l'œil, il vit Paul agiter son drapeau pour signaler le troisième et dernier tour. La course paraissait n'avoir duré que quelques secondes, et Drevin allait gagner. Alex songea à le laisser filer sans lutter. Que lui importait qu'il gagne ? Après tout, ce circuit était le joujou de Drevin. Lui laisser la victoire était la moindre des politesses.

Pourtant, au fond de lui, quelque chose se rebellait contre cette facilité. Il enfonça la pédale d'accélérateur. Le kart bondit et il rattrapa de nouveau son adversaire. Les deux engins filaient maintenant côte à côte et s'engageaient sur la rampe surélevée pour la dernière fois. Alex vit Drevin lui lancer un regard, puis tirer sur son volant. Il comprit instantanément l'intention du Russe. Ce fou voulait l'envoyer percuter les pneus et passer par-dessus ! Pendant une fraction de seconde atroce, Alex se vit effectuer un saut périlleux dans son kart. Il imagina le paysage qui tournoyait et l'horrible fracas du métal en tombant sur la piste, en contrebas. Drevin était-il vraiment prêt à tuer pour gagner une course ? Quelle absurdité ! Stop ! Il n'avait rien à prouver.

Drevin le percuta à nouveau. Cette fois, c'en était trop.

Pas question de laisser la victoire à ce fou furieux. Alex effleura le frein, feignant d'accepter la défaite. Drevin fila devant et prit le virage suivant. Alors Alex accéléra. Mais il ne tourna pas le volant dans le virage. Au contraire, il fonça droit sur la bordure de pneus. Il les percuta de front et, poussant un grand cri, décolla par-dessus. Pendant un très bref instant, il sembla suspendu dans le vide. Les pneus noirs cascadaient tout autour de lui, filaient dans tous les sens en roulant comme des pièces de monnaie géantes. Puis il retomba. La piste se précipita au-devant de lui. Une violente secousse ébranla le kart, et Alex eut l'impression de rentrer brutalement dans son siège. Il dut batailler pour maintenir le volant qui semblait vouloir lui échapper des mains. Le kart continua sur sa lancée. Les pneus fous bondissaient partout et Alex dut zigzaguer pour les éviter. Mais il avait réussi. Il avait coupé le virage et il roulait maintenant dix mètres devant Drevin.

Le tunnel surgit devant lui. Il s'y enfonça, moteur hurlant, et rejaillit de l'autre côté, dans la lumière, pour franchir la ligne d'arrivée. Il freina. Trop brutalement. Le kart tourna plusieurs fois follement sur lui-même avant de s'immobiliser. Le moteur cala. Mais la course était terminée.

Alex avait gagné.

Quelques secondes plus tard, Drevin s'arrêta à côté de lui. Il arracha son casque. Le Russe transpirait abondamment, ses cheveux étaient plaqués sur son crâne. Il fulminait :

— Tu as triché ! Tu es sorti de la piste !

— Vous m'avez poussé, protesta Alex. Ce n'est pas de ma faute.

— On va recommencer la course !

— Non, merci, dit Alex en ôtant son casque, soulagé de sentir l'air frais sur son visage. Je me suis bien amusé, mais ça suffit.

Il sortit du kart. Les mécaniciens rôdaient sur le bord de la piste, hésitant à approcher.

Paul arriva, le drapeau à la main.

— Je n'en reviens pas ! C'était fantastique, Alex ! Mais tu aurais pu te tuer !

— La course est annulée, déclara Drevin. Je n'ai pas perdu.

— Vous n'avez pas gagné non plus, objecta Alex à mi-voix.

Paul, mal à l'aise, les regardait l'un après l'autre. Drevin réfléchit un moment, puis il secoua lentement la tête.

— Match nul, marmonna-t-il.

Il tourna les talons et s'éloigna.

Alex le suivit des yeux.

— Je comprends maintenant ce que tu voulais dire, Paul. Ton père n'aime vraiment pas perdre.

Paul le regarda, le visage grave.

— Sois prudent, Alex. Ne t'en fais pas un ennemi.

Et il courut rejoindre son père.

Alex resta seul.

10

ARRÊTS DE JEU

Le samedi, la course semblait oubliée. Nikolaï Drevin paraissait de bonne humeur. Il attendait devant la porte d'entrée que le chauffeur approche avec une autre de ses Rolls Royce – une Phantom argent. C'était une journée importante. Stratford East, l'équipe de football qu'il s'était offerte pour la coquette somme de vingt millions de livres, jouait contre Chelsea en première division. Malgré la défaite sévère (3-0) contre Newcastle la semaine précédente, Drevin avait un moral d'acier.

— Tu as toujours été un supporter de Chelsea, Alex ? demanda-t-il.

— Oui, toujours.

Alex disait vrai. Il habitait à vingt minutes à peine de Stamford Bridge et avait souvent assisté aux matchs avec son oncle.

— Le club était presque en faillite quand Roman Abramovich l'a racheté, remarqua Drevin d'un air songeur. Je l'ai rencontré à plusieurs reprises à Moscou. On ne s'est pas très bien entendus, tous les deux. Aujourd'hui, j'espère bien vous décevoir l'un et l'autre.

Alex s'abstint de tout commentaire. Il percevait, dans la voix de Drevin, une intensité laissant supposer que ce match était pour lui bien davantage qu'un jeu. La Rolls Royce approcha et ils prirent place sur la banquette arrière.

Paul ne les accompagnait pas. Il avait fait une crise d'asthme, la nuit précédente, et son médecin – basé vingt-quatre heures sur vingt-quatre à *Neverglade* – lui avait ordonné un jour de repos. Alex se retrouvait donc seul avec Nikolaï Drevin dans la Rolls qui filait sur l'autoroute en direction de Londres.

— Tu n'as pas de famille du tout ? demanda soudain le Russe.

— Non. Mes parents sont morts quand j'étais petit.

— Désolé. Un accident ?

— Un accident d'avion.

Il était facile à Alex de répéter le mensonge que le MI 6 lui serinait depuis toujours.

— Personne ?

— Non. Je n'ai que Jack. Elle s'occupe de moi.

— C'est très inhabituel. Mais tu me sembles un garçon très inhabituel. Ce serait intéressant, je pense, d'avoir un fils tel que toi, dit Drevin en regardant par la fenêtre. Comment t'entends-tu avec Paul ?

— Bien.

— Il t'apprécie, dit Drevin en regardant toujours ailleurs. J'aimerais qu'il te ressemble. Paul est tellement... désœuvré.

— Il serait sûrement plus heureux si vous le laissiez aller dans un collège normal.

— C'est impossible.

— Vous croyez vraiment qu'il court un danger ?

— Il est mon fils.

Drevin prononça ces mots sans la moindre émotion. Il avait une idée très arrêtée de Paul. Il n'y avait rien à ajouter. Il esquissa un sourire mince et forcé, et ajouta :

— Mais assez parlé de ça. Mon équipe va battre ton équipe. Aujourd'hui, c'est la seule chose qui compte.

Une heure plus tard, la Rolls s'engagea dans Fulham Road, où elle fut contrainte de rouler au pas, au milieu des milliers de gens qui affluaient pour assister au match, les supporters de Chelsea en bleu, ceux de Stratford East en rouge et noir. Alex était content que les vitres de la Rolls soient teintées. Personne ne risquait de le reconnaître. Il était venu une bonne centaine de fois à Stamford Bridge, à pied, et avait toujours aimé ce sentiment d'appartenir à un groupe, ce moment où il devenait membre d'une foule qui se frayait un passage sous la pluie ou la neige dans l'espoir de voir son équipe gagner. La Rolls était trop confortable, trop isolée du monde.

Ils tournèrent dans le complexe d'hôtels, de restaurants et de clubs de mise en forme que l'on appelait désormais « le Village Chelsea », puis ils s'éloignèrent des supporters pour suivre une allée étroite en direction de la tribune ouest. La voiture s'arrêta devant une porte à tambour, au-dessus de laquelle figuraient les mots : *Réception Millenium*, en lettres argentées. Ils descendirent de la Rolls.

À l'approche de Londres, Drevin était devenu plus nerveux. Ses yeux et sa bouche étaient réduits à des fentes minces. Il tripotait sa bague à petits mouvements saccadés.

— Ah, voici, Miss Knight, annonça-t-il.

Alex vit en effet approcher Tamara Knight, la secrétaire particulière hyperefficace qu'il avait rencontrée à l'hôtel *Waterfront*. Élégamment vêtue d'un tailleur – tenue un peu étonnante pour un match de football –, elle portait des boucles d'oreilles rouge et noir. Au moins, elle n'avait pas totalement oublié les couleurs de son équipe.

— Bonjour, monsieur Drevin. Bonjour, Alex. Le déjeuner est servi au troisième étage. Voici vos passes.

Elle leur remit deux laissez-passer portant la mention : *TOUS ACCÈS + T.*

— Que signifie le T ? demanda Alex.

— Je suppose qu'il s'agit du tunnel, expliqua Tamara, que le sujet intéressait visiblement peu. En fait, vous pouvez aller absolument partout, sauf sur le terrain.

Elle se tourna vers Nikolaï Drevin et ajouta :

— Bonne chance pour cet après-midi, monsieur.

— Merci, Miss Knight.

Ils entrèrent dans ce qui aurait pu être le hall d'un club de mise en forme très chic, avec un bureau de réception en bois sombre, un tourniquet, un large couloir et deux immenses ascenseurs. Un vigile en uniforme et un réceptionniste les observèrent pendant que Tamara appelait l'ascenseur. Ils montèrent jusqu'au troisième étage sans échanger un mot.

Alex prit conscience de pénétrer en terre sacrée. C'était là que se retrouvaient les directeurs, les présidents, les entraîneurs, les sponsors. En temps normal, jamais il n'aurait pu approcher. C'était fabuleux, pourtant il se sentait mal à l'aise. Drevin avait peut-être oublié la course de karting, mais lui non. Il avait l'impression que plus il en apprenait sur Drevin, moins il le trouvait sympathique. *Un homme exceptionnel.* C'est ainsi que Crawley l'avait défini. Le MI 6 lui avait parlé de Damian en termes aussi flatteurs ! En tout cas, Alex savait que Drevin était mauvais perdant. Et il avait un mauvais pressentiment à propos du match dont il n'arrivait pas à se débarrasser.

— Comment se passe ton séjour chez M. Drevin, Alex ? demanda Tamara.

— Très bien.

— J'espère que tu te tiens tranquille.

Essayait-elle de lui dire quelque chose ? Alex chercha à sonder ses yeux bleus, mais ils étaient impénétrables.

Les portes de l'ascenseur s'ouvrirent et ils émergèrent dans un couloir revêtu de panneaux de bois sombre, puis dans une salle à manger avec un buffet sur un côté. Des serveuses circulaient avec des coupes de champagne. Contrairement au reste du complexe, la salle était décorée à l'ancienne, avec un plafond à moulures et une rangée de fenêtres tarabiscotées aux vitres fumées. Sans les deux larges écrans de télévision fixés sur les murs, on aurait pu se croire au XIXe siècle.

Drevin accepta une coupe de champagne et s'assit à l'extrémité d'une des tables, où une demi-douzaine de convives, dont le président de Stratford East et des épouses de footballeurs, étaient déjà installées. Il y avait environ une cinquantaine de personnes dans la salle. Alex reconnut deux ou trois acteurs de télévision bavardant avec le président de Chelsea, qui, contrairement à Drevin, semblait parfaitement décontracté. Une serveuse offrit à Alex un verre de citron pressé, qu'il but en silence.

Il était à côté de Tamara Knight.

— Êtes-vous une supportrice ? demanda-t-il.

— Oh non, répondit-elle d'un air d'ennui profond. Je n'ai jamais compris l'obsession des Britanniques pour le football. Bien entendu, je souhaite que M. Drevin l'emporte. Le reste m'est égal.

Alex se sentit lui aussi gagné par l'ennui. Tamara avait une allure de mannequin, ou d'actrice, mais elle semblait décidée à se comporter comme une femme d'affaires insensible.

— Comment en êtes-vous venue à travailler pour M. Drevin ?

— Oh, une agence m'a recommandée à lui.

— Ça vous plaît ?

— Évidemment. M. Drevin est un homme très intéressant.

Elle ne tenait pas à en dire plus, et parut soulagée quand la porte s'ouvrit soudain devant une jeune femme qui avança à grands pas. Alex nota la blondeur des cheveux, le bronzage permanent, le collier de diamants et la dentition éblouissante. Il la reconnut aussitôt. Son visage occupait assidûment les premières pages des quotidiens populaires et les écrans de télévision.

Elle s'appelait Cayenne James. Ancien mannequin et ancienne actrice. Elle avait épousé Adam Wright, l'un des buteurs les plus célèbres du championnat anglais, membre de l'équipe nationale. Wright avait lui-même fait les gros titres des journaux au moment de son transfert. Drevin avait versé vingt-quatre millions de livres pour le racheter à Manchester United. Il était désormais capitaine de Stratford East. La présence de Cayenne James au match n'avait donc rien d'étonnant.

Il la regarda s'approcher de Drevin. Elle l'embrassa sur la joue, s'assit et prit une coupe de champagne. Les conversations s'étaient tues à son entrée et Alex parvint à saisir ses premiers mots échangés avec le Russe.

— Comment ça va, Niki ?

Elle avait une voix forte, une voix d'écolière.

— Pardon d'être en retard. J'ai fait un saut chez Harrods. C'est tout près d'ici.

— Votre mari était avec vous ?

— Non ! Ne vous faites pas de bile, gloussa la jeune femme. Adam est très concentré sur le match. Il ne vient jamais faire du shopping avant de jouer...

Des serveuses apportèrent d'autres plats. Alex se sentait de moins en moins à sa place. Il regrettait l'absence de Paul. Il était deux heures et demie. Vivement le début du match.

Celui-ci commença une demi-heure plus tard. Les fenêtres en verre fumé et les portes furent ouvertes, et tout le monde sortit. Alex suivit le flot. Ils émergèrent sur une tribune comptant une centaine de sièges, au-dessus du premier gradin, exactement en face du tunnel d'où sortaient les joueurs. À cet instant, Alex oublia Drevin, *Neverglade*, le karting et le reste. La magie du stade, quelques secondes avant le coup d'envoi, le submergea.

Le stade de Stamford Bridge peut contenir plus de quarante-deux mille spectateurs et, ce jour-là, sous l'éclatant soleil, il était comble. Les haut-parleurs martelaient de la musique, laquelle bataillait contre les chants joyeux des supporters. Alex vit une hola parcourir un large cercle. On lui avait attribué le siège A 10, idéalement situé entre les deux buts. Il n'y avait aucun policier en vue. Chelsea possède son propre service d'ordre mais, apparemment, l'humeur n'était pas à la bagarre.

Un rugissement explosa lorsque les deux équipes émergèrent du tunnel et formèrent deux files, chaque joueur accompagné d'un jeune enfant. L'arbitre et les deux juges de touche les rejoignirent.

— Tu es placé à côté de moi, annonça Tamara Knight.

Alex s'assit, bien décidé à profiter des deux prochaines heures.

Cependant, presque dès le coup d'envoi, le match s'annonça comme un affrontement brutal et inamical. À la dixième minute, un joueur de Chelsea fut jeté à terre par un tacle vicieux, qui valut immédiatement un carton jaune à Stratford East. Ce serait le premier d'une longue série. Chelsea domina la première mi-temps et aurait très vite mené au score sans le travail acharné du gardien de Stratford East. Après une demi-heure de jeu, l'ailier droit récupéra le ballon et l'envoya d'un coup magistral dans la surface de réparation, où l'un de ses coéquipiers l'expédia dans les filets. La foule rugit. Les haut-parleurs tonnèrent. 1-0 pour l'équipe qui recevait. Cinq minutes plus tard, le capitaine de Chelsea effaça deux défenseurs adverses et marqua un but. Stratford East quitta le terrain pour la pause avec deux buts de retard.

Pendant la mi-temps, on servit des rafraîchissements dans la salle à manger. Alex fit en sorte d'éviter Nikolaï Drevin. Il n'avait pas oublié sa réaction après la course de karting et, ici, la défaite était mille fois plus humiliante. Le match était retransmis dans tout le pays. Drevin avait dépensé des sommes colossales pour constituer son équipe. Et être battu par Chelsea – qui appartenait à un autre Russe – aggravait encore la situation.

Cayenne James n'arrangea rien.

— Ne vous en faites pas, Niki, dit-elle de sa voix stridente et stupide. Ce n'est pas encore fini. Je suis sûre qu'Adam va secouer les joueurs, dans les vestiaires.

— Il serait surtout souhaitable que votre mari parvienne à toucher le ballon, répliqua sèchement Drevin.

Il but son verre de champagne comme si c'était du poison.

— C'est vrai qu'il a l'air un peu fatigué, aujourd'hui, admit Cayenne James. Il doit garder ses forces pour la seconde mi-temps.

En vérité, c'est à peine si l'on vit Adam Wright lorsque la partie reprit. Alex se demanda pourquoi l'entraîneur ne le mettait pas sur le banc de touche. Adam Wright jouait au centre, pourtant il semblait toujours loin de la balle, et lorsqu'il parvenait à la récupérer, il ne se créait aucune occasion. Alex savait que le capitaine de Stratford East s'était fait durement malmener par les médias. Jamais il n'aurait dû quitter Manchester United. Il passait plus de temps à faire le mannequin pour des vêtements et de la publicité pour un after-shave que sur les terrains de football. Ses dernières sorties en équipe nationale avaient été lamentables. Sa cote de popularité avait chuté. La moitié du pays lui était hostile et peut-être cela affectait-il son jeu.

Le point suivant, lorsqu'il fut marqué, était davantage le résultat d'un coup de veine que d'une belle action. Il se produisit une telle confusion, dans la surface de but de Chelsea, que le ballon parut disparaître pendant un instant. Puis un joueur de Stratford East réussit à shooter.

Le ballon ricocha sur la cuisse d'un autre joueur et passa à quelques centimètres des mains du gardien de Chelsea. Ce n'était pas joli, mais ça réduisait le score à 2 contre 1. Il restait quinze minutes à jouer.

À partir de ce moment, Chelsea perdit rarement le contrôle de la balle. Alex les soutenait en silence, espérant les voir maintenir leur avance jusqu'au coup de sifflet final. Il savait que ce n'était pas très généreux de sa part, étant l'invité de Drevin, mais Chelsea était la meilleure équipe et il était un « bleu » depuis toujours. Il garda ses émotions pour lui, résistant à la tentation de joindre sa voix aux bruyants encouragements des supporters de Chelsea.

Fin du temps réglementaire. Chelsea semblait avoir le match dans la poche. C'est alors, à la troisième minute des arrêts de jeu, que survint l'occasion miraculeuse pour Stratford East d'égaliser : une faute dans la surface de réparation de Chelsea. Un joueur de Stratford East s'écroula et se tint la jambe en hurlant de douleur. Alex le soupçonna de simuler, mais l'arbitre crut à sa bonne foi. Coup de sifflet. Et nouveau carton jaune. Un grondement incrédule parcourut le public. Stratford East se voyait accorder un penalty. Ce serait la dernière action du match.

Adam Wright s'avança pour le tirer.

Il ne pouvait pas échouer. Il avait marqué des penalties pour l'Angleterre un nombre incalculable de fois. Alex l'avait vu jouer brillamment contre le Portugal, lors du dernier championnat d'Europe, expédiant le ballon dans les filets avec une aisance extraordinaire. Il ne pouvait que réussir.

Un silence très spécial s'abattit sur le stade. Après un tel tumulte, le calme de quarante-deux mille spectateurs avait de quoi surprendre. Alex jeta un regard vers Drevin, assis quatre sièges plus loin. Son corps était figé dans une tension extrême, mais quelque chose qui ressemblait à un sourire flottait sur ses lèvres. Drevin savait que Stratford East ne pouvait pas gagner, mais un match nul lui suffirait. Un match nul n'est pas une humiliation.

Adam Wright plaça le ballon sur le point de penalty.

Ses équipiers de Stratford East s'alignèrent derrière lui. Le gardien de Chelsea fléchit les jambes, se frotta les mains. L'instant parut s'éterniser. La foule retint son souffle.

Adam Wright passa ses mains dans ses cheveux. Ils étaient longs, cette saison, avec des mèches blondes. L'arbitre siffla. Un seul coup bref. Adam Wright courut, presque paresseusement, et botta.

Alex en resta bouche bée.

Quelque chose clocha. Le gardien avait plongé du mauvais côté, à gauche, mais le ballon ne frôla même pas son but. Une motte de terre et d'herbe vola dans une direction, tandis que le ballon filait de l'autre et passait un mètre au moins au-dessus de la barre transversale. Adam Wright réalisa ce qui venait de se passer. Même à cette distance, Alex put voir l'expression choquée de son visage. Puis, lentement, tout parut se dégeler. Le gardien se releva et boxa le vide de ses deux poings. Les joueurs de Stratford East restèrent pétrifiés. Les supporters de Chelsea laissèrent exploser leur joie, ceux de Stratford East sombrèrent dans un silence paralysé.

Et Drevin ? Il était devenu livide. Il avait les mains jointes, crispées, le regard vide.

Quelques sièges plus loin, Cayenne James gigotait nerveusement en couinant :

— Oh, mon Dieu !

Le Russe pivota vers elle et ne fit aucun effort pour masquer le mépris qu'elle lui inspirait.

C'était fini. L'arbitre siffla la fin du match et les joueurs des deux équipes se rapprochèrent pour la poignée de main et l'échange des maillots. Le score final apparut sur les tableaux d'affichage, accompagné de musique. 2 à 1 pour Chelsea. Le service d'ordre réapparut et la foule commença à quitter lentement le stade.

Drevin se retrouva soudain très seul. Alex le vit plonger une main dans sa poche de pantalon pour en sortir un téléphone mobile. Il appuya sur une touche de numérotation rapide et parla brièvement. Alex eut l'impression qu'il s'exprimait en russe. De toute façon, même en anglais, il n'aurait pas pu saisir ses paroles à cause du brouhaha. Le visage de Drevin n'avait plus de couleurs. Il n'était probablement pas en train d'envoyer un message de félicitations à son équipe.

Drevin rangea son téléphone et se leva. Soudain, il remarqua la présence d'Alex.

— Je suis désolé, marmonna Alex, qui ne savait vraiment pas quoi dire.

— Il y aura d'autres matchs, dit Drevin d'une voix lourde. Si cela ne t'ennuie pas, Alex, Miss Knight va te raccompagner. Le chauffeur attend dehors. J'ai des affaires à régler.

— Comme vous voudrez, monsieur Drevin, acquiesça Tamara Knight.

Drevin retourna dans la salle à manger. Alex jeta un dernier coup d'œil au stade, au grand rectangle de pelouse vert vif, aux spectateurs qui s'en allaient. Jamais plus il ne verrait Stamford Bridge de cette place privilégiée.

Quelque chose attira son attention.

Un reflet de soleil sur quelque chose. Ou plutôt sur quelqu'un dans la foule.

Non ! Impossible.

Alex regarda mieux, puis descendit quatre à quatre les marches sur le côté des gradins et scruta attentivement la foule grouillante. Il savait ce qu'il avait vu. Il espérait seulement s'être trompé.

Mais non. Il avait bien vu.

Dent d'Argent était sur le bord du terrain. Alex l'observa, consterné. L'homme qu'il avait mis K.-O. avec le défibrillateur se trouvait dans la foule ! Il avait assisté au match comme si c'était son occupation favorite du samedi après-midi lorsqu'il ne kidnappait pas les gens. Alex le vit glisser quelque chose dans sa poche de veste, puis se diriger lentement vers la tribune sud.

— Alex ! héla Tamara Knight.

Que faire ? Alex n'avait aucune envie de croiser de nouveau le chemin de Force Trois. Il était censé être en convalescence. Mais il ne pouvait tout de même pas laisser le tueur filer comme ça !

Sa décision était prise. Il fit demi-tour, passa en courant devant Tamara Knight en lui criant : « Je vous retrouve à la voiture ! », rentra dans la salle à manger et fonça vers la sortie.

11

MEURTRE BLEU

Force Trois était à Stamford Bridge.

Les éco-terroristes n'étaient pas venus là pour le match. Alex le savait. Ils s'étaient déjà attaqués à Nikolaï Drevin en tentant d'enlever son fils. Cherchaient-ils à recommencer en s'en prenant, cette fois, à son équipe de football ?

Alex jaillit à l'air libre et courut jusqu'au bord du terrain. La foule disparaissait lentement par les différentes sorties, comme du sable s'écoulant d'un seau percé, mais il restait encore au moins dix mille personnes dans le stade. Maintenant qu'il était au niveau de la pelouse, allait-il pouvoir repérer Dent d'Argent ?

Sur les écrans de télévision géants, Adam Wright répondait aux questions des journalistes sur son penalty manqué. Le capitaine de Stratford East avait un visage juvénile. Il paraissait dix-neuf ans et avait une moue boudeuse.

— Eh ben... je sais pas ce qui s'est passé. J'ai eu l'impression que le ballon bougeait juste avant que je tire. Le terrain était un peu mou autour du point de penalty. Je sais pas. C'est des choses qui arrivent. On fera mieux au prochain match...

Alex quitta l'écran des yeux et c'est alors qu'il aperçut Dent d'Argent, dans le large espace vide entre les gradins et le terrain, au moment où celui-ci s'écartait de la foule. Il portait un blouson en Gore Tex orange. Peut-être craignait-il la pluie. Dent d'Argent contourna la tribune sud par la pelouse, sans chercher à gagner la sortie. Pour la première fois, Alex put l'examiner avec attention. Dans les vingt-cinq ans, probablement originaire du Moyen-Orient, des cheveux longs et sales. Ses dents n'étaient pas seules à manquer de soins. Alex le suivit derrière le but et vers le tunnel des joueurs. Que faisait-il ici ? La question ne cessait de tourner dans la tête d'Alex.

Dent d'Argent atteignit l'entrée du tunnel et s'y engouffra. Alex le perdit de vue et accéléra le pas pour le rattraper, content d'avoir son laissez-passer autour du cou. Deux gardes du service d'ordre lui jetèrent un regard, mais aucun ne fit un geste pour l'arrêter. Alex réalisa que Dent d'Argent devait lui aussi avoir un laissez-passer. Dans ce cas, comment l'avait-il obtenu ? À moins que ce ne soit un faux.

Alex s'approcha du tunnel, qui était entouré d'une marée de sièges bleus désertés, avec la cabine de presse juste au-dessus. Neuf marches descendaient à une grille en fer. En temps normal, il aurait donné n'importe quoi pour se trouver là. Il avait vu des dizaines de fois son équipe fétiche émerger de ce tunnel. Il imagina les spectateurs par milliers, entendit les chants et les applaudissements enfler en un tonnerre de vivats au moment de l'apparition des joueurs. C'était véritablement la gueule de lion. Pourtant il n'éprouvait aucune excitation. Alex savait que, malgré ses bonnes résolutions, il courait au devant de nouveaux problèmes. Ça commençait à devenir une seconde nature chez lui.

Il pénétra dans un hall moderne, étonnamment vide, avec un plafond bas et oppressant, un sol dallé gris. Aucun signe de Dent d'Argent. Deux poubelles chromées et une banquette, où les joueurs blessés recevaient les premiers soins. L'air était froid, stérilisé, continuellement renouvelé par un puissant système de climatisation. Tout sentait le neuf. Alex se rappela que le propriétaire de Chelsea avait dépensé des centaines de milliers de livres pour embellir les installations. Il poussa une porte et découvrit la salle de presse, un espace rectangulaire avec une vingtaine de sièges faisant face à une estrade étroite. Les journalistes étaient déjà partis. Dans la pièce adjacente, dont deux des murs étaient recouverts d'affiches publicitaires habilement disposées, Alex reconnut le décor dans lequel Adam Wright avait été interviewé quelques minutes auparavant.

Il s'approcha d'une autre porte et tourna la poignée. Des voix lui parvinrent et il se figea. L'une d'elles ne lui était que trop familière. Il risqua un coup d'œil par l'entrebâillement. Oui. C'était bien Veste de Treillis. Il se tenait dos à la porte, les mains sur les hanches. Dent d'Argent et Binocle étaient avec lui. Ils entouraient un quatrième homme assis sur un banc, une serviette nouée autour de la taille.

Adam Wright. Cette salle était le vestiaire de l'équipe invitée. Par l'entrebâillement de la porte, Alex vit les bancs rembourrés bleus, les placards, le distributeur de boissons fraîches, et, au fond, les douches et les toilettes ultramodernes. Ici aussi le plafond était bas. On pouvait presque sentir le poids des gradins, juste au-dessus.

Le capitaine de Stratford East était le seul joueur encore présent dans les vestiaires. Les autres avaient dû filer pendant son interview, pressés de fuir le stade après leur défaite. Wright regardait les trois hommes debout autour de lui.

— Excusez-moi, les gars, mais je voudrais prendre ma douche. En général, on ne reçoit pas de visiteurs dans les vestiaires.

— Nous représentons le club des supporters de Stratford East, dit Veste de Treillis. Nous avons quelque chose pour vous.

— Un cadeau de remerciement, ajouta Binocle.

— C'est ça, reprit Veste de Treillis. Pour vous remercier de tout ce que vous avez fait pour l'équipe.

Il sortit une boîte en plastique de sa poche et la lui tendit.

— C'est très gentil, dit Wright. Mais, si ça ne vous ennuie pas, je l'ouvrirai plus tard.

— On préférerait que vous l'ouvriez maintenant.

Alex n'était qu'à quelques mètres du capitaine de Stratford East. Il vit le footballeur ouvrir la boîte et en sortir un médaillon doré au bout d'une chaîne. C'était un cadeau approprié. Adam Wright portait plus de bijoux que la plupart des femmes : boucles d'oreilles, bracelets, et un collier différent chaque jour. Mais rien de tout ceci n'avait de sens. Les trois hommes étaient des tueurs. Et pourquoi offrir un cadeau à un joueur qui venait de rater son match ?

— C'est vraiment gentil à vous, dit Adam Wright en levant le médaillon.

Celui-ci était gros et rond. Presque de la taille d'un minidisque. Un dessin de footballeur était gravé sur une face : Adam Wright marquant un but.

— Superbe ! s'exclama celui-ci. Vous pouvez dire à mes fans que, eh bien... j'apprécie vraiment.

— Vous ne le mettez pas ? demanda Veste de Treillis.

— Si, bien sûr !

Wright passa la chaîne autour de son cou, et le médaillon reposa sur son torse musclé.

— C'est incroyablement léger. Qu'est-ce que c'est ?

— Du césium, répondit Veste de Treillis.

— Ah. C'est rare ?

— Oh, oui. Certains tueraient pour s'en procurer...

Quelque chose de dur se pressa dans la nuque d'Alex. Il recula, laissant la porte se refermer, et n'entendit pas la suite de la conversation.

Le contact d'un canon de revolver ne ressemble à rien d'autre. Ce n'est pas seulement le froid du métal. C'est le chuchotement de la mort qui va avec. Alex se retourna très lentement. Le revolver était tenu par deux mains, dont l'une était entourée de bandages. Montre d'Acier avait eu au moins deux doigts cassés et avait perdu sa montre, sans doute fracassée lors de sa rencontre brutale avec l'appareil d'IRM. Alex s'étonnait que son cou n'ait pas subi le même sort.

— Toi ?

Montre d'Acier était sidéré.

Alex leva les mains et rétorqua :

— Vous n'avez pas l'heure, je suppose ?

Montre d'Acier grimaça. Il semblait indécis. Ses

copains de Force Trois l'attendaient dans les vestiaires. Mais il avait un compte personnel à régler avec Alex. C'est cela qui emporta sa décision.

— Toi et moi allons faire un petit tour, dit-il. Nous allons sortir d'ici calmement. Toi devant, moi derrière. Mon flingue ne sera jamais à moins de quelques centimètres de ton dos. Tu ne diras pas un mot. Tu ne t'arrêteras pas. Si tu tentes quoi que ce soit, *n'importe quoi*, je te colle une balle dans la colonne vertébrale. C'est bien compris ?

— Où allons-nous ?

— Dehors, il y a une camionnette. Je te montrerai le chemin. Allez, avance.

Alex n'avait pas le choix. Montre d'Acier ne plaisantait pas. Il allait le forcer à quitter le stade et le faire à nouveau prisonnier. Une fois dans la camionnette, Alex serait perdu. Montre d'Acier n'était pas le seul à vouloir se venger. Veste de Treillis n'attendait que ça, lui aussi. C'étaient des adultes. Des tueurs professionnels. Et ils s'étaient fait battre deux fois de suite par un adolescent ! Ils prendraient beaucoup de plaisir à le lui faire payer.

Montre d'Acier fit un signe avec son arme et Alex s'engagea dans un couloir qui menait hors du tunnel. Il avait remarqué que le tueur avait un laissez-passer identique au sien. Un faux, sans doute. Il n'y avait plus personne dans les parages. Mais même si un membre du service d'ordre apparaissait, Alex ne pourrait rien faire. S'il appelait au secours, Montre d'Acier l'abattrait et s'enfuirait. Des centaines de personnes grouillaient encore autour de Stamford Bridge et il lui serait facile de se fondre dans la foule.

Alex songea brièvement à Adam Wright. Que se passait-il dans les vestiaires ? De toute façon, il ne pouvait rien pour le footballeur. Et son propre sort l'inquiétait davantage.

Ils quittèrent le bâtiment. La tribune est était maintenant derrière eux, et devant eux se dressait un haut mur. Alex savait que ce mur cachait la voie ferrée. On l'avait construit pour étouffer le bruit. De l'autre côté de la voie ferrée, il y avait un cimetière. Il y était allé pour l'enterrement de son oncle, Ian Rider. C'était le moment où jamais de réfléchir. S'il ne tentait pas quelque chose très vite, il risquait de rejoindre son oncle plus tôt que prévu.

Montre d'Acier lui planta brutalement le canon de son arme dans le bas du dos. Il venait d'apercevoir deux policiers derrière les grilles qui donnaient sur Fulham Road. Une file sans fin de spectateurs s'écoulait lentement par ces portes. Les bars, les restaurants et les hôtels étaient ouverts. Alex s'arrêta. Il n'arrivait pas à croire qu'ils allaient sortir au milieu de cette cohue.

Montre d'Acier sentit son hésitation.

— Marche, souffla Montre d'Acier. Souviens-toi. Personne ne voit le revolver. Il n'y aura qu'un seul coup de feu, et personne ne saura d'où il a été tiré. Tu seras à terre et moi j'aurai disparu. On franchit les grilles et on traverse la rue. Ensuite, je te dirai où aller.

Alex avança, le mur sur sa gauche. Juste devant, il vit les guichets de billetterie et la boutique de souvenirs. Les supporters de Stratford East semblaient avoir déserté le stade, emportant leur déception avec eux. Mais ceux de Chelsea n'étaient pas pressés. C'était la fin de l'après midi, et l'endroit idéal pour rencontrer ses amis et savourer sa victoire. Alex savait que sa situation s'aggravait à chaque pas. Ici, tout de suite, il pouvait encore agir. Il y avait les deux policiers, qui bavardaient ensemble, inconscients de ce qui se tramait. Et des dizaines d'autres sur Fulham Road. Mais une fois à l'écart de la foule, il serait totalement exposé. Montre d'Acier avait parlé d'une camionnette. Alex imagina la portière claquer derrière lui. À ce moment-là, il serait comme mort.

Il devait trouver une solution avant qu'il soit trop tard. Il jeta un coup d'œil par-dessus son épaule. Prudent, Montre d'Acier respectait une distance de sécurité entre eux. Il avait les mains enfouies sous sa veste. À première vue, personne n'aurait supposé qu'ils étaient ensemble. Mais Alex savait le revolver pointé sur lui. Au moindre geste, Montre d'Acier tirerait à travers le tissu de la veste. Alex ne pouvait pas dire un mot. Ni se retourner. Il devait continuer d'avancer.

Les grilles se rapprochaient. Fulham Road était derrière. L'un des policiers renseignait quelqu'un. Aucune aide à chercher de ce côté. Et la foule ? Devant lui, près de la sortie, Alex entrevit du rouge et noir. Deux supporters de Stratford East. L'un d'eux était un skinhead, avec des petits yeux injectés de sang et un visage rougeaud constellé de marques de varicelle. Il jetait des regards haineux aux supporters de Chelsea qui défilaient devant lui. Visiblement, il avait bu et rêvait de déclencher une bagarre. Mais la présence policière l'obligeait à se contenter de postures arrogantes.

Alex se dirigeait droit vers lui, Montre d'Acier dans son sillage. Soudain, une idée lui vint. Montre d'Acier surveillait ses mouvements, mais il ne pouvait voir ni son visage ni ses mains.

Le skinhead supporter de Stratford East, oui.

Alex ralentit le pas.

— Continue d'avancer, gronda Montre d'Acier entre ses dents.

Alex fixa le skinhead. Il avait lu quelque part que, si l'on regarde intensément une personne, elle finit par en avoir conscience. Il concentra toute son attention sur le skinhead, tout en se faufilant au milieu de la foule.

Le supporter de Stratford East tourna la tête. Ce n'était pas de la télépathie. Il ne pouvait pas ne pas voir Alex, qui se trouvait à une quinzaine de mètres et se rapprochait. Des gens lui coupèrent le chemin – des pères avec leurs fils, des couples, des supporters arborant les couleurs de Chelsea –, mais Alex les ignora. Il continuait de fixer le skinhead.

Celui-ci croisa son regard. Ses yeux se plissèrent.

Alex avait la main devant la poitrine. Sans quitter le skinhead du regard, il leva lentement, délibérément, deux doigts, puis en plia un. Sans que Montre d'Acier s'en rende compte, il venait d'indiquer le score : 2-1. Et il avait laissé le majeur levé dans un signe injurieux. Il adressa un sourire méprisant au skinhead, en affichant l'expression la plus agressive dont il était capable. Le supporter de Stratford East lui jeta un regard noir. Alex répéta son geste. C'était la pire insulte qu'il pouvait lancer sans prononcer un mot.

Il ne s'était pas trompé. Le supporter de Stratford East était ivre. Il avait vu son équipe perdre presque avec autant de dégoût que Drevin lui-même, et le penalty raté dans les dernières secondes l'avait mis en rage. Et voilà qu'un sale petit morveux insolent, un supporter de Chelsea, le narguait ! Tant pis pour les flics ! Tant pis pour la foule ! Il n'allait pas se laisser faire. Il allait lui régler son compte à ce vantard !

Le skinhead avança pesamment. Alex sentit un frisson d'exaltation en voyant que sa tactique avait réussi. Derrière lui, Montre d'Acier n'avait rien remarqué. Il faudrait agir très vite. Profiter de l'élément de surprise.

Le supporter de Stratford East se planta devant Alex pour lui bloquer le passage et lança :

— C'est quoi, ton problème ?

Alex s'immobilisa – il n'avait pas le choix. Montre d'Acier, surpris, se cogna dans son dos. Il n'y avait plus aucune distance entre eux.

— J'ai dit : c'est quoi ton problème ? répéta le skinhead.

Alex ne répondit rien. Il avait pour ordre de ne pas ouvrir la bouche. Au lieu de cela, il fit une grimace narquoise, soulignée par un sourire méprisant.

Objectif atteint. Le supporter éméché de Stratford East poussa un juron et lança son poing droit. Alex plongea de côté. Le poing lui frôla le dessus de la tête et frappa Montre d'Acier, qui se trouvait collé à lui, en plein dans la gorge. Montre d'Acier tira. La balle atteignit le skinhead dans le bras. Ce fut la panique. Soudain, tout le monde se mit à hurler et à courir. On savait qu'un coup de feu avait éclaté mais sans savoir d'où. Les deux policiers accoururent. Derrière eux, un policier à cheval apparut. Le cheval hennit et se fraya un passage au milieu de la foule affolée qui s'égaillait.

Le skinhead était assis par terre, la main pressée sur son bras blessé. Alex eut un petit remords, mais il ne pouvait pas s'attarder. En entendant la détonation, il avait bondi pour se fondre dans la foule, courant de droite à gauche, espérant que Montre d'Acier n'aurait pas l'occasion de faire feu une seconde fois.

Alex avait parfaitement calculé son coup. Montre d'Acier n'osa plus tirer. Il y avait déjà trop de monde entre eux, et il risquait d'attirer l'attention des policiers qui affluaient de partout. Il ne pouvait plus rien faire.

Alex continua de courir. Il dépassa la boutique de Chelsea et fonça vers la porte où la Rolls les avait déposés avant le match. Tamara Knight était là. Elle avait l'air inquiet. Peut-être avait-elle entendu le coup de feu. Mais ce fut sans doute surtout l'expression d'Alex qui l'alerta.

— Alex ! Qu'y a-t-il ?

— Allez chercher de l'aide ! Appelez la police ! N'importe qui ! Envoyez quelqu'un aux vestiaires. C'est Adam Wright. Je crois qu'il a des ennuis.

— Comment ? De quoi parles-tu ?

Alex reprit son souffle.

— Force Trois...

C'était trop compliqué à expliquer. L'assistante de Nikolaï Drevin le regardait comme s'il avait l'esprit dérangé. Par où commencer ?

— Faites-moi confiance, dit-il d'un ton implorant. Il faut envoyer la sécurité dans les vestiaires. Je vous en prie ! Croyez-moi...

Tamara Knight le dévisagea pendant quelques secondes. Elle semblait incrédule, pourtant elle finit par hocher la tête.

— D'accord. Il y a un membre du service d'ordre à l'intérieur.

Elle tourna les talons et courut vers la tribune ouest.

Il était déjà trop tard.

Les trois hommes avaient quitté les vestiaires. Adam Wright était seul. Il palpa le médaillon qu'on venait de lui offrir. Il en possédait plus d'une dizaine, en or et en platine. Il avait toujours aimé les médailles, même quand il était gamin, dans l'Essex. Il trouvait que ça lui allait bien.

C'était tout de même bizarre. Recevoir un cadeau après un aussi mauvais match. Adam Wright songea au penalty raté tout en se dirigeant vers la douche. Il avait fait une saison médiocre. Il était peut-être temps de songer à un autre transfert. Il devait rester prudent. S'il jouait moins bien, il risquait de perdre certains de ses contrats publicitaires et de ses sponsors. Et alors, qui paierait sa prochaine Ferrari ?

Il lâcha sa serviette et se regarda en souriant dans le miroir. Il avait un corps parfait et il aimait l'effet de ce nouveau médaillon sur son torse. Cayenne allait l'adorer.

Il ouvrit le robinet de la douche à fond. L'eau chaude gicla. Il entra sous le jet, qui lui martela les épaules et le cou. Il se retourna.

Les pseudo-fans lui avaient dit que le médaillon était en césium. Mais ils n'avaient pas précisé que le césium, dont le nom latin *caesium* signifie « bleu du ciel », est un métal alcalin figurant dans le groupe 1 du tableau périodique. Il n'existe pas à l'état libre dans la nature. Comme tous les métaux alcalins, il réagit très violemment quand il est exposé à l'eau. Le médaillon avait été recouvert d'une cire de protection contre l'atmosphère, mais cette cire fondait maintenant sous l'eau chaude.

Adam Wright comprit qu'un phénomène bizarre se produisait. Il ressentit une brûlure intense. Pendant un instant, il crut que l'eau était trop chaude. Puis il baissa les yeux et vit avec stupeur une flamme brillante jaillir devant lui. Il ouvrit la bouche pour crier. C'est à cet instant que le médaillon explosa. Le cri resta dans sa gorge.

Wright tomba à genoux sous l'eau ruisselante, les mains tendues. Pendant un bref instant, il ressembla à un gardien de but qui vient de voir le ballon filer dans le fond du filet. Puis il bascula en avant et ne bougea plus.

Deux minutes après, la porte des vestiaires s'ouvrit brutalement devant un groupe de vigiles. Il n'y avait plus rien à faire. Adam Wright gisait sur le sol dans une flaque d'eau. De la fumée montait de son torse, filtrant sous ses aisselles.

Le capitaine de Stratford East venait d'encaisser un penalty. Le dernier de sa carrière.

Et ceux qui l'avaient tiré n'avaient pas raté leur coup.

12

DATE D'EXPIRATION

Le lendemain, Alex faisait une partie de ping-pong avec Paul Drevin. Une fois de plus, Paul le battait. Le score était de 15 à 18. Alex servait. Il lança la balle en s'efforçant de lui donner de l'effet. Paul retourna en chandelle. Alex en profita. Il gifla la balle, qui toucha le coin de la table et rebondit par-dessus la raquette de Paul. 16 à 18. Il lui restait une petite chance.

Les deux garçons jouaient dans la plus extraordinaire des salles. Plus de soixante mètres de long sur six seulement. Une sorte de tube à cigare gigantesque, avec des hublots courant sur toute la longueur. Une partie était moquettée et meublée de luxueux fauteuils de cuir disposés autour d'une table basse, d'un minibar et d'un large écran de télévision. Puis venait l'aire de jeux : ping-pong, billard américain, PlayStation et salle de gym. Ensuite, il y avait une cuisine, petite mais entièrement équipée. De l'autre côté, séparé par une cloison, un espace de travail, avec une bibliothèque et une table de conférence, où Nikolaï Drevin était en train de travailler.

Le tout se trouvait à trente-six mille pieds d'altitude.

Alex et Paul volaient vers les États-Unis dans le 747 privé de Drevin, spécialement adapté à ses besoins. Ici, pas de sièges exigus ni de nourriture micro-ondée sur plateaux en plastique. L'aménagement de l'avion était fabuleux. Sans le bruit des réacteurs et les turbulences occasionnelles, il aurait été difficile de se croire dans les airs.

Alex était ravi d'avoir quitté l'Angleterre.

La mort d'Adam Wright avait évidemment fait la une de tous les journaux, et alimenté tous les programmes d'information de la télévision et de la radio. Cette fois, personne n'avait mentionné la présence d'Alex, et ceci grâce à Tamara Knight. Elle seule savait qu'il avait vu et suivi un des tueurs dans le stade. Lorsque le corps de Wright avait été découvert, elle avait préféré ne rien dire, jugeant qu'Alex avait traversé suffisamment d'épreuves. Force Trois avait aussitôt revendiqué l'assassinat du footballeur, expliquant que Wright était une nouvelle victime de leur guerre contre Nikolaï Drevin. Mêler Alex à cette histoire n'aurait servi à rien.

Tamara était elle aussi du voyage. Elle lisait un livre, assise dans un des fauteuils de cuir. Alex avait jeté un coup d'œil au titre : c'était une histoire de voyage dans l'espace. De toute évidence, la jeune femme se préparait au lancement qui aurait lieu dans trois jours. Elle leva brièvement les yeux vers Alex au moment où il se préparait à servir, puis elle tourna une page.

Alex perdit son service et, deux points plus tard, le match. Il se demanda s'ils avaient déjà atteint les côtes du Canada. L'avion avait décollé d'Heathrow depuis cinq heures. Malgré tout le confort du 747, il avait conscience de flotter dans cet espace vide, étrange, au bord du monde, entre deux zones horaires.

— Tu as faim ? demanda Paul.

— Non, merci.

Le personnel de bord comprenait un cuisinier et deux hôtesses, qui avaient servi un brunch composé de fruits frais, croissants et café, juste après le décollage.

— Ça te tente de regarder un film ?

— D'accord.

Paul posa sa raquette et se laissa choir dans un fauteuil.

— Dommage qu'on ne passe pas plus de temps à New York. J'aurais vraiment aimé te faire visiter. C'est une ville très cool quand on se balade. Et il y a des magasins fantastiques. Je voulais acheter plein de choses.

— Combien de temps va-t-on rester ?

— Un seul jour, a dit mon père. Il a des gens à voir. Mais il se peut aussi qu'on reparte directement à Flamingo Bay.

Paul appuya sur un bouton encastré dans l'accoudoir de son fauteuil et une des hôtesses apparut.

— On peut voir un film ? lui demanda Paul.

— Bien sûr, sourit l'hôtesse. Je vous apporte le menu tout de suite. Voulez-vous boire quelque chose ?

— Je prendrai un Coca. Et toi, Alex ?

— Rien. Merci.

Alex s'assit près de Paul, évitant son regard. Il avait l'impression que le jeune Russe ressemblait davantage à son père qu'il ne l'avait d'abord cru. Même s'il s'en défendait, le mode de vie de milliardaire convenait parfaitement à Paul qui trouvait tout naturel de voyager en jet privé, d'avoir des maisons dans le monde entier, et une totale liberté. En ce moment, ils auraient dû l'un et l'autre être enfermés dans une salle de classe. Alex songea à Brookland et son cœur se serra. Il rêvait d'être avec ses copains, de s'amuser... bref, de retrouver la vraie vie.

Il ne l'avait pas encore dit, mais sa décision était prise. Dès leur arrivée à New York, il quitterait les Drevin. Il se sentait un peu honteux et désolé pour Paul. De plus en plus, celui-ci semblait compter sur son amitié, comme il comptait sur tout le reste. Paul n'avait pas choisi sa vie, mais il était coincé dedans. Un jour, ce serait à son tour de parcourir le monde en avion privé et de prendre d'importantes décisions.

Alex, lui, en avait assez. Rien de ce que possédait Nikolaï Drevin ne l'attirait. Et il était de plus en plus mal à l'aise. Il avait l'impression qu'un filet invisible se refermait sur lui. Il s'était trouvé face aux tueurs de Force Trois deux fois déjà. Il aurait peut-être moins de chance la troisième. Quels que soient leurs motifs de haine contre Drevin, il ne voulait pas en faire les frais.

Et puis il y avait le problème de Drevin lui-même. Beaucoup de questions troublantes se posaient à son sujet : l'absence de gardes devant la chambre de Paul à l'hôpital, l'immeuble où Alex avait été séquestré qui appartenait à l'une de ses nombreuses sociétés, sans oublier le kidnapping lui-même. Alex repensait souvent à son entrevue avec Kaspar. Le chef de Force Trois avait l'intention de lui couper un doigt, et il l'aurait fait si Alex ne l'avait convaincu de sa véritable identité. Donc, si Paul avait été enlevé, on lui aurait fait du mal. Pourquoi ? Existait-il une sorte de vendetta privée et secrète entre Nikolaï Drevin et Kaspar ?

Alex n'avait aucune confiance en Drevin. Pendant la

course de karting, le Russe avait essayé de l'éliminer. Et tout ça parce que Drevin n'aimait pas perdre ! Comme par hasard, après la défaite de son équipe contre Chelsea, un homme était mort. Drevin avait-il une responsabilité dans cette mort ? Alex se rappelait l'avoir vu passer un appel de son mobile quelques secondes après la fin du match. Et, juste après, quand il avait repéré Dent d'Argent dans la foule, celui-ci glissait quelque chose dans sa poche. Pourquoi pas un téléphone ? Était-il possible qu'il ait reçu ses ordres directement de Drevin ?

En tout cas, c'était décidé. Dès leur arrivée à New York, Alex téléphonerait à Jack. Washington était à moins de deux heures de vol. Elle serait ravie de le récupérer, surtout si elle pensait qu'il courait un danger. Il expliquerait à Nikolaï Drevin qu'il avait le mal du pays. N'importe quelle excuse ferait l'affaire. Le milliardaire et son fils partiraient à Flamingo Bay sans lui.

— Tout va bien, Alex ?

Alex leva les yeux et s'aperçut que Tamara Knight l'observait. La jeune femme restait pour lui une énigme. Elle ne s'était pas montrée particulièrement amicale à son égard et paraissait totalement dévouée à Drevin. Pourtant elle n'avait pas parlé de son rôle dans la mort de Wright. En ce moment même, elle l'examinait d'un regard scrutateur. Peut-être essayait-elle, elle aussi, de le percer à jour.

— Je vais bien, merci.

— Tu dois être impatient d'assister au lancement ?

Alex haussa les épaules.

— Oui, bien sûr.

Paul avait choisi un film. Au centre de la cabine, les

lumières s'éteignirent et, quelques minutes plus tard, la séance commença.

Il était treize heures, heure locale, lorsque l'avion se posa à l'aéroport J.F.K. de New York. Nikolaï Drevin était sorti de son bureau volant une heure avant l'atterrissage pour dicter une lettre à Tamara et bavarder avec Paul. Une partie de la conversation s'était déroulée en russe, et Alex avait eu l'impression qu'ils parlaient de lui.

Le 747 roula vers une aire de stationnement. Par un hublot, Alex aperçut une limousine avec chauffeur qui les attendait. Il supposa qu'un personnage aussi riche et influent que Drevin n'avait pas à faire la queue devant les guichets de l'immigration comme n'importe qui d'autre. Il ne se trompait pas. La porte de l'avion s'ouvrit et deux hommes en costume – agents des douanes et de l'immigration – furent invités à entrer. L'un d'eux portait un attaché-case contenant un ordinateur et un tampon encreur démodé. Il était jeune, rasé de près, avec des cheveux blonds et courts, des lunettes noires. Il sourit à Drevin.

— Bonjour, monsieur Drevin. Bienvenue à New York.

— Merci, répondit Drevin en lui tendant son passeport.

L'homme glissa le document dans le scanner de son ordinateur, derrière le couvercle de sa mallette, sans même y jeter un coup d'œil. Puis il tamponna une des pages. Il répéta l'opération pour les passeports de Paul et de Tamara. Ensuite il prit celui d'Alex, jeta un coup d'œil à la photo, et le plaça sur le scanner. Quand il le sortit, l'homme avait une expression d'étonnement poli.

— Excusez-moi, monsieur, dit-il à Drevin. Il y a un petit problème.

— Quel problème ? sursauta Drevin, agacé.

— Ce passeport est périmé. Sa validité a expiré depuis deux jours.

— Faites voir.

Drevin saisit le passeport. Il vérifia la date, puis se tourna vers Alex et dit :

— Il a raison.

— C'est impossible !

Alex était consterné. Il n'avait pas ouvert son passeport depuis quelque temps, mais il était certain qu'il datait de moins de quatre ans. La première page s'ornait d'une photo ridicule de lui à l'âge de dix ans. Il se souvenait même que Jack l'avait accompagné à la cabine du Photomaton.

Drevin lui tendit le passeport. Alex l'examina. C'était bien la même photo. Il rougissait encore de cette coiffure horrible. Il y avait sa signature, et le nom et l'adresse de Ian comme plus proche parent. Mais l'employé de l'immigration avait raison. Son passeport avait expiré avant leur départ de Londres.

— Je ne comprends pas, dit Alex.

Il se demandait comment cela avait pu arriver.

— C'est étonnant qu'ils n'aient rien remarqué, à Heathrow.

— Je suppose qu'ils n'ont pas regardé avec assez d'attention, répondit l'Américain.

— Bien, coupa Drevin d'un ton glacial. Que va-t-il se passer ?

— Eh bien, monsieur, je regrette mais nous ne pouvons pas laisser votre jeune invité pénétrer aux États-

Unis. En temps normal, on le renverrait chez lui. Mais je pense que nous allons trouver une solution. Combien de temps comptez-vous rester à New York ?

— Moins de vingt-quatre heures. Nous repartons demain.

— Dans ce cas, nous pouvons garder M. Rider à l'aéroport. Il sera considéré comme en transit. Vous le reprendrez au moment de partir.

— Mais il se réjouissait de passer une journée à New York ! Il ne présente pas une telle menace pour la sécurité de votre pays ! Laissez-le venir avec moi !

— Désolé, monsieur Drevin. Vous devez accepter ma proposition. Normalement, je devrais le renvoyer en Angleterre. Je contourne déjà le règlement. Il m'est impossible de l'autoriser à entrer sur le territoire américain.

— Je n'y comprends vraiment rien, intervint Alex. J'ai eu ce passeport il y a moins de quatre ans ! J'en suis certain.

Il se sentait honteux et frustré. Nikolaï et Paul Drevin le regardaient comme si c'était de sa faute. Ce qui, dans un sens, n'était pas faux.

— Je crois que nous n'avons pas le choix, Alex, trancha le Russe.

Il se tourna vers l'agent de l'immigration pour demander :

— Où allez-vous le garder ?

— Nous avons des chambres dans l'aéroport, monsieur. Avec télévision et salle de bains. Je vous assure qu'il sera très bien.

— Bon. Alors, nous te récupérerons demain, Alex.

Drevin se leva et quitta l'avion, suivi de Paul et de

Tamara. L'assistante n'avait pas dit un mot pendant la discussion. Par le hublot, Alex les vit monter dans la limousine. La voiture démarra et il se retrouva seul avec les deux Américains.

— Vous avez des bagages à main, jeune homme ? demanda l'agent d'immigration.

— Non.

— Bien. Mon nom est Shulsky. Ed Shulsky. Vous allez venir avec moi.

Alex suivit l'Américain sur le tarmac. L'agent des douanes fermait la marche. Une autre voiture les attendait. Alex monta à l'arrière, Shulsky à l'avant, et le douanier resta sur place.

— Relaxez-vous, ce ne sera pas très long, dit Shulsky.

Les portières s'étaient verrouillées automatiquement. Pas du tout relaxé, Alex regarda par la fenêtre.

La voiture franchit une double barrière, une grille, et sortit de l'aéroport. Bizarre. Shulsky ne venait-il pas d'expliquer qu'il passerait la nuit à J.F.K. ? Pourquoi prenaient-ils la direction de Manhattan ? Le chauffeur s'engagea dans la file qui menait à Brooklyn Bridge et, tout à coup, Alex découvrit, de l'autre côté du fleuve, le plus célèbre paysage de gratte-ciel du monde. Malgré les circonstances, le panorama le fascina. Il contempla avec émerveillement la superbe arrogance des gratte-ciel agglutinés sur l'île effilée, monuments à la gloire de la puissance, de la réussite et du mode de vie américains.

Alex se pencha vers la banquette avant et demanda :

— Où allons-nous ?

— Nous serons bientôt arrivés, répondit Shulsky.

— Vous avez dit que je resterais à l'aéroport.

— Du calme, Alex. Nous allons très bien nous occuper de toi.

Le ton de Shulsky avait changé. Alex savait qu'il se passait quelque chose d'anormal. Son passeport était valide. Il en restait convaincu. Mais il ne pouvait rien faire, enfermé dans cette voiture, à l'autre bout du monde. Comme disent les gangsters qui veulent liquider un ennemi, dans les films américains, on l'emmenait faire une « balade ».

Alex regarda par la fenêtre quand ils franchirent le pont pour tourner ensuite vers le nord, longeant le terrible espace vide où s'élevait autrefois le World Trade Center. Il était déjà venu deux fois à New York et en gardait un très bon souvenir. Ils s'engagèrent dans Soho, un des quartiers sud de Manhattan.

La voiture ralentit devant une galerie d'art, dont le nom était peint en lettres dorées sur la vitrine remplie de planches de dessins animés. Ils tournèrent juste après la galerie, dans un parking. Alex poussa un soupir et secoua la tête. Il savait maintenant exactement où il était.

À Miami, ils se faisaient appeler *Centurion International Advertising*. Ici, à New York, la galerie s'appelait *Création Innovation Animation*. Deux noms différents, mais trois initiales identiques :

CIA.

La voiture monta au premier niveau du parking et s'arrêta. Shulsky descendit, ouvrit la portière d'Alex, et lui dit :

— Par ici.

Alex le suivit jusqu'à une porte en métal nu, qui aurait pu conduire à une remise ou à un local de générateur électrique. Un clavier numérique était fixé dans le mur.

Shulsky pianota un code de sept chiffres. Après un bourdonnement, la porte s'ouvrit. Ils longèrent un couloir vide, contrôlé par une caméra de surveillance fixée au plafond, jusqu'à une seconde porte, qui s'effaça à leur approche.

Ils débouchèrent dans un confortable hall d'accueil, ouvert sur un espace de bureaux sans cloisons, équipés de téléphones et d'ordinateurs. Deux standardistes étaient assises derrière le guichet d'accueil. Dans les allées recouvertes de moquette circulaient des femmes et des hommes en costume. Un Noir, avec une moustache et des cheveux gris, les attendait. Alex le reconnut aussitôt. Il s'appelait Joe Byrne. Il était directeur adjoint de la section des Opérations clandestines de la Central Intelligence Agency.

— Ravi de te revoir, Alex.

— Moi, je n'en suis pas sûr, répondit Alex, en se souvenant de la manière dont son passeport avait disparu dans l'attaché-case de Shulsky. Vous m'avez pris mon passeport. Celui que vous avez montré à Drevin est un faux.

Joe Byrne hocha la tête.

— Suis-moi, Alex. Allons dans mon bureau. Il est temps que nous ayons une petite conversation, toi et moi.

13

LE PLUS GRAND CRIMINEL DU MONDE

Le bureau new-yorkais de Byrne était identique à celui de Miami. Même mobilier banal, mêmes murs blancs, même air conditionné trois degrés trop froid. Seule la vue était différente. Joe Byrne avait probablement un bureau similaire dans toutes les grandes villes américaines.

— Tu as soif ? demanda-t-il en prenant place derrière sa table.

— Un verre d'eau, merci.

Il y avait des bouteilles sur une desserte. Alex se servit.

— Je suis sincèrement content de te revoir, Alex.

Byrne avait l'air fatigué de quelqu'un qui n'a pas vu son lit depuis une semaine.

— Je n'ai jamais eu l'occasion de te remercier pour le travail que tu as fait pour nous à Skeleton Key.

— Désolé, pour vos agents.

— Tom Turner et Belinda Troy. Oui, c'est triste. Je

regrette de les avoir perdus. Mais tu n'es pas responsable. Tu as fait du bon boulot.

Byrne s'interrompit et laissa courir son regard sur Alex.

— Tu sembles en assez bonne forme, malgré ce qu'il t'est arrivé. J'ai déjà dit à ton patron, Alan Blunt, combien je désapprouve son idée d'impliquer un garçon de ton âge dans ce genre d'activité. Bien entendu, il ne m'a pas écouté. Il ne m'écoute jamais. D'ailleurs, c'est la raison pour laquelle tu es ici.

— Pourquoi suis-je ici ?

— Nous voulions t'éloigner de Drevin sans qu'il se doute que la CIA était dans le coup. Nous avons fait un petit échange de passeports pour qu'il te croie entre les mains des douanes et de l'immigration. Ça nous permet de discuter tranquillement. Pour être franc, j'espère que tu vas pouvoir nous aider.

— Pas question, monsieur Byrne. Oubliez-moi. En fait, j'avais pris ma décision avant d'atterrir. Je ne veux plus voir Drevin. Alors, si vous voulez bien me mettre dans un avion pour Washington, je m'en vais.

— Washington ? dit Byrne en haussant un sourcil. C'est amusant que tu parles de Washington. Mais je crains que tu ne puisses sortir d'ici aussi facilement, Alex. Tu es entré illégalement dans le pays, ne l'oublie pas.

Byrne leva la main en signe d'apaisement et poursuivit :

— Écoute-moi, au moins. Ce que j'ai à te raconter va peut-être t'intéresser. Quand j'aurai fini, tu me diras ce que tu en penses. Il se trouve que tu es dans une position exceptionnelle. Tu pourrais nous être très utile. Tu n'imagines pas ce qui est en jeu.

Alex soupira.

— J'ai déjà entendu ce refrain quelque part.

Il ouvrit sa bouteille d'eau et s'assit en face de l'agent de la CIA.

— D'accord. Je vous écoute.

— Bien. Comme tu l'as deviné, cela concerne Drevin. Nikolaï Vladimir Drevin. D'après nos calculs, il possède la quatrième ou cinquième plus grosse fortune du monde. Bien entendu, les Anglais l'adorent. Il vient de s'offrir une équipe de foot, c'est un grand businessman, et il verse de l'argent aux œuvres de charité. Et puis il y a le projet « Ar*k*ange ». Grâce à lui, vous autres Britanniques allez accaparer le marché du tourisme spatial. Et c'est une belle affaire. Mais je crains que ce ne soit pas aussi facile qu'il y paraît. Vois-tu, depuis dix-huit mois, la CIA et le Département d'État mènent une enquête sur Drevin. Nous avons découvert qu'il n'est pas ce qu'il prétend être. Je parle de crime organisé, Alex. Toutes les routes mènent à lui. Pour résumer, nous pensons qu'il est le plus grand criminel du monde.

Byrne marqua une pause. Alex demeura imperturbable. Après tout ce qu'il avait vécu ces derniers temps, rien ne pouvait le surprendre.

— C'est assez compliqué, reprit Byrne. Et puis, même si tu as voyagé dans le palace des airs de Drevin, tu es sûrement fatigué par le décalage horaire. Au lieu d'entrer dans les détails, je vais te brosser une vue d'ensemble.

« Pour comprendre Drevin, il faut remonter au démantèlement de l'Union soviétique, au début des années quatre-vingt-dix. Le communisme s'écroulait et le pays entier cherchait un nouveau souffle. Mais il y avait un problème. Le nouveau gouvernement russe était fauché. Il avait cruellement besoin d'argent et il a décidé de vendre tous ses biens. Autrement dit : ses usines automobiles, ses centrales hydroélectriques, ses compagnies aériennes et, plus crucial, ses champs de pétrole. Tout cela a été vendu au rabais, parfois pour une fraction ridicule de la valeur réelle. Ils n'avaient pas le choix parce qu'ils avaient besoin d'argent tout de suite, et en bloc. Dans les années suivantes est apparu un nouveau groupe d'hommes d'affaires. Des gens qui se trouvaient au bon endroit au bon moment, et qui savaient que c'était une formidable occasion. Ils ont compris qu'ils allaient devenir millionnaires du jour au lendemain. Et milliardaires quand le cours des actions monterait. C'est exactement ce qui est arrivé.

« Nikolaï Drevin en faisait partie, mais il était très différent des autres. Nous connaissons mal son passé. Ses activités en Russie au cours des vingt dernières années sont assez mystérieuses. Nous pensons que Drevin a commencé sa carrière dans l'armée. Il était probablement un haut gradé du KGB. Ensuite nous perdons sa trace, jusqu'à ce qu'il réapparaisse à la tête d'une florissante entreprise de matériel de jardinage. Par ailleurs, il boursicotait. Surtout dans les actions pétrolières. Il réussissait, mais pas de façon mirobolante. Et lorsque le marché du siècle s'est présenté, il n'avait pas assez de liquidités pour se tailler une part du gâteau.

« C'est alors qu'il a eu une idée géniale. Son poste dans l'armée et au KGB l'avait mis en contact avec la pègre russe. Je parle de la Mafiya. Il connaissait tous les grands caïds et il est allé les voir pour leur demander un prêt. C'était un chef d'entreprise respectable. Il avait une vision de l'avenir et, avec leur aide, il pouvait s'y faire une jolie place. Il lui fallait environ quatre-vingts millions de dollars, assez pour devenir actionnaire majoritaire de Novgerol, l'une des plus importantes compagnies pétrolières russes. Les gros pontes de la Mafiya l'ont reçu et l'ont trouvé sympathique. Mais ils n'avaient pas assez d'argent, et ils se sont tournés vers leurs amis japonais. Tu as entendu parler des yakusa ? L'affaire les a intéressés, eux aussi. Et pour clore le tout, les triades chinoises ont décidé de se joindre au groupe. À eux trois, ils ont réuni la somme et Drevin a pu jouer la partie. Tout à coup, il est devenu un joueur essentiel.

« Il a acheté des parts de Novgerol. Pour une bouchée de pain. Ceux qui ont été lésés, pour finir, ce sont les Russes. Le peuple russe. C'était leur pétrole et on le leur a plus ou moins volé. Mais cela ne doit pas empêcher Drevin de dormir. La valeur de ses actions a doublé, triplé. Il a multiplié par cent son bénéfice. Ensuite il a pu rembourser ses commanditaires mafieux en leur versant un intérêt. Fin de l'histoire. Évidemment, des gens scrupuleux ont essayé de le contrer. Des protestations se sont élevées. La police a mené une enquête. Tu sais ce qui s'est passé. Tous les opposants ont été assassinés. Il suffit que tu oses éternuer à la face de Drevin pour qu'il envoie quelqu'un chez toi avec une mitraillette pour te tuer, toi, toute ta famille et tout ton entourage. Dans ces conditions, il vaut mieux se taire, et tu peux me croire, au bout d'un moment, c'est ce que tout le monde a fait.

« Donc, Drevin est mouillé avec la Mafiya russe, avec les yakusa et avec les triades. Bien entendu, une fois en contact avec lui, ils ne l'ont plus lâché. Ce qui ne dérange pas du tout Drevin. Il a plus d'argent qu'on ne peut en rêver. Le plus drôle, c'est que ces gens-là en veulent toujours davantage. Il continue donc de travailler avec eux. Il devient en quelque sorte le banquier de la moitié des organisations criminelles du monde. Les yakusa vendent les armes russes aux groupes terroristes, les triades acheminent la drogue d'Afghanistan et de Birmanie, la Mafiya russe s'infiltre dans le marché de la drogue et de la prostitution en Occident. Drevin assure le financement. Je dirais que, à travers le monde, il y a des centaines de sales petits trafics qui ont lieu chaque jour, et l'argent de Drevin est derrière presque tous.

— Si vous en savez aussi long sur lui, pourquoi vous ne l'arrêtez pas ? demanda Alex.

Il avait le vertige. Il venait de passer une semaine avec cet homme et s'efforçait de recouper le récit de Byrne avec ses propres observations. Depuis le début, il se doutait que Drevin n'était pas un saint. Mais jamais il n'aurait soupçonné une chose aussi monstrueuse.

— Nous allons l'arrêter, répondit Byrne. Je te l'ai dit. Nous enquêtons sur lui depuis un an et demi. Mais quand on a affaire à des criminels de cette envergure, les choses ne sont pas si simples. Prends l'exemple d'Al Capone. C'était l'un des pires gangsters que l'Amérique ait connus. On ne sait même pas combien de personnes il a tuées. Mais malgré un travail acharné, le FBI a seulement réussi à le coincer sur une histoire de fraude fiscale. Avec Drevin, c'est la même chose.

« Il est intelligent. Il a couvert ses arrières. Un marché ici, un marché là. Il ne laisse aucune trace. On entend des rumeurs sur son implication, mais cela revient à essayer de construire un château de sable grain par grain. Les témoins ont trop peur pour parler. Tous ceux qui osent se montrer se font descendre. Pourtant, lentement mais sûrement, nous avons réussi à accumuler des charges contre lui. Nos services ont rassemblé plus de deux mille documents. Des transcriptions de conversations, des enregistrements audio et vidéo, des photos. Une équipe de trente personnes travaille à temps plein sur le dossier depuis des mois. Il a fallu assurer leur protection. Depuis le départ, nous redoutons que Drevin essaie de les éliminer. Il est même capable d'envoyer des hommes à lui pour détruire les preuves. Des mercenaires. Des kamikazes. Rien ne l'arrête. C'est pourquoi nous avons tout entreposé en lieu sûr.

— Où ?

— À Washington. C'est pourquoi j'ai réagi quand tu en as parlé. Le dossier « Drevin » est à l'abri dans l'endroit le plus surveillé et le plus sûr des États-Unis. À l'intérieur du Pentagone.

Byrne s'était levé pour prendre une bouteille d'eau. Son exposé avait achevé de l'épuiser.

— Nous avons prévu d'arrêter Drevin dans une semaine. Inutile de te préciser que l'information est classée secrète. Le véritable problème est le projet « Ar*k*ange ». Le gouvernement britannique a investi des milliards dans cette station spatiale. Après l'arrestation de Drevin, le projet risque de tomber à l'eau. C'est pourquoi nous devions attendre. Il fallait s'assurer que les moindres détails avaient été réglés avant de passer à l'action.

« Le MI 6 connaît nos intentions, évidemment. Il était impossible de les leur cacher. Nous leur avons montré des preuves, mais ils ne veulent pas nous croire. En fait, ils ne peuvent pas se permettre de nous croire. À la chute de Drevin, le scandale va ébranler tout le marché financier. Tant pis. Ce type est un escroc. Sa place est en prison.

— Je ne vois pas pourquoi vous avez besoin de moi, dit Alex.

— Parce qu'il s'est produit quelque chose, répondit Byrne en se rasseyant. Un incident que nous ne comprenons pas et auquel tu as été mêlé.

— Force Trois.

— Tout juste. Voilà des gens qui se proclament des éco-guerriers et qui semblent avoir déclaré la guerre à Drevin sous prétexte qu'il a détruit quelques espèces d'oiseaux à Flamingo Bay. On ignore d'où ils viennent. On ne sait pas qui ils sont. On se demande même si Drevin ne les utilise pas pour faire diversion et nous perturber dans notre enquête. Ta Mme Jones est en train de tirer ça au clair. Mais le temps presse. J'ai peur que Drevin nous fasse une entourloupe dans les sept prochains jours et nous glisse entre les doigts. Il se prépare peut-être à disparaître. Il pourrait se planquer en Amérique du Sud. Ou en Australie. Il y a des endroits, là-bas, où on ne pourrait jamais le retrouver. Un homme qui a autant de contacts peut facilement changer d'identité. Nous avons besoin de savoir s'il projette de partir et, dans ce cas, pour quelle destination. C'est là que tu interviens, Alex.

« J'ai déjà un agent infiltré dans son organisation, mais cela ne suffit pas. Drevin est trop prudent. Il ne laisse rien échapper. Avec toi, c'est différent. Tu es dans la famille. Tu es ami avec Paul Drevin. Et ils ne savent rien à ton sujet. Tu es au-dessus de tout soupçon. Ils ignorent tes liens avec nous.

« Demain, ils vont t'emmener avec eux à Flamingo Bay. C'est comme à Skeleton Key. Nous ne pouvons envoyer personne sur place. La base de lancement se trouve au sud de l'île, et tout le secteur est surveillé par son service de sécurité. L'île n'est même pas en territoire américain. Elle est située à quinze kilomètres de la Barbade et appartient à la couronne britannique. Drevin l'a louée pour y construire son centre spatial. On ne peut donc pas y débarquer comme ça.

« Tout ce que je te demande, Alex, c'est de rester là-bas une semaine et de nous prévenir s'il se passe quelque chose. Prends ça comme des vacances. Tu es l'invité de Drevin et...

— *J'étais* l'invité de Drevin, corrigea Alex. Je vous le répète : je m'en vais.

— Pourquoi ?

Alex haussa les épaules.

— À cause de ce que vous m'avez révélé à son sujet. Je ne l'aimais déjà pas beaucoup. Maintenant, je ne veux même plus l'approcher.

— Tu ne courras aucun danger.

— C'est aussi ce que vous disiez la dernière fois, monsieur Byrne. J'ai failli me faire tuer et deux de vos agents sont morts.

— Et, sans toi, il y aurait eu des milliers d'autres morts, ajouta Byrne, qui semblait sincèrement étonné. Que se passe-t-il, Alex ? Tu as peur ? C'est à cause du *sniper* qui a cherché à te descendre ?

Alex sentit un pincement de douleur dans sa poitrine, comme chaque fois qu'on lui rappelait sa blessure par balle. Peut-être cela ne cesserait-il jamais.

— Non, je n'ai pas peur. Simplement je déteste qu'on se serve de moi.

— On se sert de toi parce que tu es excellent, Alex. Cette fois, je ne te mens pas. Tu ne travailles pas pour le MI 6 et tu ne travailles pas pour nous. Je veux juste que tu poursuives tes vacances. Et si tu vois Drevin faire ses bagages ou si un sous-marin surgit en pleine nuit, tu nous préviens. Nous aurons un agent sur l'île, et une équipe de renfort sera prête à intervenir de la Barbade. Tu seras surveillé en permanence. Rien ne t'arrivera. Je n'ai qu'une crainte, c'est que Drevin nous file entre les doigts. Sept jours, Alex. Ensuite nous l'arrêtons et tu rentres chez toi.

— Et Paul ?

Qu'allait-il devenir ? Connaissait-il la vérité sur son père ?

— Tout se passera bien pour lui. Ne t'inquiète pas. Je suppose qu'il retournera chez sa mère.

Alex resta silencieux. Il avait envie de refuser mais quelque chose le retenait. Il ne voulait pas que Byrne pense qu'il avait peur. Peut-être était-ce aussi simple que ça.

— Une semaine, Alex, promit Byrne. Drevin ne se doutera de rien. Et si par hasard tu avais un problème, nous avons ici quelqu'un qui pourra t'aider.

— Qui ?

— Il t'attend dehors.

Byrne se leva et Alex le suivit dans un couloir qui débouchait dans un espace ouvert.

Un homme était assis à une table. Alex le reconnut au premier coup d'œil. Le contraire aurait été difficile. L'homme était phénoménalement gros, chauve, avec une moustache noire, un visage lunaire et souriant. Il portait une chemisette hawaïenne aux couleurs vives très incongrue au milieu des costumes sombres des agents de la CIA. Alex n'avait jamais vu autant de fleurs sur un morceau de tissu.

— Comment va, Alex ? tonna-t-il.

— Bonjour, monsieur Smithers.

— C'est un immense plaisir pour moi de te revoir. Tu as très bonne mine. Ah, au fait, Mme Jones t'envoie ses amitiés.

— Elle sait que je suis ici ?

— Oh, oui. On garde un œil sur toi. En vérité, c'est elle qui m'envoie.

Smithers baissa la voix – ce qui n'empêchait personne de l'entendre dans la grande salle sans cloisons.

— Nous avons pensé que tu pourrais avoir besoin de quelques nouveaux gadgets. Les Américains n'en manquent pas, mais je pense que nous sommes leaders sur le marché. Jamais ils ne l'admettront, bien sûr.

— Des gadgets ?

Alex regarda Smithers ouvrir un attaché-case sur la table.

— Parfaitement. Des gadgets. Sinon, ce ne serait pas drôle, n'est-ce pas ? Et j'ai eu quelques petites idées amusantes. Celle-ci, par exemple.

Il montra un objet facilement identifiable. C'était un inhalateur, identique à celui qu'utilisait Paul.

— Nous savons que Paul Drevin utilise ce genre d'appareil, poursuivit Smithers. Donc, si quelqu'un le voit dans tes bagages, il pensera que c'est à Paul. Mais celui-ci a un détecteur d'empreintes digitales, que j'ai programmé pour ton usage exclusif. Quand tu presses le cylindre, il envoie un jet de gaz anesthésiant. Il est efficace à cinq mètres. Mais il a un autre usage. En tournant le cylindre dans le sens des aiguilles d'une montre, il devient une grenade à main. Le détonateur est réglé sur cinq secondes. Je l'ai testé sur l'un de mes assistants.

Pauvre Bennett... il devrait sortir de l'hôpital dans un mois ou deux.

Smithers plongea de nouveau dans sa mallette.

— Voici de quoi écouter aux portes, poursuivit-il. Ta mission va surtout consister à épier ce que dira Drevin. Ceci te sera très utile.

Il sortit un boîtier blanc et mince, avec des écouteurs. Alex le prit. C'était un iPod. Du moins ça y ressemblait.

— Tu pointes l'écran vers une personne située à une cinquantaine de mètres et tu mets les écouteurs sur tes oreilles. Tu entendras tout ce qui se dira. Et tu pourras aussi t'en servir pour contacter la CIA. Il suffit de tourner la petite molette dans le sens inverse des aiguilles d'une montre et de parler dedans. J'ai une autre version de cet appareil, équipée d'une charge de plastique capable de faire sauter un immeuble, mais M. Blunt m'a interdit de te donner ce modèle. Dommage. Je l'ai baptisé le "i-x-Plose".

« Ah, une dernière chose. Flamingo Bay est une île tropicale infestée de bestioles. Ceci pourrait t'être utile...

Cette fois, Smithers sortit de sa mallette un flacon en verre avec cette étiquette :

STICO
Lotion anti-moustiques

— Ah, un insecticide, dit Alex.

— Absolument pas, le détrompa Smithers. En fait, c'est exactement l'inverse. Ce produit attire les moustiques. Dès que tu ouvriras la bouteille, tous les insectes de l'île convergeront vers elle. Ça peut faire une bonne diversion. Et voilà ! conclut Smithers en fermant sa mallette. Je pars à St. Lucia passer quelques jours de vacances. Cela me permettra de tester mon maillot de bain anti-requin. Donc, en cas de besoin, je ne serai pas loin. À bientôt, Alex !

Smithers se leva et s'éloigna par un autre couloir. Alex se tourna vers Byrne, qui lui demanda :

— Alors, Alex ? Que décides-tu ?

Alex contempla les gadgets de Smithers posés sur la table.

— On dirait que tout le monde a pris la décision à ma place.

— Formidable. Merci, Alex.

Byrne fit signe à l'agent qui l'avait amené de l'aéroport.

— Tu as déjà fait la connaissance de l'agent Shulsky.

— Appelle-moi Ed, dit Shulsky.

Sans ses lunettes noires et son air menaçant, il était beaucoups plus sympathique. Il n'avait pas trente ans et en paraissait beaucoup moins.

— L'agent Shulsky supervise l'opération de soutien, expliqua Byrne. Lui et une douzaine d'hommes seront basés à la Barbade. C'est d'ailleurs là que tu atterriras. Flamingo Bay n'a pas d'aérodrome. Si tu les appelles, ils arriveront en courant.

— C'est un plaisir de travailler avec toi, Alex, assura Shulsky en souriant. J'ai vu ton dossier. C'est très impressionnant.

— Y a-t-il autre chose que tu aimerais savoir ? demanda Byrne.

— Oui. Une chose, répondit Alex. Si je suis ici, c'est parce que, au départ, je me suis trouvé dans la chambre voisine de celle de Paul Drevin à St. Dominic. Ce n'était pas une coïncidence, n'est-ce pas ? M. Blunt m'a fait mettre dans cette chambre parce qu'il espérait que je ferais la connaissance de Paul Drevin ?

Byrne eut une hésitation.

— Jc ne peux pas l'affirmer, Alex. Mais je sais une chose : Alan Blunt a le don d'infléchir les événements selon sa volonté.

Ainsi, c'était vrai. Alex aurait pu être soigné dans n'importe quel autre hôpital de Londres. Mais tandis qu'il gisait, une balle dans le corps, le patron du MI 6 faisait des projets et élaborait déjà sa prochaine mission. Cela paraissait incroyable. Pourtant, quand il s'agissait de Blunt, on pouvait s'attendre à tout.

— Shulsky va te ramener à l'aéroport, dit Byrne. Nous te délivrerons un passeport temporaire et Drevin passera te prendre demain. Bonne chance à Flamingo Bay.

— N'attendez pas de carte postale, dit Alex.

Il s'éloigna avec Ed Shulsky. Byrne hocha la tête et partit lentement dans l'autre direction.

14

FLAMINGO BAY

L'hydravion Cessna 195 à six places effectua un cercle au-dessus de l'île avant de se poser. Ils étaient venus en avion de New York à l'aéroport international Grantley Adams, sur la pointe sud de la Barbade. De là, ils avaient rejoint la côte en voiture, à quelques kilomètres. Un hydravion les attendait à Ragged Point pour les transporter sur l'île privée de Drevin, à une quinzaine de kilomètres.

L'unique moteur à hélice était très bruyant. Le front collé à la vitre, l'aile de tribord au-dessus de sa tête, Alex découvrit Flamingo Bay. Vue du ciel, comme toutes les îles des Caraïbes, elle était presque ridiculement belle, avec ces couleurs si intenses qu'elles semblaient irréelles. Le bleu éclatant de l'océan, le blanc immaculé des plages, le vert luxuriant des pinèdes et de la forêt tropicale. Le temps n'aurait pu être plus parfait pour le lancement de la fusée. L'hydravion entama un second tour d'approche, inclinant l'aile vers l'étendue d'eau qui lui servirait de piste. Le soleil explosa littéralement à travers la vitre.

— La voilà ! s'écria Paul Drevin en se penchant vers Alex, le doigt tendu. Tu la vois ? C'est l'aire de lancement !

L'île mesurait environ trois kilomètres de long et avait la forme d'un poisson volant. Les tours de lancement se trouvaient à la place des yeux du poisson. Il y en avait deux, tout près de la mer. À environ huit cents mètres, s'élevaient une douzaine de bâtisses en brique, la plupart surmontées d'antennes satellites. Dans cette zone, le sol était nu. Toute la végétation était calcinée, probablement par les gaz d'échappement des fusées. Alex se souvint des paroles de Kaspar. Quatre espèces d'oiseaux avaient été détruites sur l'île. On pouvait même s'étonner qu'il n'y en ait pas davantage.

Si la tête du poisson volant était nue, le reste était couvert d'une épaisse forêt tropicale, divisée par une piste étroite courant sur toute la longueur de l'île. La piste conduisait à une haute palissade, allant du nord au sud, avec un poste de contrôle et un groupe de baraques en bois. C'était le seul point d'accès à l'aire de lancement. Sur toute l'île, des miradors permettaient de s'assurer que personne n'approchait par la mer.

La maison de Drevin était construite sur ce qu'Alex se représentait comme la queue du poisson volant. C'était une structure très simple. Même de loin, on devinait son décor ultramoderne, avec des vitres immenses offrant une vue ininterrompue sur la mer. Le ventre arqué du poisson était une longue plage plantée de palmiers s'inclinant vers l'eau. Au moment où l'hydravion plongeait pour amerrir, Alex aperçut une jetée en bois peint, trois bateaux de plaisance à moteur et deux voiliers ancrés dans les hauts fonds. On n'entendait pas de musique *steel band*, on ne sentait pas l'odeur du rhum, mais on les imaginait facilement.

— Attachez vos ceintures, dit Drevin. Nous allons amerrir.

Nikolaï Drevin était assis de l'autre côté de la travée. Il portait une chemise jaune pâle à col ouvert. Il avait très peu parlé pendant le vol depuis New York, même lorsqu'il était venu chercher Alex dans la salle de transit à J.F.K. Alex avait l'impression que le Russe lui reprochait l'incident du passeport. Ou bien il était vexé que les autorités aient fait des tracasseries à l'un de ses invités. À présent, il était plongé dans ses pensées et triturait sa bague. Sous le soleil éblouissant, son visage paraissait encore plus pâle.

Le silence de Drevin convenait à Alex, qui ne savait plus quelle attitude adopter à son égard. Les révélations de Joe Byrne tournoyaient dans sa tête. En l'espace de quelques jours, le Russe était passé de la position de milliardaire reclus et mauvais perdant, à celle de plus grand criminel du monde ! Drevin traitait avec la Mafiya et les triades, qui, quelques mois plus tôt, avaient tenté d'éliminer Alex. Tous ceux qui se dressaient en travers de son chemin disparaissaient. C'était un monstre. Et ce monstre était là, à un mètre de lui !

Le Cessna piqua et amerrit en douceur. Des giclées d'eau éclaboussèrent les fenêtres. L'hydravion avança jusqu'à la jetée et s'immobilisa. Paul Drevin fut le premier à se lever, suivi par Tamara Knight, assise juste derrière Alex. Ils sortirent dans la douce chaleur de l'après-midi caribéenne.

Un buggy électrique les attendait. Habituellement, on trouvait plutôt ce genre de véhicule sur les terrains de golf. Mais Drevin avait expliqué que les réserves d'essence étaient très limitées sur l'île et les voitures électriques plus pratiques. Maintenant qu'il avait retrouvé la terre ferme, le Russe semblait plus expansif.

— Allons d'abord à la maison pour nous changer, dit-il. Alex, tu dois avoir envie de visiter l'île ? Nous ferons un tour avant le dîner. Demain, je serai très occupé avec les préparatifs du lancement, donc vous devrez vous distraire tous les deux. Les occupations ne manquent pas ! Nager, plonger, naviguer... Bienvenue au paradis, Alex !

Drevin prit le volant du buggy pour parcourir le court trajet jusqu'à Petite Pointe, l'extrémité de l'île où se trouvait la maison. La villa était, à sa manière, aussi impressionnante que tout ce que possédait Drevin. Son architecture était presque futuriste, toute blanche, avec d'immenses fenêtres qui coulissaient dans les murs de telle façon que, d'une simple pression sur un bouton, la maison pouvait s'ouvrir totalement aux éléments, ou s'en isoler. Elle était surélevée à cinquante centimètres du sol, sans doute pour faciliter la circulation de l'air. De solides piles de bois la soutenaient au-dessus d'une dalle de roche, face à l'ouest. Alex devina que les couchers de soleil devaient être spectaculaires. Il n'y avait que trois chambres. Tamara logerait de l'autre côté de l'île. Alex occupait la chambre voisine de celle de Paul. Il y avait deux lits jumeaux, une salle de bains, et beaucoup d'espace.

Dix minutes plus tard, vêtu d'un tee-shirt, d'un bermuda et de sandales, il rejoignit Paul à l'arrière du buggy. C'était le début de l'après-midi et le soleil tapait encore fort. Drevin démarra et emprunta la piste unique de l'île. Même si Flamingo Bay ne dépassait pas huit cents mètres de largeur, ils perdirent la mer de vue derrière l'écran impénétrable de la végétation. Ici, l'atmosphère était moite et pesante. On entendait des milliers d'insectes bourdonner dans le feuillage.

Ils dépassèrent les baraques qu'Alex avait aperçues de l'avion et, juste après, débouchèrent sur une barrière, avec un poste de contrôle et trois sentinelles en faction. C'étaient les premiers gardes qu'Alex voyait. Vêtus d'une combinaison gris pâle ornée d'un sigle : deux ailes et un éclair, sur le côté gauche de la poitrine, ils étaient chaussés de rangers et armés d'une mitraillette Mini Uzi 19 mm. À la vue de ces armes redoutables, Alex sentit un frisson désagréable passer dans sa nuque. Joe Byrne avait présenté ce séjour à Flamingo Bay comme des vacances. Une mission simple et sans risque. Alex devait juste s'assurer que Drevin ne comptait pas fuir. Rien de plus. Mais si, contrairement aux prévisions, il y avait un problème, si Drevin découvrait les contacts d'Alex avec la CIA par exemple, l'île devenait un piège. Les bateaux étaient certainement neutralisés la nuit, l'hydravion était reparti, la Barbade et les renforts à quinze kilomètres. Une fois de plus, Alex se retrouvait cerné par une armée ennemie et, comme d'habitude, totalement seul.

Le buggy s'arrêta et un homme apparut, vêtu du même uniforme gris que les gardes. Horriblement laid, il avait dépassé la trentaine. Des joues rondes, des lèvres épaisses, des cheveux roux frisés. Il y avait quelque chose de pas naturel dans son visage. Sa peau était d'une pâleur cadavérique, comme s'il ne sortait jamais au soleil. Sa bedaine étirait le tissu de son uniforme. Il n'était pas seulement en mauvaise forme physique. Il avait l'air malade.

— Bonjour, monsieur Drevin, dit-il.

Sa voix s'harmonisait avec son apparence. Les mots sortaient avec difficulté, dans un murmure déplaisant, comme s'il avait quelque chose de coincé dans la gorge.

— Bonjour, répondit Drevin en se tournant vers les deux garçons. Voici l'homme le plus important de Flamingo Bay. Il s'appelle Magnus Payne et il est le chef de la sécurité. Payne, voici mon fils Paul. Et son ami, Alex Rider.

Le chef de la sécurité regarda Alex et hocha la tête.

— Enchanté.

À cette seconde, Alex eut conscience de deux choses. D'abord, même si cela paraissait impossible, il eut l'impression d'avoir déjà rencontré Payne. Ensuite, il eut la sensation que quelque chose clochait. Mais quoi ?

— Je dois vous avertir que Payne a les pleins pouvoirs sur cette partie de l'île, expliqua Drevin. Il contrôle tout. Vous devez lui obéir. Et, je vous en prie, n'essayez pas de passer ici sans son autorisation.

— Je ne comprends pas à quoi sert cette barrière de sécurité, remarqua Alex. C'est une île. Si quelqu'un veut s'introduire ici, il suffit de venir à la nage.

— Impossible, dit Payne de sa voix râpeuse. Il y a des barbelés acérés sous l'eau. Des petits malins pourraient tenter le coup, mais ce serait douloureux pour eux.

Payne fit un signe de la main et la barrière se leva, activée depuis l'intérieur du poste de contrôle. Payne grimpa dans le buggy à côté de Drevin, et ils se dirigèrent vers le pas de tir.

Alex avait vu beaucoup de choses étonnantes au cours

de sa vie, mais jamais il ne pourrait oublier ce qu'il découvrit alors.

La fusée se dressait juste sous ses yeux, à la lisière d'un espace plat et vide, pointant vers le ciel et soutenue par deux bras en acier qui émergeaient d'une immense tour de lancement. Haute de cinquante mètres au moins, elle était effilée et plus belle que tout ce qu'Alex aurait pu imaginer. Il avait admiré des fusées au musée, assisté à des lancements à la télévision. Mais là, c'était différent. Elle était entourée par un ciel bleu et vaste qui semblait soudain infini, et paraissait irradier la puissance contenue dans les quatre imposants boosters qui allaient bientôt la propulser dans l'espace. Une vingtaine de techniciens s'affairaient autour. À côté de l'engin, ils paraissaient minuscules.

— Nous l'avons baptisée *Gabriel 7*, dit Drevin, incapable de contenir l'excitation dans sa voix. C'est une fusée Atlas 2AS. Ça vous donne une idée de sa puissance.

Il indiqua du doigt un renflement près de la pointe de la fusée.

— Elle possède un carénage aérodynamique. Il lui faut supporter l'ascension à travers l'atmosphère. Mais, dessous, il y a un module d'observation en verre et acier pesant 1,8 tonne. Il faudra seulement quinze minutes à Atlas pour transporter le module dans l'espace. Après-demain, il sera là-haut, à près de quatre cent cinquante kilomètres au-dessus de nos têtes. Le cœur d'Ar*k*ange !

— C'est cool ! s'exclama Paul en secouant la tête.

— Cool ? aboya Drevin. J'ai horreur de ce langage moderne ! Tu dis « cool » pour décrire ce que tu n'es pas capable d'imaginer. *Cool* ? C'est le seul adjectif qui te vient à l'esprit ?

— Et l'autre fusée ? demanda Alex.

La deuxième tour de lancement était située plus loin, sur le rivage, à bonne distance de l'Atlas. Plus petite, la seconde fusée semblait également prête à décoller. D'autres techniciens s'activaient autour, fignolant les derniers préparatifs.

— Payne ? dit Drevin.

— Le lancement a été avancé, expliqua le chef de la sécurité de sa voix grinçante. On pense l'envoyer juste après *Gabriel 7*.

— Pourquoi ? demanda Alex.

— Nous avons entrepris une série d'expériences de longue haleine, dit Drevin. Nous voulons en apprendre davantage sur les effets de l'apesanteur sur le corps humain. La seconde fusée est une Soyouz-Fregat. Elle transportera dans l'espace un modèle de l'organisme humain.

— Ce qui veut dire ?

— Un grand singe.

— Je croyais que vous n'aviez plus le droit d'utiliser des animaux.

Drevin haussa les épaules.

— Ce n'est pas l'idéal. Mais il n'y a pas d'autre moyen.

Il redémarra et roula jusqu'au premier des bâtiments de brique. C'était le plus grand du site. Trois antennes satellites hérissées sur le toit pointaient vers le ciel.

— Voici le centre de contrôle, expliqua Payne. Les autres bâtiments servent à l'entreposage et à l'assemblage. Nous avons aussi des logements et des salles de loisir. Plus de soixante personnes travaillent sur l'île.

Ils entrèrent, suivirent un long couloir, et débouchèrent dans une vaste salle avec des baies vitrées inclinées donnant sur le pas de tir. Au-dessus des fenêtres, il y avait un écran géant, inanimé pour l'instant, mais prêt à transmettre les images du lancement. Une vingtaine d'ordinateurs, disposés en deux groupes, se faisaient face. L'un des groupes se signalait par un panneau marqué *COMMANDEMENT*, l'autre *TÉLÉMÉTRIE*. Sur un côté de la salle, Alex remarqua une table de conférence, entourée d'une douzaine de chaises, et un autre écran. Un immense tableau, avec des centaines d'ampoules lumineuses, affichait diverses informations, notamment l'heure solaire vraie locale[1]. Le centre de contrôle était moins impressionnant qu'Alex l'avait imaginé. Par bien des aspects, on aurait dit une immense salle de classe.

Un homme s'était levé à leur entrée. Petit et trapu, il semblait être chinois ou coréen. Cheveux noirs et raides, lunettes à monture de métal, fine moustache. Avec son costume sombre et sa cravate, il avait l'allure d'un homme d'affaires. Sa tenue était peu appropriée sur une île des Caraïbes, mais la salle de contrôle était climatisée. Alex sentit l'air froid et stérilisé sur ses jambes et ses bras nus.

Drevin fit les présentations :

— Voici le professeur Sing Joo-Chan, directeur de vol à Flamingo Bay. Il vient du Centre spatial Khrounitchev. Nous sommes heureux d'avoir pu le recruter.

— Enchanté, dit Sing, avec un accent anglais cultivé.

Il serra la main de Paul et d'Alex, mais ses yeux noirs, derrière les lunettes, ne manifestèrent aucun intérêt. Plutôt de la désapprobation. Pour lui, Paul et Alex étaient des enfants. Leur place n'était pas ici.

— Tout part de cette salle, poursuivit Drevin. C'est

1. Équivalent spatial de l'heure légale du méridien de Greenwich (GMT).

d'ici que nous contrôlerons la mise à feu et l'arrimage. Bien évidemment, l'essentiel de la procédure est informatisé. Nous avons une caméra installée dans le nez de *Gabriel 7*. En parcourant quatre cent cinquante kilomètres à la vitesse de la lumière, il faut 0,001 seconde aux images pour nous parvenir. C'est un peu comme un jeu vidéo géant, sauf que, ici, quand on actionne un bouton, on manœuvre à peu près quatre tonnes de matériel dans l'espace. L'erreur n'est pas permise.

— Il n'y aura pas d'erreur, assura Sing.

— Avons-nous les derniers rapports de la météo ? s'enquit Drevin.

— Oui, monsieur. J'ai moi-même examiné les données météorologiques et les conditions correspondent exactement aux prévisions.

— Parfait, dit Drevin avec un sourire satisfait. Neuf heures mercredi matin. C'est un spectacle que vous n'êtes pas près d'oublier, les garçons.

— On ne peut pas se rapprocher plus ? demanda Paul.

Le professeur Sing tourna la tête, comme si la question était trop stupide pour qu'il se donne la peine d'y répondre. Il y avait en lui quelque chose qui déplaisait à Alex. Probablement son manque d'enthousiasme. Il ne laissait percer aucune émotion sur son visage, ni dans sa voix. Comment pouvait-on avoir la responsabilité d'un tel projet et ne ressentir aucune excitation ?

— Si tu allais plus près, tu deviendrais sourd, répondit Drevin. Au moment de la mise à feu, le niveau des vibrations est gigantesque. Le bruit te détruirait les tympans. Même ici, à l'intérieur, nous avons besoin d'être totalement isolés.

— Pouvez-vous m'accorder un peu de temps ? interrompit Sing. Je dois discuter avec vous au sujet des écarts de dispersion.

Drevin se tourna vers Paul et Alex.

— Payne va vous faire visiter le reste de la base. Je vous rejoindrai pour le dîner.

Alex hocha la tête et essaya de sourire, mais il n'osa pas lever les yeux, craignant de croiser le regard de Drevin. Il avait peur de trahir ses sentiments. Autre chose l'inquiétait. Plus il découvrait l'île : les fusées, la rampe de lancement, le centre spatial, plus il éprouvait une sensation de menace. C'était difficile à expliquer, mais il commençait à penser que Joe Byrne et la CIA faisaient fausse route. Drevin ne se comportait pas du tout comme un homme prêt à s'enfuir. Il avait d'autres projets en tête. Alex en était convaincu.

Il restait moins de quarante-cinq heures avant le lancement. C'était tout ce dont Alex disposait pour découvrir ce que mijotait Drevin.

En fin d'après-midi, Paul l'emmena à la plage et, comme promis, lui donna sa première leçon de *kite-surfing*.

Ce sport combinait tout simplement le surf et le cerf-volant. Comme le disait Paul, il suffisait de se tenir sur une planche et de manœuvrer une voile. Le vent faisait le reste. Évidemment, c'était un peu plus élaboré. Le cerf-volant était en fait une aile géante en polyester, de neuf mètres d'envergure, qu'il fallait gonfler. Elle était reliée au surfeur par quatre cordons attachés sur un harnais en caoutchouc autour de sa taille. Ensuite il y avait la planche, semblable à une planche de surf, mais avec quatre dérives et deux pointes identiques pour la rendre bidirectionnelle. Enfin, il y avait la barre de commande, qu'on tenait devant soi. Le mécanisme était assez rudimentaire. La barre s'actionnait comme un volant de direction. On pouvait la lever, la baisser, tourner à gauche et à droite. Le reste était une question d'équilibre et de sang-froid.

Alex avait de la chance. Il y avait peu de vent et la mer était calme. Malgré cela, il ne tarda pas à sentir la puissance de ce nouveau sport de glisse. Il commença au bord de l'eau, avec Paul derrière lui qui tenait le cerf-volant. Paul le lâcha et Alex le fit rapidement monter jusqu'au zénith, juste au-dessus de sa tête. Dans cette position, le cerf-volant était pratiquement au point mort. La planche sous le bras, Alex avança un peu dans l'eau. Il posa la planche, mit un pied dessus, puis il inclina le cerf-volant au vent.

C'était parti. La sensation était incroyable. Il avait l'impression que ses avant-bras allaient se détacher, son corps entier résistait à la traction du cerf-volant. Sans s'en apercevoir, il prit de la vitesse, filant sur la surface de l'eau, des embruns dans les yeux. La planche était incroyablement flexible. Tout ce qu'il avait à faire, c'était tirer sur la barre pour changer de direction instantanément. Sous le chaud soleil de l'après-midi, avec les palmiers qui défilaient devant lui, toutes ses inquiétudes se dissipèrent. Pendant deux heures, il fut simplement heureux, profitant enfin des vacances qu'on lui avait promises.

Épuisés par le *kite-surfing*, les deux garçons s'affalèrent sur la plage et contemplèrent le soleil encore chaud entamer sa descente. La brise légère apportait les odeurs de pin et d'eucalyptus. De cette partie de l'île, il était impossible d'apercevoir l'aire de lancement et les deux fusées en attente. Un héron solitaire vint se percher posément à l'extrémité de la jetée, les yeux fixés sur l'eau, en quête de poissons. Les voiliers et les hors-bord oscillaient au gré des vagues.

Allongé sur le dos, Alex s'abandonna à la tiédeur du soleil couchant. Il tourna la tête et vit le regard de Paul fixé sur son torse. Sa blessure avait très vite cicatrisé, mais elle était encore rouge.

— Tu t'es drôlement amoché, remarqua Paul.

— Oui.

Il n'avait aucune envie de s'étendre sur son faux accident de vélo.

— C'est fou ce que tu as comme cicatrices.

Alex l'ignora. Chaque fois que le MI 6 l'avait envoyé en mission, son corps en avait rapporté des souvenirs. Il se redressa.

— Je meurs de faim, dit-il pour changer de sujet. On dîne à quelle heure ?

— Pas avant une heure. Mais on peut grignoter un morceau avant, si tu veux.

— Non. J'attendrai.

Il enfila son tee-shirt. Le soleil formait un disque parfait, coupé en deux au bord du monde. La mer était devenue rouge sang.

— Ça te plaît ? demanda Paul.

— C'est fantastique. Vraiment génial.

Alex fit de son mieux pour injecter un peu d'enthousiasme dans sa voix.

— C'est vraiment différent d'être ici avec quelqu'un comme toi, poursuivit Paul, le regard fixé sur l'horizon, comme s'il cherchait les mots exacts. Ce doit être horrible de ne pas avoir de parents. Mais tu n'imagines pas ce que c'est d'avoir un père comme le mien. Il est très riche, et très connu. Mais moi, quelquefois, j'ai l'impression de ne pas le connaître.

— Et ta mère ? Tu t'entends bien avec elle ? demanda Alex, préférant dévier la conversation de Drevin.

— Oui. J'aimerais la voir plus souvent. Et puis c'est pénible d'être constamment seul. Des fois, je me demande ce que je fais au milieu de tout ça. Ce serait beaucoup plus agréable si j'avais de la compagnie.

Alex se sentait de plus en plus mal à l'aise. Paul ne soupçonnait pas que sa vie entière était sur le point de basculer, et qu'Alex avait été envoyé ici dans ce but. Dans moins d'une semaine, la CIA arrêterait son père. Tous les biens de Drevin seraient probablement confisqués par le gouvernement américain, et le milliardaire irait en prison.

Et Paul ? L'affaire serait à la une des journaux du monde entier. Paul devrait changer de nom, tout recommencer, s'adapter à un style de vie radicalement différent. Il devrait aussi s'habituer au fait qu'il était le fils d'un criminel impitoyable. Un tueur.

Mais rien de tout cela n'était la faute d'Alex. Il devait s'en convaincre. D'ailleurs, Paul avait une mère qui s'occuperait de lui lorsque le scandale éclaterait. Il s'en sortirait.

Le soleil avait presque disparu. Une grande ombre semblait s'étirer sur la mer. Alex regarda le héron s'envoler et s'éloigner sans effort au-dessus des palmiers. Le paradis ? L'oiseau était peut-être d'un autre avis.

— Rentrons, dit Alex en se levant.

Ils longèrent le rivage, escortés par le clapotis des vagues.

De l'autre côté de l'île se déroulait une autre conversation.

Le chef de la sécurité, Magnus Payne, se tenait debout dans un grand bureau dominant le pas de tir. Assis dans un canapé de cuir, Drevin lisait le courriel que Payne venait de lui remettre.

— Alex Rider est un agent du MI 6, dit le chef de la sécurité. Il ne travaille peut-être pas pour eux en ce moment, mais il l'a fait par le passé. Et plusieurs fois. S'ils savent qu'il est ici, il est fort possible qu'ils l'aient déjà contacté pour lui demander de vous espionner. J'ai fouillé ses bagages mais je n'ai rien trouvé. Ce qui ne veut pas dire qu'il n'ait rien.

— Ce n'est pas possible ! s'exclama Drevin en se mettant à tripoter nerveusement sa bague. Un espion ? Il a quatorze ans !

— C'est inhabituel, je l'admets, dit Payne avec un rictus sarcastique. Mais je vous assure, monsieur Drevin, que mon contact est parfaitement fiable. Après St. Dominic, Hornchurch Towers, et, pour finir, Stamford Bridge, je me suis dit que ce garçon était un peu trop doué pour être normal. Il y avait quelque chose chez lui... Bref, j'ai mené mon enquête.

Il indiqua le courriel.

— Et voici le résultat.

— L'accident de vélo ?

— Une blessure par balle au cours de sa dernière mission. C'est ce que m'a dit mon contact.

Drevin se tut. Payne eut l'impression de voir son cerveau cogiter, envisager toutes les possibilités, évaluer tous les éléments d'information. Tout cela se lisait dans ses yeux gris pâle.

— Cette histoire de passeport à New York..., dit soudain Drevin.

Il claqua rageusement des doigts et poussa un juron en russe.

— Ils voulaient sûrement entrer en contact avec lui. Je l'ai perdu de vue pendant près de vingt-quatre heures. Ils ont eu tout le temps de le mettre au courant et de lui donner ses instructions.

— Ils ?

— La CIA, répondit Drevin d'un ton haineux. Ils collaborent avec le MI 6. Alex peut travailler pour l'un ou pour l'autre. Ou pour les deux.

— La question est la suivante : que voulez-vous faire de lui, monsieur Drevin ?

— Que suggérez-vous ?

— Rider est dangereux. Il ne devrait pas être ici. Surtout pas en ce moment.

— On peut le renvoyer à Londres.

— Ou le liquider.

Drevin réfléchit. Il donnait l'impression de ne pas respirer. Magnus Payne attendit patiemment.

— Vous avez raison, conclut Drevin. Paul ne sera pas content, mais on ne peut pas faire autrement. Occupez-vous de ça demain, Payne.

Drevin se leva.

— Tuez-le.

15

ÉMOIS PROFONDS

C'était encore une autre journée parfaite. Alex prenait le petit-déjeuner avec Drevin et Paul, sur une terrasse perchée au-dessus du rivage. Les vagues roulaient sous leurs pieds. Une domestique – tout le personnel de maison venait de la Barbade – leur avait servi de la viande froide, des fruits, du fromage et des petits pains sortis du four. Il y avait une pleine cafetière de café jamaïcain Blue Mountain, l'un des plus aromatisés et des plus chers du monde. Pas de doute, c'était bien une vie de milliardaire. Une maison époustouflante, une île privée, le soleil des Caraïbes. Une vraie carte postale d'un autre monde.

Drevin était d'une bonne humeur inhabituelle. Le lancement était prévu pour le lendemain et son excitation était perceptible.

— Qu'avez-vous prévu, aujourd'hui, les garçons ?

— Tu as envie de refaire du *kite-surfing*, Alex ? proposa Paul. Il doit y avoir un peu plus de vent.

— D'accord.

— Pourquoi pas du ski nautique ? suggéra Drevin.

— Oui, pourquoi pas ? dit Paul, visiblement ravi de l'intérêt manifesté par son père.

Alex eut l'impression que, si Drevin avait proposé un concours de châteaux de sable, Paul aurait applaudi.

Drevin se tourna vers Alex et demanda :

— Tu as déjà fait de la plongée sous-marine Alex ?

— Oui.

Alex possédait son brevet de plongeur depuis l'âge de douze ans.

— Dans ce cas, pourquoi n'irais-tu pas plonger cet après-midi ? Nous avons tout l'équipement nécessaire. Et tu pourras explorer le *Mary Belle*.

— Le *Mary Belle* ?

— C'est un vieux navire de transport. Il a été coulé pendant la Seconde Guerre mondiale alors qu'il approvisionnait les bases américaines des Caraïbes. Aujourd'hui, c'est devenu un magnifique site de plongée. On peut entrer dans certaines des cales.

Alex avait déjà fait des explorations d'épaves. Il savait qu'il n'y a rien de plus étrangement beau, de plus surnaturel que le fantôme d'un vieux navire. Il se tourna vers Paul.

— Ça te dit, Paul ?

— Je ne peux pas. Mon asthme...

— La plongée est une des nombreuses choses que Paul est incapable de faire, coupa Drevin. Mais je peux demander à l'un des gardes de t'accompagner. Ce serait dommage de ne pas voir le *Mary Belle*.

— Ne te prive pas pour moi, ajouta Paul. Tout le

monde dit que l'épave est fabuleuse. J'en profiterai pour faire quelques devoirs en retard. Vas-y, Alex.

Tamara Knight arriva sur ces entrefaites, vêtue d'un ensemble pantalon en lin, des lunettes de soleil accrochées à une chaînette autour de son cou. Elle tenait à la main un épais dossier.

— Vous avez du courrier important à signer, monsieur Drevin.

— Merci, Miss Knight. Je suis à vous dans quelques minutes. Et toi, Alex, bonne plongée !

Drevin quitta la table et rentra dans la maison.

— Tu vas plonger, Alex ? s'étonna Tamara Knight.

— Oui, cet après-midi.

— À quel endroit ?

— Dans l'épave du *Mary Belle*.

— Ah, je vois, dit la secrétaire, toujours sans sourire. Sois prudent. J'ai cru comprendre que c'est très profond. Et j'espère que tu ne verras pas de requin.

Après déjeuner, Alex retourna dans sa chambre chercher son maillot de bain. Les stores étaient tirés et les fenêtres grandes ouvertes. La vue sur Petite Pointe était superbe. Il aperçut Drevin à côté de son buggy, en train de parler dans une sorte de téléphone. Alex ne perdit pas de temps en réflexion et sortit de son sac le iPod que Smithers lui avait donné. Il mit les écouteurs dans ses oreilles, alluma l'appareil, et pointa l'écran en direction de Drevin. Presque aussitôt, il entendit sa voix, aussi claire et nette que s'il s'était trouvé à côté de lui :

— *... pour les derniers préparatifs. Je passe tout en revue aujourd'hui. Je veux qu'on vérifie encore une fois la programmation.* (Une pause.) *Le bateau arrive ce soir à onze* *heures. Pas à Petite Pointe. À l'extrémité ouest de l'île, derrière le pas de tir. J'attendrai là-bas...*

Alex sentit un mouvement du côté de la porte. C'était Paul.

— Qu'est-ce que tu fais, Alex ?

Alex ôta les écouteurs.

— Rien. J'arrive.

— Tu l'emportes à la plage ? demanda Paul, en désignant le iPod.

— Non. Je voulais juste voir s'il fonctionnait.

Ils sortirent ensemble et passèrent la matinée à se baigner, à nager avec un masque pour regarder les poissons, à faire du *kite-surfing*. Cette fois, le vent était plus fort. Paul apprit à Alex quelques nouvelles manœuvres. À sauter au-dessus des vagues, notamment. Mais Alex avait du mal à se concentrer. Il était obsédé par la conversation qu'il avait surprise. Un bateau arrivait à onze heures ce soir. Pourquoi ? Drevin ne voulait manifestement pas qu'il soit vu. Sinon, il aurait utilisé la jetée, près de la maison. Projetait-il de fuir ? Fallait-il alerter la CIA tout de suite ? Non. C'était trop tôt. Mieux valait se faufiler de l'autre côté de l'île à la nuit tombée pour observer ce qui se passait. Après tout, c'était la raison de sa présence à Flamingo Bay. Cela impliquait qu'il devrait franchir les contrôles. Et pas à la nage, car trop dangereux. Alex n'avait pas oublié les avertissements du chef de la sécurité à propos des barbelés dissimulés dans l'eau. Il lui faudrait trouver un autre moyen.

Le déjeuner fut servi à treize heures. De délicieuses gambas sautées, servies avec de la salade et du riz. Ensuite ils firent la sieste pendant une heure, pour éviter le pic de chaleur. À trois heures et quart, on frappa à la porte d'Alex et un jeune homme noir apparut, revêtu de la combinaison grise du personnel de surveillance.

— Monsieur Rider ?

— Alex, dit-il en se levant.

— Je m'appelle Kolo. M. Drevin dit que vous avez besoin d'un équipier de plongée.

— Oui, c'est vrai.

— Vous avez votre brevet de plongeur ?

— Oui.

— Bon. Alors allons-y.

Paul n'était pas dans les parages. Alex suivit Kolo dehors, et dans une salle d'équipement située sous la maison. C'était un grand local, à mi-chemin entre un garage et un abri à bateaux. Il y avait là le matériel et l'accastillage de rechange pour les différents bateaux, quelques filets et, dans un endroit séparé, des bouteilles d'oxygène, des gilets de stabilisation, des combinaisons, des palmes, et tout l'équipement de plongée nécessaire.

— La mer est chaude, par ici, dit Kolo en prenant deux bouteilles. Mais le *Mary Belle* est échoué très profond. À vingt-deux mètres. Je vais vous donner une combinaison courte et vérifier le lest.

Une demi-heure plus tard, Alex était revêtu d'une combinaison en Néoprène bleu vif qui s'arrêtait à mi-cuisse et à mi-bras. Kolo était tout en noir. Chargé de son harnachement, Alex alla jusqu'à la plage, où un bateau piloté par un Barbadien attendait pour les emmener en mer.

— Bonne chance, Alex !

Alex se retourna et aperçut Paul sur la terrasse dominant le rivage, qui lui faisait signe. Il répondit à son salut et monta à bord du bateau.

Le trajet ne prit que quelques minutes. Pendant ce temps, Alex vérifia son équipement, selon la procédure habituelle. Le masque lui allait bien. Le gilet stabilisateur était tout neuf. Il vérifia la réserve d'air. Le manomètre indiquait un peu moins de 200 bars. Alex fit un rapide calcul. Plus on descend profondément, plus on a besoin d'air. Mais en général il consommait peu. À vingt-deux mètres, la profondeur du *Mary Belle*, il pourrait tenir une demi-heure.

Il s'aperçut que Kolo l'observait faire ses préparatifs. La perspective d'explorer l'épave l'excitait, mais, tout à coup, il se sentait mal à l'aise. Il avait plongé très souvent avec son oncle, et une fois avec des amis. Chaque sortie en mer avait été l'occasion d'une journée joyeuse et amicale. Maintenant, il se trouvait à bord d'un bateau dont le capitaine n'avait pas desserré les dents, avec un compagnon de plongée qui avait à peine lâché deux mots. L'un et l'autre donnaient vraiment l'impression d'être payés pour emmener le gosse de riche en promenade. Alex comprit la solitude dans laquelle vivait Paul.

Le bateau ralentit et le capitaine jeta l'ancre. Puis il hissa le drapeau rouge avec une bande blanche signalant la présence de plongeurs.

Kolo aida Alex à se harnacher. Ensuite il fit le point.

— Le *Mary Belle* est juste au-dessous de nous, annonça Kolo. Nous allons nous mettre à l'eau de ce côté et, si tout va bien, nous descendrons à pic. Il y a un petit peu de houle, aujourd'hui, et la visibilité n'est pas excellente, mais on verra très vite l'épave. Nous commencerons par la poupe. Vous reconnaîtrez le gouvernail et l'hélice.

Ensuite on suivra le pont et on entrera dans la deuxième cale. C'est rempli de poissons, vous verrez. Des poissons de verre, des haches d'argent, des mérous. Avec un peu de chance, vous apercevrez un requin. Je vous donnerai le signal quand il faudra remonter. Des questions ?

Alex secoua la tête.

— Bon. Allons-y.

Alex abaissa le masque sur son visage, vérifia une dernière fois son détendeur, puis il s'assit sur le bord du bateau, les mains croisées sur la poitrine. Kolo lui fit un signe : pouce en l'air, et Alex bascula en arrière. C'était un moment qui l'exaltait toujours, quand les épaules pénètrent dans l'eau et qu'on roule dans un cocon de bulles argentées, avec, au-dessus, la ligne de lumière fracturée. Puis son gilet de stabilisation partiellement gonflé le ramena à la surface. Il flottait, masque à masque avec Kolo. Le capitaine les observait par-dessus le bastingage.

— Ça va ? cria Kolo.

Alex lui fit le signe universel des plongeurs : pouce et index formant un O, les autres doigts pointant en l'air. *Tout est O.K.*

Kolo répondit avec un poing fermé, pouce vers le bas. *Descente.*

Alex vida l'air de son gilet stabilisateur et laissa sa ceinture lestée l'entraîner vers le fond. L'eau recouvrit son menton, son nez, ses yeux. Il entama doucement une descente contrôlée, écoutant le son amplifié de sa propre respiration. Soudain il se rappela que, trois semaines plus tôt, il était sur une table d'opération. Que penserait le Dr Hayward de la plongée sous-marine comme exercice de rééducation ? En tout cas, personne ne le lui avait interdit.

Un baliste bleu à rayures jaune vif, avec une queue jaune, passa sans le remarquer. L'eau était d'un bleu tropical intense, qui devenait plus sombre et plus trouble à mesure que l'on descendait. Alex vérifia son profondimètre. Onze mètres, douze, treize... Il se sentait bien, maître de la situation. Kolo descendait quelques mètres au-dessus de lui, jambes croisées. De grosses bulles, contenant chacune une perle d'air usé, s'élevaient par grappes vers la surface.

Soudain, le *Mary Belle* apparut devant Alex, comme si l'image était projetée sur un écran. Sous l'eau, c'était toujours ainsi. Les objets, même aussi gros qu'un cargo englouti, semblaient surgir de nulle part. Alex insuffla un peu d'air dans son gilet stabilisateur pour ralentir sa descente. Il vérifia qu'il était équilibré, puis battit des pieds pour aller examiner ce témoin silencieux de la Seconde Guerre mondiale.

Le *Mary Belle* gisait sur un fond sableux, incliné sur le flanc. Il était en deux moitiés séparées par un espace déchiqueté, sans doute provoqué par une torpille ennemie. Le navire mesurait environ cent trente mètres de long et vingt de large. Il était entièrement recouvert d'algues et de corail coloré qui, un jour, le transformeraient en un extraordinaire récif artificiel. Alex nagea au-dessus du pont en direction de la poupe, observant au passage les surfaces vert sombre, les échelles et les rambardes tordues, les treuils de l'ancre, le pont éventré. Il passa devant deux wagons de marchandises couchés côte à côte, et les débris d'une locomotive éparpillés sur le sable. À l'autre extrémité, il remarqua ce qui avait dû être un canon antiaérien, désormais inutilement pointé sur les fonds marins. Un jour, le pont de ce navire avait grouillé de vie et d'animation, avec de jeunes matelots courant en tous sens, le visage fouetté par le vent et les embruns, et les haut-parleurs leur braillant des ordres. Mais le *Mary Belle* avait été touché à mort, et gisait ici depuis un demi-siècle. Il n'existait rien au monde de plus silencieux. C'était la définition même de la mort.

Alex aperçut Kolo qui lui faisait signe et il nagea sous la poupe. Il avait dérangé un banc de lutjanidés qui s'égaillèrent vivement en zigzaguant. L'hélice était juste au-dessus de lui. Quand le navire s'était brisé en deux, la poupe s'était retournée sur le côté, sinon elle se serait enfoncée dans le sable. Kolo lui adressa un autre signal. *Ça va ?* Alex vérifia sa réserve d'air. Il avait utilisé 50 bars. Il répondit à Kolo. *Très bien.*

Ils contournèrent lentement le navire. Alex gardait les bras croisés devant son torse en nageant, chaque main serrant le bras opposé. Il plongeait toujours ainsi. Cela avait un double avantage : maintenir la chaleur du corps, et résister à la tentation de toucher à tout. Ils passèrent par-dessus la passerelle de commandement et suivirent une échelle jusqu'au pont supérieur. Kolo lui indiqua une ouverture à côté d'un des wagons de marchandises. C'était une trappe, avec une échelle qui descendait. L'entrée de la deuxième cale.

Apparemment, Kolo voulait qu'il passe en premier. Alex prit sa torche et, d'un battement de palmes, nagea avec précaution par l'ouverture, tête la première. Explorer une épave ne présente aucun risque à condition de savoir ce que l'on fait. Or, Alex savait que le seul véritable danger était d'accrocher ses tuyaux d'air dans quelque chose ou de les couper sur une arête tranchante. Il fallait donc progresser lentement et vérifier tous les obstacles.

Mais la trappe était bien assez large pour lui. Il suivit l'échelle, alluma sa torche et regarda autour de lui.

Il se trouvait dans un vaste espace clos, qui mesurait toute la largeur du navire et environ vingt-cinq mètres de sa longueur. Une lumière verte fantomatique filtrait par une série de petits hublots. Alex éteignit sa torche. Il n'en aurait pas besoin. La lumière verte éclairait tout un déploiement d'objets immédiatement reconnaissables malgré leur séjour de soixante ans sous l'eau. Une Jeep, garée contre une cloison, un stock de fusils Winchester, une collection de rangers, deux motos. Alex songea que, sur terre, à l'air libre, tous ces objets auraient rouillé lamentablement et seraient devenus immondes, alors que leur séjour sous-marin les avait parés d'une étrange beauté. Comme si la nature voulait les récupérer et leur donner une forme qu'ils n'avaient jamais eue.

Sous l'eau, les sons aussi se modifient.

Alex entendit un claquement métallique. Impossible de savoir d'où il provenait, ni d'ailleurs ce que c'était. Il regarda du côté par où il était arrivé. Aucun signe de Kolo. Pourquoi l'autre plongeur ne l'avait-il pas suivi ? La réponse était devant ses yeux. L'écoutille s'était refermée. C'était le bruit qu'il avait entendu.

Il pivota sur lui-même et remonta le long de l'échelle. Il ne portait pas de gants et craignait de se couper. Arrivé devant le panneau, il plaça ses mains à plat dessus et poussa. L'écoutille ne bougea pas. Elle était si bien fermée qu'on l'aurait crue cimentée.

Que se passait-il ? Un premier frémissement de malaise s'empara d'Alex. Un frémissement qui risquait trop facilement de se transformer en panique. Alex savait que la règle fondamentale de la plongée sous-marine est de garder son calme. Il se força à respirer lentement, à faire les choses l'une après l'autre. Le support qui soutenait l'écoutille avait dû lâcher. Ce n'était pas grave. Kolo savait qu'il était là. Et le bateau attendait juste au-dessus. Il n'avait qu'à trouver une autre issue.

Alex s'éloigna et parcourut toute la longueur de la cale, jusqu'à une cloison de fer, de l'autre côté de la Jeep. La cloison était percée de trous, certains assez gros pour passer un bras, mais pas le corps. Heureusement il y avait une porte, légèrement entrebâillée. Elle devait permettre à l'équipage d'accéder d'une cale à une autre. L'issue que cherchait Alex. Il s'en approcha et tira le panneau. Qui s'ouvrit de cinq centimètres. De l'autre côté, une chaîne l'immobilisait. Alex vit quelque chose briller. La chaîne était neuve ! Cette fois, l'angoisse le gagna.

Une chaîne neuve sur une vieille porte. Il n'existait qu'une seule explication... Drevin avait dû découvrir qui il était. Alex avait joué au plus malin, en épiant les conversations avec son iPod, en furetant à droite et à gauche. Mais il s'était bêtement laissé conduire en mer. Il avait fait exactement ce qu'on attendait de lui. Il avait nagé de son plein gré dans le piège mortel. Ensuite, Kolo avait fermé l'écoutille. Ils n'avaient plus qu'à attendre qu'il se noie.

Une fureur noire, irrésistible, s'empara d'Alex. Son cœur s'emballa. Il n'arrivait plus à respirer. Un bref instant, il eut la tentation d'ôter le détendeur de sa bouche pour pousser un cri. Il était sans défense. À la merci d'un petit tuyau et d'une réserve d'air qui s'amenuisait.

Les quatre-vingt-dix secondes suivantes furent probablement les plus difficiles de sa vie. Alex dut lutter pour se maîtriser, conscient qu'il était à vingt-deux mètres au-dessous du niveau de la mer, et que cette cale serait sa tombe. Il devait tout faire pour canaliser sa colère et la diriger sur Drevin. Le Russe le traitait avec la même implacable cruauté que tous ceux qui se dressaient sur son chemin.

Un autre son. À la surface. Un bruit de moteur. Alex eut un sursaut d'espoir, qui s'éteignit aussi vite. Ce n'était pas le moteur d'un bateau venant le secourir. Kolo était remonté, et maintenant il s'en allait.

Le ronronnement s'estompa et disparut.

Alex était seul.

Malgré son appréhension, il devait faire le point. Il sortit sa console d'instruments de contrôle pour vérifier combien d'air il avait utilisé. L'aiguille du manomètre lui apprit la mauvaise nouvelle : 100 bars. À 50, la jauge passait au rouge. À ce stade, une valve à ressort se fermait dans la bouteille. Il ne lui resterait alors que quelques minutes. Ensuite, il mourrait.

Quand il fut certain de dominer ses émotions, Alex se remit en mouvement. Il savait que, à cette profondeur, sa réserve d'air s'épuiserait rapidement. Mais nager trop vite, et donc dépenser trop d'énergie, ne ferait qu'accélérer le processus. Combien de temps lui restait-il ? Quinze minutes, tout au plus. Il savait déjà que la situation était désespérée, et il s'obligea à chasser les pensées sinistres qui l'assaillaient. Personne ne savait qu'il était là. Il n'y avait pas d'issue. Pourtant il devait essayer. Des gens aussi redoutables que Drevin avaient tenté de le tuer sans y parvenir. Il allait trouver un moyen.

La trappe était scellée. Les hublots trop étroits. Le sol, le plafond et les cloisons en acier. La seule porte de sortie était enchaînée. Alex regarda autour de lui et prit un des fusils. Il glissa le canon dans l'entrebâillement de la porte pour l'utiliser comme levier. La chaîne était neuve mais attachée à une poignée ancienne et rouillée. Alex rassembla toutes ses forces, s'arc-bouta, et tira. Il eut l'impression que la poignée cédait. Il tira plus fort et partit en arrière. Quelque chose avait cédé, en effet, mais c'était le fusil. Le canon était cassé en deux.

Il retourna en chercher un autre. Il n'osait pas regarder le manomètre. Il entendait l'écho de sa respiration dans ses oreilles. Chaque fois qu'il ouvrait la bouche, il voyait ses précieuses réserves d'air disparaître dans un nuage de bulles. Il entendait et voyait sa propre mort.

Le deuxième fusil se brisa comme le précédent. Pendant un instant, Alex perdit la raison. Il saisit la porte à deux mains et tira dessus, comme s'il espérait l'arracher de ses gonds. Des bulles explosèrent autour de sa tête. Il se calma. Ses doigts avaient blanchi sous l'effort et il s'était tailladé la paume d'une main.

La réserve d'air était tombée à 90. Il ne restait que quelques minutes.

Il devait faire vite. Non. Pas trop vite. Cela ne ferait que précipiter la fin. Il devait forcément exister un autre moyen de sortir ! Il examina de nouveau les hublots de la cale. Le plus large était de forme irrégulière, le bord ayant été rongé par la rouille. Alex parvint à y passer la tête et une partie de l'épaule. Mais pas plus. Même s'il ôtait sa bouteille, son torse et ses hanches ne passeraient pas. Il recula, craignant de rester coincé et de couper son tuyau d'air. Il n'arrivait à rien.

Sa réserve atteignait 70. L'aiguille approchait du rouge.

Alex avait froid. Jamais il n'avait eu aussi froid. Sa combinaison préservait un peu son torse, mais ses bras et ses jambes devenaient bleus. Le soleil ne filtrait pas dans la cale. Il était au fond de la mer. Alex savait qu'il allait mourir. Son corps flotterait dans cette cale sinistre, au milieu des matériels rouillés et des souvenirs d'une guerre finie depuis longtemps. Cette fois, il n'y avait pas d'échappatoire.

50 bars.

Comment était-ce possible ? Comment avait-il pu manquer les deux dernières minutes, si précieuses quand il lui en restait si peu ? Il se força à réfléchir. Y avait-il dans la cale un autre objet qu'il pourrait utiliser ? Ce navire transportait peut-être des explosifs ? Il y avait un canon antiaérien sur le pont. Peut-être que dans la cale...

Alex se mit à chercher fébrilement des munitions. En même temps, il sentit une gêne dans sa gorge. Respirer devenait de plus en plus difficile. La réserve d'air arrivait à épuisement. Il se demanda s'il s'évanouirait avant de se noyer. Quelque chose en lui se rebellait contre cette injustice. Il avait survécu par miracle à la balle d'un tueur. Était-ce pour en arriver là ? À une mort bien plus atroce ?

Quelque chose de gris passa à l'extérieur, derrière les hublots. Un grand poisson. Un requin ? Sa dernière étincelle d'espoir s'éteignit. Même si, par un nouveau miracle, il parvenait à sortir de la cale, ce monstre ne ferait qu'une bouchée de lui. Il avait probablement déjà senti sa présence. En quelques secondes, la situation d'Alex était devenue doublement désespérée.

La forme grise réapparut. Alex eut un choc en s'apercevant que ce n'était pas un requin, ni même un poisson, mais un plongeur revêtu d'une combinaison.

Quelqu'un le cherchait.

Il dut se maîtriser pour ne pas crier. Il battit violemment des palmes et se propulsa à la hauteur du dernier hublot au moment où le plongeur l'atteignait. Il passa le bras par l'ouverture et lui attrapa la jambe. Le plongeur se retourna.

Des cheveux bruns flottaient autour de la tête. Des yeux bleus inquiets derrière le masque. Le plongeur s'immobilisa derrière le hublot. Alex reconnut Tamara Knight.

Il lui fit le signe de détresse qu'on lui avait enseigné : une main en travers de la gorge. *Air épuisé. Au secours !* Il respirait de plus en plus mal, cherchait les dernières réserves d'air, conscient que ses poumons ne s'emplissaient qu'à moitié. Tamara glissa la main dans la poche de son gilet et en tira un petit objet qu'elle lui passa par le hublot. Alex reconnut le faux inhalateur que lui avait remis Smithers. Tamara avait dû le prendre dans sa chambre. Comment savait-elle qu'il s'agissait d'une arme déguisée ?

Et le gadget de Smithers allait-il fonctionner sous l'eau ?

Étourdi par le manque d'air, au bord de la panique, Alex nagea jusqu'à la porte enchaînée. Il dut faire un effort pour se rappeler le fonctionnement du faux inhalateur. Tourner deux fois le cylindre dans le sens des aiguilles d'une montre. Pourquoi Tamara ne l'avait-elle pas utilisé elle-même ? Ah oui, bien sûr. L'appareil était programmé sur son empreinte digitale. L'inhalateur armé, Alex le posa sur la chaîne, puis battit en retraite dans le fond de la cale.

10 bars. L'aiguille du manomètre n'avait plus de marge.

L'explosion ouvrit la porte. Il y eut une petite boule de feu, aussitôt étouffée, et l'onde de choc propulsa Alex contre la Jeep. Il ne respirait plus. Il n'avait plus d'air à respirer. Où était Tamara ? Alex avait supposé qu'il existait une issue dans l'autre cale. Mais s'il s'était trompé ?

Tout devenait noir. Soit l'explosion l'avait assommé, soit il suffoquait.

Soudain il sentit les bras de Tamara autour de lui. Elle ôta le détendeur de sa bouche et Alex ne résista pas. Puis quelque chose toucha ses lèvres et il comprit qu'elle lui donnait le détendeur de secours relié à son propre réservoir. Il respira à fond et sentit l'air emplir ses poumons. C'était une sensation merveilleuse.

Ils restèrent ainsi quelques minutes, enlacés. Puis Tamara lui tapota gentiment l'épaule et leva le pouce. Alex hocha la tête. Il leur restait une longue remontée, et, à deux sur la même bouteille, la réserve d'air de Tamara s'épuiserait vite.

La jeune femme sortit la première par l'ouverture béante de la porte, Alex dans son sillage. Ils passèrent par une trappe ouverte et remontèrent lentement, en surveillant le cadran du profondimètre. À cinq mètres, ils s'arrêtèrent. C'était le palier de sécurité qui permettrait d'évacuer l'azote du système sanguin, et d'éviter un accident de décompression. Cinq minutes plus tard, ils terminèrent leur remontée et jaillirent à l'air libre sous le soleil.

Comme Alex n'avait plus d'air pour gonfler son gilet stabilisateur, il défit sa ceinture de lest et la laissa sombrer. Puis il arracha son masque.

— Tamara, comment...

— Plus tard.

Ils avaient encore du chemin à parcourir jusqu'au rivage. Pour s'assurer qu'on ne les voie pas, ils se laissèrent dériver avec le courant afin de contourner Petite

Pointe, puis ils nagèrent jusqu'à la plage derrière la maison. Tamara vérifia qu'il n'y avait personne en vue avant de traverser la grève en courant et se cacher sous les palmiers.

Alex se délesta de sa bouteille et se laissa tomber sur le sable, à bout de souffle. Tamara s'allongea à côté de lui. Dans sa combinaison de plongée, les cheveux dénoués et le visage ruisselant d'eau, elle n'avait plus du tout l'air d'une secrétaire particulière... Et, tout à coup, Alex comprit qu'elle n'en avait jamais été une.

— Il s'en est fallu de peu, soupira Tamara.

— Qui êtes-vous ?

Mais il connaissait déjà la réponse.

— CIA ?

Évidemment. Joe Byrne lui avait dit qu'il avait un agent sur l'île.

— Désolée d'avoir été si désagréable avec toi, s'excusa Tamara en le gratifiant d'un sourire éblouissant, comme si elle brûlait de le faire depuis longtemps. Mais je suis certaine que tu comprends. C'était ma couverture.

— Oui, bien sûr.

Tout s'expliquait, maintenant.

— Comment m'avez-vous trouvé ?

— Tu m'as dit où tu allais plonger, ce matin. Je ne sais pas pourquoi mais... j'ai eu un mauvais pressentiment et j'ai décidé de te suivre. Je suis montée dans ta chambre. Tu venais de partir. J'ai remarqué le faux inhalateur et je l'ai pris, pensant que ça pourrait servir. J'avais raison. Ensuite j'ai enfilé un équipement de plongée et j'ai nagé vers l'épave. En apercevant le bateau qui rentrait sans toi, j'ai deviné ce qui s'était passé. Et voilà.

— Merci.

Alex se sentait engourdi. Le soleil de fin d'après-midi cognait fort. Ils étaient déjà secs.

— Et maintenant ?

— À ton avis ?

— Je pense que Drevin projette de partir ce soir.

Alex lui raconta brièvement la conversation téléphonique qu'il avait surprise avec le iPod. Tamara était sceptique.

— Je ne crois pas qu'il veuille partir. Le lancement a lieu demain... Ar*k*ange représente tout pour Drevin. Il travaille sur le projet depuis des mois. Pourquoi disparaîtrait-il maintenant ?

— Vous avez raison. Pourtant il a parlé d'un bateau. Qui arrive ce soir à onze heures.

— Nous devrons aller jeter un coup d'œil. Il y a une équipe de soutien à la Barbade. Si Drevin tente de filer, on les prévient et ils arrivent en quelques minutes.

— Et d'ici là, qu'est-ce qu'on fait ? demanda Alex.

— Toi, tu attends ici. Je vais monter à la maison chercher quelques vêtements et des provisions.

Elle observa Alex et ajouta :

— Tu te sens bien ?

— Oui, ça va. Merci, Tamara. Vous m'avez sauvé la vie.

— Je suis très contente de travailler avec toi. Joe m'a tout raconté à ton sujet.

Tamara s'éloigna et Alex resta seul. Il regarda les vagues rouler doucement sur le sable blanc. Le soleil déclinait et les premières ombres commençaient à s'étirer, comme pour l'avertir des dangers de la nuit prochaine.

16

ORAGE TROPICAL

Ce soir-là, à dix heures, Alex et Tamara attendaient à la lisière de la forêt tropicale, observant en contrebas la piste qui reliait les cabanes en bois servant de vestiaires aux gardes. Tamara et Alex étaient vêtus de sombre. Tamara avait déniché un pantalon de treillis et un tee-shirt noir à manches longues pour Alex. Il avait trop chaud. Avec la nuit était tombée une chaleur moite qui collait à la peau, et il sentait la sueur dégouliner dans son dos. L'avantage était qu'il courait moins de risques de se faire repérer et de servir de proie aux moustiques.

Tamara était tout en noir. Elle avait récupéré ses affaires : un pistolet Beretta plat, qu'elle portait dans un harnais sous son bras, et un émetteur radio, avec lequel elle projetait de contacter l'équipe de soutien de la CIA. Mais la réception lui causait des inquiétudes. D'épais nuages s'étaient amoncelés, masquant la lune, et la pluie s'annonçait. Obtenir un signal correct au milieu d'un orage tropical ne serait pas facile.

Alex était content d'avoir Tamara avec lui. La solitude lui pesait et ils s'entendaient bien. Elle lui avait confié qu'elle était l'un des plus jeunes agents de l'équipe de Joe Byrne. La CIA l'avait recrutée quand elle n'avait que dix-neuf ans. Elle n'en paraissait guère plus en ce moment, accroupie à côté d'un flamboyant géant, ces arbres magnifiques en forme d'ombrelle si fréquents dans les Caraïbes. Pour Tamara, cette mission ressemblait à une grande aventure. Contrairement à Alex, ce travail l'enthousiasmait.

Il y avait trois cabanes, reliées par une allée couverte, à proximité de la piste. C'étaient des baraques rudimentaires : des planches de bois sombre, un toit de palmes. Vingt mètres plus loin se dressaient le portail électrique et le poste de contrôle. Trois sentinelles montaient la garde en permanence. L'une à l'intérieur du poste, les deux autres faisant les cent pas devant la clôture métallique haute de dix mètres. Tout le secteur était éclairé par une série de lampes à arc placées sur des miradors. On apercevait des centaines d'insectes danser dans les faisceaux de lumière.

La garde était relevée à vingt-deux heures quinze. Tamara avait pu vérifier le tableau de service, et elle savait que la seconde équipe de nuit allait arriver d'un instant à l'autre. Alex jeta un coup d'œil sur la piste en direction de la maison de Drevin. Il eut une brève pensée pour Paul. On avait dû l'avertir qu'Alex s'était noyé... Un terrible accident. Comment avait réagi Paul ? Tamara ne l'avait pas aperçu dans la maison lorsqu'elle était allée chercher des vêtements.

Mais ce n'était pas le moment de s'inquiéter de Paul. La piste était encore déserte ; aucun signe du buggy électrique. Tamara poussa le coude d'Alex et il avança en rampant dans les broussailles jusqu'à la première des trois cabanes. Il se redressa et ouvrit la porte avec précaution. On ne percevait aucun bruit ni mouvement depuis vingt minutes, mais quelqu'un pouvait y dormir.

Alex se faufila à l'intérieur et se trouva dans un espace rectangulaire, avec des vieux canapés, un réfrigérateur, une table jonchée de boîtes de bière vides, de magazines pornographiques et de cartes à jouer. Un ventilateur éteint se dressait dans un coin. Ça empestait le tabac froid.

Il passa dans la deuxième baraque, plus petite, équipée de quatre cabines de douches, avec une rangée de bancs de bois, du carrelage sur le sol, des serviettes de toilette humides sur des crochets. Et toujours personne en vue.

Alex trouva ce qu'il cherchait dans la troisième cabane. C'était là que les gardes se changeaient. Des uniformes fraîchement repassés étaient suspendus dans des casiers métalliques, des rangers cirés alignés le long du mur. Exactement comme Tamara l'avait décrit.

Alex ne put s'empêcher de sourire quand il sortit de sa poche le flacon que lui avait donné Smithers. *STICO*, indiquait l'étiquette. Il l'ouvrit et vaporisa le contenu sur les uniformes ; le liquide était incolore et inodore. Les gardes ne se douteraient de rien.

Un long sifflement lui parvint. Le signal d'alerte de Tamara. Alex sortit par la seconde porte de la cabane et se fondit dans l'obscurité. De l'autre côté, il entendit un buggy approcher. Chronométrage parfait.

C'était la relève. Au moment où Alex rejoignait Tamara, un buggy s'arrêta et trois gardes vêtus de shorts et de tee-shirts en descendirent. Alex reconnut Kolo, le plongeur qui l'avait abandonné à la mort. Si quelqu'un méritait de souffrir, c'était bien lui.

— Tu crois que ça va marcher ? chuchota Tamara quand les trois hommes eurent disparu dans la cabane.

— Ne t'inquiète pas. Smithers ne m'a jamais déçu.

Cinq minutes plus tard, ils réapparurent, revêtus de leur combinaison grise. Alex et Tamara les observèrent approcher du poste de contrôle pour remplacer leurs collègues. Ils échangèrent quelques mots avec eux et prirent leur poste. Les trois autres allèrent se changer dans la cabane et partirent en buggy peu après.

— Rapprochons-nous un peu, souffla Alex.

Il était curieux d'assister à la suite.

Kolo s'était assis dans le poste de contrôle, devant une console de téléphones et d'écrans de surveillance. La fenêtre était ouverte, pour lui permettre de communiquer avec ses équipiers, armés de leur mitraillette, qui surveillaient la barrière. C'était une tâche ingrate de rester planter là toute la nuit, à attendre qu'il se produise quelque chose. Ingrate, mais qui n'allait pas tarder à devenir épouvantable, songea Alex.

Il fut le premier à le remarquer. Le nuage de moustiques visible dans le faisceau des lampes s'était épaissi. Avant, il y en avait des centaines. À présent, ils étaient des milliers. Impossible de dire de quelles espèces il s'agissait. Ce n'étaient que des points noirs battant frénétiquement des ailes, avec des antennes et de longues pattes pendantes. Si nombreux qu'ils tamisaient la lumière.

Kolo se donna une gifle sur la joue. Dans le silence de

la nuit, le bruit claqua comme une détonation. Un des deux autres gardes marmonna quelque chose et se gratta l'aisselle. Kolo se donna une deuxième gifle sur la joue, puis dans la nuque. Ses collègues, eux, se mirent à faire des moulinets avec leurs bras et à taper des pieds comme s'ils exécutaient une danse bizarre. L'un d'eux se frictionna énergiquement le torse avec le magasin de sa mitraillette, puis le passa par-dessus l'épaule pour se gratter le dos. À l'intérieur du poste de contrôle, Kolo se trémoussait. Il semblait avoir du mal à respirer et Alex comprit pourquoi. Des milliers et des milliers d'insectes avaient envahi le poste. Kolo ne pouvait ouvrir la bouche sans en avaler.

La lotion inventée par Smithers faisait des ravages. Tous les insectes de l'île avaient convergé vers les trois gardes. Les deux en poste à l'extérieur ne se maîtrisaient plus. Ils se donnaient des claques, gesticulaient, gémissaient, agités de secousses comme des cobayes soumis à des électrochocs. Kolo hurlait. Alex vit un mille-pattes grimper sur son cou. C'était à peine si on distinguait encore sa peau. Il était recouvert d'une masse grouillante d'insectes qui le piquaient, le mordaient. Il criait et se frappait frénétiquement le corps.

Puis, tout à coup, il se produisit une petite explosion et une gerbe d'étincelles. Des insectes avaient envahi un écran de surveillance et provoqué un court-circuit. C'était l'apothéose. Aveuglé et hurlant, Kolo sortit en titubant et trébucha. Ses compagnons tombèrent à côté de lui. S'agrippant l'un à l'autre, ils parvinrent à se relever et se dirigèrent tant bien que mal vers la cabane des douches, espérant sans doute trouver la délivrance dans l'eau. Un nuage vrombissant d'insectes les suivit.

Soudain, le silence retomba.

— Tu avais raison, observa Tamara. Ton M. Smithers est un as.

Ils franchirent la barrière du poste de contrôle déserté en courant et longèrent la piste de l'autre côté. La forêt s'arrêtait assez vite et ils aperçurent les tours de lancement avec les fusées. La lune était toujours masquée.

Tamara leva les yeux.

— Nous allons avoir droit à une belle averse.

Elle avait raison. Quelques minutes plus tard, les nuages déversèrent des trombes d'eau tiède. Un éclair palpita au-dessus de la mer et se réfléchit sur le sol qui semblait bouillonner autour d'eux. Tout était noir et blanc.

— Et le lancement de la fusée ? cria Alex.

Ce n'était plus la peine de chuchoter. Tamara l'entendait à peine à cause du vacarme de la pluie.

Le visage ruisselant, elle répondit sur le même ton :

— Ça ne changera rien. La pluie ne dure pas, ici. Demain matin, tout sera sec.

En fait, l'averse torrentielle n'aurait pu choisir un meilleur moment. Le pas de tir se trouvait sur un terrain découvert totalement nu, qu'ils n'auraient pas pu traverser sans se faire repérer. Alex était persuadé que d'autres gardes patrouillaient dans la zone et qu'il y avait probablement un circuit de surveillance vidéo. La pluie leur offrait une couverture idéale. Dans leurs vêtements noirs, ils étaient invisibles.

La seconde jetée se situait sur la pointe ouest de l'île, reliée au pas de tir et aux autres bâtiments du centre par une piste de ciment clair. Alex et Tamara se dirigeaient vers elle au pas de course lorsque, soudain, une lumière troua la pluie. La lumière était juchée sur un bateau qui approchait du rivage, luttant contre les vagues tumultueuses.

— Par ici ! cria Tamara.

Elle tira Alex vers une bâtisse en brique, entourée d'un entrelacs de tuyaux métalliques et de jauges. Tamara trébucha et Alex réussit à la rattraper. Ils se dissimulèrent derrière un réservoir d'eau. La jetée était juste en face. Alex se demandait si Drevin allait se montrer.

Le bateau atteignit la jetée. La pluie redoubla d'intensité et il était difficile de distinguer quoi que ce soit. Quelqu'un sauta du bateau avec une corde. D'autres silhouettes apparurent sur le pont. Alex avait cru que Drevin envisageait de quitter l'île, mais en réalité le bateau amenait de nouveaux arrivants qui tenaient à passer inaperçus.

Alex entendit un bruit venant de la piste. Il se retourna et aperçut Magnus Payne et deux gardes à bord d'un buggy qui roulait vers la jetée. Les cheveux roux et la peau blanche du chef de la sécurité étaient identifiables, même en plein orage tropical. À la jetée, Payne descendit de voiture. Et quatre hommes descendirent du bateau. Sidéré, Alex saisit la main de Tamara. Il connaissait ces individus, même si leurs vrais noms lui étaient inconnus.

Veste de Treillis, Binocle, Montre d'Acier et Dent d'Argent.

Force Trois à Flamingo Bay ! Pourquoi ? Qu'est-ce que cela pouvait signifier ? Magnus Payne leur serra la main. C'étaient les terroristes qui avaient juré de détruire Drevin, et Payne les accueillait comme de vieux amis.

Soudain, une voix grésilla sous le déluge, amplifiée par les haut-parleurs :

— *Ne tirez pas ! Nous savons que vous êtes là ! Lâchez vos armes et sortez les mains en l'air !*

Alex ne se demanda pas longtemps à qui s'adressait cette sommation. Quatre autres buggies avaient surgi et freinèrent brutalement devant eux en les épinglant avec leurs phares. Une douzaine d'ombres noires en descendirent et se déployèrent autour d'eux. À côté de lui, Tamara se raidit. Puis elle bondit en avant, son arme à la main. Il y eut un seul coup de feu, tiré d'un des véhicules. Tamara poussa un cri et lâcha son arme. Du sang s'écoula de son épaule le long de son bras, aussitôt dilué par la pluie.

— *C'était notre dernier avertissement !* tonna la voix. *Levez-vous et avancez ! Si vous résistez, vous serez abattus.*

Comment les avaient-ils retrouvés ? Alex se souvint du faux pas de Tamara. Elle avait dû trébucher sur un fil de détente. Le secteur était sans doute truffé de signaux d'alarme.

Magnus Payne écarta les gardes pour s'approcher. Les quatre hommes de Force Trois lui emboîtèrent le pas. Toute la zone, déserte quelques instants plus tôt, grouillait maintenant de monde. Tamara pressait son épaule blessée. Alex vint se placer à côté d'elle, l'estomac noué.

C'est alors que Nikolaï Drevin apparut, vêtu d'un imperméable léger et tenant bizarrement un parapluie de golf multicolore pour se protéger de la pluie. Il semblait aussi détendu que s'il avait décidé de faire une petite promenade nocturne. Il approcha d'Alex et de Tamara. Son visage ne trahissait aucune émotion.

— Miss Knight, dit-il. J'ai toujours eu un doute à votre sujet. Plus exactement, je soupçonnais la CIA d'avoir essayé d'infiltrer mon organisation, et vous sembliez la plus plausible. Je suis triste de voir mes soupçons confirmés.

— Le gamin..., commença Payne.

— Oui. Vous n'avez pas terminé le travail, Payne.

Drevin s'avança à quelques centimètres d'Alex. Qui soutint son regard.

— Dis-moi, Alex. J'aimerais savoir pour qui tu travailles. Le MI 6 ? La CIA ? Les deux, peut-être ?

— Allez au diable, répondit calmement Alex.

— Je regrette sincèrement que tu aies choisi le camp ennemi, poursuivit Drevin. Je t'ai tout de suite apprécié. Paul aussi. Mais tu as abusé de mon hospitalité, Alex. C'est une grave erreur.

Alex resta silencieux. Près de lui, Tamara était devenue très pâle. Elle souffrait, mais n'avait rien perdu de sa combativité.

— La CIA sait où nous sommes, Drevin. Si vous nous touchez, ils vous tomberont dessus. Vous ne vous en sortirez pas. Vous n'avez nulle part où aller.

— Qui vous a fait croire que j'avais l'intention d'aller quelque part ? rétorqua Drevin. Enfermez la fille ! ordonna-t-il. Je ne veux plus la voir. Et... Payne, conduisez Alex au hangar principal. J'ai à lui parler.

Drevin tourna les talons et s'éloigna. Le rideau de pluie se referma sur lui.

17

CIBLE PRINCIPALE

Le hangar était immense. Peut-être était-ce là que stationnait le Cessna quand il ne volait pas. Le toit de tôle ondulée dessinait un demi-cercle et une des parois coulissait pour permettre l'accès au pas de tir. Hormis des pièces détachées, quelques bidons d'essence épars, le hangar était vide. Alex fut ligoté sur une chaise en bois. Drevin s'assit en face de lui, Magnus Payne debout à son côté. Plus loin, Veste de Treillis, Binocle, Montre d'Acier et Dent d'Argent s'étaient regroupés. On les avait invités à la petite réception, mais à l'évidence Drevin ne souhaitait pas les voir participer.

La pluie s'était arrêtée aussi soudainement qu'elle avait commencé. On entendait l'eau dévaler dans les gouttières et les dernières gouttes crépiter sur le toit de tôle. Dans le hangar, l'air était chaud et humide. Alex était trempé. Payne s'était servi d'un fil électrique pour l'attacher à la chaise, et le fil lui entaillait la peau. Il avait les mains et les pieds engourdis.

Drevin paraissait très détendu. Il tenait à la main un large verre de cognac. Le liquide ambré formait un cercle parfait dans le fond arrondi du verre. Il le porta à son nez et le huma avec délectation.

— C'est un très vieux cognac, dit-il. De trente ans d'âge. Une seule bouteille coûte plus de mille euros. Je ne bois que celui-là.

— Je savais que vous étiez riche, rétorqua Alex. Je savais aussi que vous étiez gourmand et cupide. Mais je ne savais pas que vous étiez ennuyeux.

— Il y a ici cinq hommes qui seraient ravis de s'occuper de toi, répondit doucement Drevin. Tu ferais peut-être mieux de te taire et de m'écouter.

Il fit tourner l'alcool dans le verre et but une gorgée.

— Je dois avouer que tu me fascines, dit-il en examinant Alex de ses yeux gris. Quand Payne m'a appris que tu étais un agent du MI 6, j'ai éclaté de rire. Mais quand on revient sur les événements passés, tout devient très clair. J'ai rencontré Alan Blunt, un jour, et il m'a fait l'effet d'un individu très sournois et déplaisant. Ceci confirme ma première impression. Pourtant j'ai du mal à admettre qu'il t'ait envoyé pour m'espionner. Est-ce vraiment ce qui s'est produit, Alex ? T'es-tu immiscé dans mes affaires sur son ordre ?

— Rider a vraiment été blessé par balle, grommela Payne. J'ai vu une copie de son dossier médical. Ce n'était pas du bluff.

— Il s'agissait donc d'une malheureuse coïncidence, reprit Drevin. Malheureuse pour toi, Alex. Personnellement, je ne suis pas fâché d'avoir cette petite conversation en privé avec toi. Au moins je vais avoir l'occasion de m'expliquer, même si, je le crains, cela ne te soit bientôt inutile. Comme à Miss Knight. Vois-tu, Alex, j'aimerais que Paul sache tout de moi. J'aimerais lui confier ce que je vais te raconter. Mais Paul est un garçon faible. Il n'est pas encore prêt. Il pourrait même me détester. Mais toi, je sais que tu comprendras.

Drevin baissa le nez dans son verre pour humer le Cognac.

— Comme tu viens de le souligner, je suis un homme riche. Très riche. L'un des plus riches de la planète. J'emploie une équipe d'avocats qui travaillent pour moi à temps complet, et pourtant même eux n'ont pas une idée précise de ma fortune. Tu n'imagines pas ce que c'est, Alex, de pouvoir obtenir tout ce que tu désires. Je peux entrer dans un magasin pour acheter un costume et décider, à la place, d'acheter le magasin. Si je vois un nouveau modèle de voiture, de bateau ou d'avion dans une revue, je peux me l'offrir le jour-même. Au dernier calcul, je possédais onze maisons dans le monde. Je peux dormir dans un pays différent chaque jour de la semaine et m'éveiller dans un nouveau petit paradis.

« Évidemment, ainsi qu'on a dû te le dire, cette fortune colossale ne s'est pas bâtie par des moyens que l'on qualifierait d'honnêtes. L'honnêteté ne m'intéresse pas. Je suis un criminel. Je l'avoue. J'ai tué personnellement de nombreuses personnes, et un grand nombre d'autres ont été tuées sur mon ordre. La plupart de mes associés sont des criminels. Ça ne me dérange pas. Pourquoi cela me dérangerait-il ? Il n'existe pas un seul homme d'affaires vivant qui n'ait pas triché ou menti. Nous le faisons tous ! Ensuite, c'est une question de degré.

« J'ai connu une grande réussite depuis vingt ans. Et j'espère bien accroître encore ma fortune et mes succès au cours des prochaines années. Et pourtant...

Drevin s'interrompit et son visage devint soudain grave.

« Et pourtant, il y a un an et demi, je me suis trouvé face à deux petits problèmes, qui m'ont obligé à modifier mes plans. C'est d'ailleurs la raison de ta présence ici, Alex. Ces problèmes pourraient me détruire. J'ai dépensé beaucoup de temps et d'argent pour essayer de les surmonter.

— Pourquoi me racontez-vous tout ça, si vous comptez me tuer ? demanda Alex.

— C'est justement parce que je vais te tuer, que je te raconte tout. Je n'ai pas à craindre que tu ailles le répéter. Mais, je t'en prie, Alex, ne m'interromps plus. Sinon je demande à Payne de te faire taire.

Drevin ferma les yeux un bref instant. Quand il les rouvrit, il avait recouvré son calme et poursuivit :

— Le premier problème concerne les services gouvernementaux américains qui ont décidé d'enquêter sur certaines de mes transactions financières. Notamment celles qui impliquent la Mafiya russe. Bien entendu, j'ai appris tout de suite qu'ils montaient un dossier contre moi. J'ai toujours été un homme prudent. J'évite de laisser des preuves écrites et des témoins gênants. Toutefois, il est impossible de mener des affaires de cette envergure sans qu'il reste quelques traces. J'ai vite compris que les Américains recueillaient tout ce qu'ils trouvaient sur moi, interrogeaient les gens qui m'avaient rencontré, et que, tôt ou tard, ils me traîneraient en justice.

« La solution la plus radicale était d'éliminer les

hommes et les femmes qui se mêlaient de mes affaires. Or, je me suis aperçu que, d'une certaine manière, ils me rendaient service car ils avaient rassemblé l'ensemble des preuves au même endroit. Comme on dit, ils avaient mis tous leurs œufs dans le même panier ! Avec un seul missile bien dirigé, je pouvais liquider les enquêteurs et détruire les enregistrements, dossiers, appels téléphoniques, fichiers informatiques me concernant. Et une fois tout cela anéanti, je pouvais repartir à zéro. Plus je réfléchissais, plus j'étais reconnaissant aux Américains.

« Bien sûr, je savais que ça ne serait pas facile. Parce que le bureau d'enquête était basé dans un des bâtiments les plus sécurisés du monde. Le Pentagone, à Washington. Le Pentagone n'est qu'un énorme bloc de béton, en grande partie souterrain. Il emploie un service antiterroriste qui travaille vingt-quatre heures sur vingt-quatre. Tous les appareils de surveillance imaginables se trouvent là et, depuis le 11 septembre, aucun avion commercial ne peut s'en approcher. Le Pentagone est protégé contre les attaques chimiques, biologiques et radiologiques. Je le sais, parce que j'ai tout envisagé. Même un bref examen montre que n'importe laquelle de ces approches est vouée à l'échec.

« Maintenant, si tu le permets, Alex, je vais passer au second problème. Ça va te sembler d'abord sans aucun lien avec le précédent. C'est aussi ce que j'ai pensé pendant longtemps. Mais tu verras que tout se tient.

Alex ne dit rien. Il sentait peser sur lui le regard de Magnus Payne et des hommes de Force Trois, et n'arrivait toujours pas à comprendre leur rôle dans cette histoire. Et où était Kaspar, l'homme au crâne tatoué ? Des tas de choses restaient inexplicables. Alex remua sur sa chaise pour essayer de se dégourdir les bras et les jambes.

— Mon autre problème, poursuivit Drevin, était le projet "Ar*k*ange". Le tourisme spatial m'a toujours passionné et, quand le gouvernement britannique m'a contacté pour me proposer un partenariat, j'avoue que j'ai été flatté. J'allais pouvoir profiter de l'argent de ton pays, et être à la pointe de l'entreprise la plus stimulante, et potentiellement la plus rentable du XXIe siècle. Et cela me donnerait ce qui me manquait le plus. La respectabilité ! Les Américains me considèrent comme un criminel, mais ils réfléchiraient à deux fois avant de m'attaquer s'ils me voyaient dîner avec la reine. Je me disais qu'ils auraient beaucoup plus de mal à me mettre en prison si j'étais Sir Nikolaï Drevin. Ou même Lord Drevin. Parfois, ça aide d'avoir des relations.

« J'ai donc accepté de m'associer avec ton gouvernement sur le projet "Ar*k*ange", le premier hôtel de l'espace. Il est au-dessus de nos têtes en ce moment. Il est toujours au-dessus de nos têtes. Et je ne risque pas de l'oublier. Parce que, vois-tu, Ar*k*ange s'est transformé en cauchemar. C'est un vrai désastre. Même sans les Américains et leur enquête, Ar*k*ange suffirait à me détruire.

Drevin fronça les sourcils et but une gorgée de Cognac.

— Ar*k*ange a dépassé le budget de plusieurs milliards. Il me saigne à blanc. Ma fortune colossale ne suffit plus. Et c'est à cause de ton stupide gouvernement. Ils sont incapables de prendre une décision sans en discuter pendant des mois. Ils réunissent des comités et des sous-comités. Et quand enfin ils prennent une décision, c'est toujours la mauvaise. J'aurais dû le prévoir. Regarde le Parlement écossais ! Le dôme du Millenium ! Tout ce que construit le gouvernement britannique coûte dix fois trop cher et ne fonctionne pas.

« Même chose pour Ar*k*ange. Le projet a pris du retard, il y a eu des fuites, et on a perdu tout espoir de le voir achevé. Plus rien ne va. Pendant des mois, j'ai rêvé que la station tombait du ciel ! Au moins, ça me permettrait de récupérer une partie de mes investissements puisque, comme tout projet d'envergure, il est couvert par des assurances. Et, surtout, je pourrais m'en laver les mains ! Je pourrais me réveiller le matin sans avoir ça suspendu au-dessus de ma tête, au sens propre du terme. Certains jours, j'ai sérieusement songé à payer quelqu'un pour tout faire sauter.

« C'est ainsi que m'est venue une idée géniale. Comme je te l'ai dit, les deux problèmes sont liés. Deux problèmes, une seule et même solution.

Drevin se pencha en avant et Alex lut clairement la folie dans ses yeux.

— Tu t'y connais en physique, Alex ? Tandis que nous sommes assis là, il y a des centaines d'objets en orbite dans l'espace. Ça va du plus petit satellite de communication aux gigantesques stations spatiales telles que la Station spatiale internationale, ou MIR avant elle. T'es-tu jamais demandé ce qui les maintient là-haut ? ce qui les empêche de tomber ?

« La réponse est une équation très simple qui repose sur le rapport entre leur vitesse et leur distance de la Terre. Ça t'amusera peut-être de savoir que, théoriquement, il serait possible à un satellite de tourner en orbite autour de la Terre à quelques mètres seulement au-dessus de ta tête. Mais il faudrait qu'il aille à une vitesse phénoménale. Ar*k*ange évolue à quatre cent cinquante kilomètres de nous. Il est donc capable de maintenir sa vitesse orbitale à seulement 28 000 kilomètres à l'heure. Mais il faut tout de même le propulser régulièrement. C'était vrai pour MIR, et ça l'est pour la Station internationale actuelle. Au bout de quelques mois, il faut envoyer des fusées qui remettent tous ces gros satellites dans l'espace. Sinon, ils s'écraseraient sur la Terre.

« D'ailleurs, c'est ce qui arrive à certains. La sonde spatiale russe *Mars 96* est tombée du ciel le 17 novembre 1996 et les débris ont arrosé l'Amérique du Sud. En avril 2000, le deuxième étage d'une fusée *Delta* est passée de peu à côté de la ville du Cap. Jusqu'ici, le monde a eu la chance d'éviter une catastrophe majeure. Il faut dire que deux tiers de la planète sont recouverts par les eaux. Et il y a les grands déserts et les montagnes. Les risques d'une chute d'un objet traînant dans l'espace sur une région peuplée sont relativement réduits. Cependant, ça peut arriver. La plupart des astronomes sont d'accord sur ce point.

« Tu as du mal à suivre, Alex ? Je vais t'expliquer plus simplement. Imagine que tu fais tourner un marron attaché à un bout de ficelle autour de ta main. Si tu ralentis, le marron tombe et touche ta main. Et voilà. Le marron est la station spatiale, ta main est la Terre. Il ne faut pas grand-chose pour que l'une s'écrase sur l'autre.

« Or, c'est précisément ce que j'ai l'intention de faire. Demain, *Gabriel 7* emportera une bombe minutieusement programmée, qui sera placée à l'intérieur d'Ar*k*ange. Tout a été calculé et le programme verrouillé. Si tu regardes une carte du globe, tu t'apercevras que Washington se trouve à 38° de latitude nord. L'angle d'inclinaison suivi par Ar*k*ange, c'est-à-dire sa trajectoire de vol, est également réglé sur 38°. Ce qui signifie que, à chaque gravitation, Ar*k*ange passe directement au-dessus de Washington.

« La bombe explosera deux heures après l'arrimage de *Gabriel 7* à Ar*k*ange. L'explosion aura pour effet de chasser Ar*k*ange de son orbite. Et la station spatiale commencera à dégringoler. Elle pénétrera dans l'attraction terrestre et, à partir de ce moment, les choses se précipiteront. Dans l'atmosphère, sa chute sera beaucoup plus rapide. Il sera impossible de la contrôler. Du moins c'est ce que tout le monde pensera. En fait, j'ai secrètement programmé les manœuvres de sortie d'orbite. La station aura l'air d'aller au hasard, mais elle sera aussi précise qu'un missile nucléaire programmé sur une cible.

« Tu imagines, Alex ? Le poids d'Ar*k*ange est d'environ sept cents tonnes. Bien sûr, une bonne part sera brûlée lors de sa rentrée dans l'atmosphère. Mais j'estime à 60 % la masse qui subsistera. Soit quatre cents tonnes d'acier, de verre, de béryllium et d'aluminium en fusion, filant à 28 000 kilomètres à l'heure. Le Pentagone est la cible prioritaire. Le bâtiment sera rasé. Tout le personnel qui y travaille périra. Et tous les documents, jusqu'au plus infime, seront réduits en cendres. Je suppose que l'onde de choc détruira aussi une grande partie de Washington. Le Capitole. La Maison Blanche. Divers monuments. Les parcs. C'est dommage, car j'ai toujours trouvé cette ville pleine de charme. Mais il en restera peu de chose.

Alex ferma les yeux. Jack était chez ses parents à Washington. Peut-être survivrait-elle à l'horrible explosion planifiée par Drevin, mais des milliers, des centaines de milliers de gens mourraient. Une fois encore, Alex se demanda ce qu'il avait fait pour se retrouver dans un tel cauchemar. Tout ça parce que le médecin lui avait imposé deux semaines de convalescence.

— Maintenant, je dois te parler de Force Trois, ajouta Drevin.

— Inutile, je crois que j'ai compris, dit Alex. Vous aviez besoin de coupables pour endosser toute la responsabilité. Force Trois n'existe pas. Vous l'avez inventée.

— Exact, sourit Drevin en levant son verre en direction des quatre hommes qui attendaient dans un coin du hangar. Force Trois est l'idée la plus brillante de l'opération. Si on découvre qu'Ar*k*ange a été saboté, et si la station tombe sur le Pentagone, je serai le principal suspect. Donc, il me fallait créer un bouc émissaire pour détourner les soupçons.

« J'ai imaginé Force Trois. J'ai engagé ces hommes. Sur mon ordre, ils ont commis plusieurs actes terroristes qui semblaient viser des intérêts capitalistes : une usine automobile dans le Dakota, une manufacture au Japon, un centre de recherche en Nouvelle-Zélande. J'ai aussi payé une journaliste à Berlin et un conférencier à Londres pour qu'ils dénoncent les agissements de Force Trois. Et, aussitôt après, je les ai fait assassiner. Tu comprends ? Je voulais créer l'illusion d'un groupe d'éco-guerriers impitoyables, qui haïssaient les capitalistes et tout particulièrement moi.

— Vous avez fait enlever votre propre fils ? s'exclama Alex.

Au moins les événements de St. Dominic et de Hornchurch commençaient à s'expliquer.

— Je te l'ai dit. Je devais passer pour un homme au-dessus de tout soupçon. Tout le monde devait croire que Force Trois était mon ennemi juré. Quelle sorte de père laisserait kidnapper son propre fils quelques jours après une opération chirurgicale !

— Mais vos tueurs se sont trompés de personne. Ils m'ont enlevé à la place de Paul.

Alex revit le film de l'enlèvement et, soudain, une idée lui donna la nausée.

— Ils voulaient trancher le doigt de Paul ! C'est vous qui leur avez donné cet ordre ?

— Bien sûr.

Pour la première fois, Drevin parut troublé. Alex le vit lutter contre ses émotions, tenter de les étouffer.

— Il fallait que la menace soit crédible. Si Paul était mutilé, personne ne pourrait me soupçonner d'être impliqué dans son kidnapping. Et quand Force Trois lancerait son attaque sur Flamingo Bay, je ferais figure de victime.

— Mais c'est monstrueux ! Paul est votre fils !

— Souffrir un petit peu l'aurait endurci, rétorqua Drevin. Ce garçon est trop tendre. Un jour, il héritera de milliards. Le monde entier sera à ses pieds. Qu'est-ce qu'un petit doigt en échange de tout ça ?

— Vous êtes un père formidable, dit Alex d'un air sarcastique.

— Cesse de me parler sur ce ton si tu ne veux pas souffrir avant de mourir, siffla Drevin entre ses dents.

Il vida son verre de cognac. Il semblait essoufflé, tout d'un coup.

— Ma seule erreur a été de ne pas donner une photo de Paul à Kaspar. Il connaissait son numéro de chambre, et nous savions que la clinique n'était pas surveillée. Comment deviner qu'un autre garçon, *toi*, déciderait d'intervenir ?

— C'est pour ça que vous avez voulu me tuer dans l'incendie ?

— Non. J'avais besoin de toi vivant. C'était très important. Paul était passé au travers et j'avais besoin que quelqu'un témoigne de la tentative de kidnapping par Force Trois. Ta mort ne m'aurait servi à rien. Au contraire, il fallait que tu t'évades. C'est pourquoi il y avait une chaise dans ta cellule. Pour te permettre de t'échapper par le plafond. Ils ont mis le feu loin de la cage d'escalier pour que tu puisses sortir de l'immeuble.

— Sauf qu'un de vos tueurs m'attendait en bas pour m'abattre, objecta Alex en lançant un coup d'œil à Veste de Treillis.

Le meurtrier du réceptionniste de St. Dominic fixait Alex de ses petits yeux pâles, trop rapprochés de son nez cassé.

Visiblement, Drevin n'était pas au courant de ce détail.

— C'est vrai ? demanda-t-il à son homme de main.

— Il ment, se défendit Veste de Treillis, prenant la parole pour la première fois. Je l'ai laissé filer. Comme vous aviez dit.

Alex comprit. Veste de Treillis avait désobéi aux ordres pour se venger d'Alex, qui l'avait humilié. Il était évident pour tout le monde qu'il mentait.

Drevin haussa les épaules.

— Peu importe, dit-il.

Veste de Treillis se relaxa.

— Tu te demandes sans doute pourquoi Force Trois est sur l'île, n'est-ce pas, Alex ? Eh bien, c'est parce que j'ai encore besoin d'eux. Le décollage de la fusée est prévu pour neuf heures, demain matin. La bombe explosera à seize heures trente. Et quand Ar*k*ange tombera sur

Washington, une bagarre éclatera ici, à Flamingo Bay. On découvrira des intrus. Les gardes se verront obligés de les tuer. Et lorsque les autorités viendront enquêter, je leur fournirai la preuve de la responsabilité de Force Trois. Tu as décrit les hommes qui t'ont kidnappé, Alex. Demain, on retrouvera leurs corps criblés de balles.

Cette fois, ce fut Dent d'Argent qui prit la parole. Binocle et Montre d'Acier se trémoussaient, visiblement mal à l'aise.

— Comment vous allez maquiller ça ? demanda Dent d'Argent.

— Qui a dit que j'allais maquiller quoi que ce soit ?

Le crépitement de la mitraillette tonna si fort et si près d'Alex qu'il faillit tomber à la renverse sur sa chaise. Les quatre faux terroristes n'avaient pas une chance. Ils étaient morts avant de toucher le sol. Alex tourna la tête. Magnus Payne avait vidé le magasin de sa Mini Uzi. Il avait un sourire terrible aux lèvres. De la fumée montait en volutes autour de ses mains.

— Vous êtes fou ! hurla Alex. Jamais vous ne vous en tirerez ! Ils sauront que c'est vous...

— Ils auront peut-être des soupçons, mais pas de preuve, répondit Drevin. N'est-ce pas moi la victime dans toute cette affaire ?

— Et moi ? Et Tamara ? Si vous nous tuez, la CIA ne vous lâchera pas !

— J'ai déjà la CIA aux trousses. Deux morts de plus n'y changeront rien. On vous découvrira sur la plage, Miss Knight et toi, victimes de balles perdues. Un accident regrettable. Dont je ne serai en rien responsable.

— Et Kaspar ?

Alex s'aperçut que c'était la pièce manquante de ce

puzzle absurde. Puisque Force Trois travaillait pour Drevin depuis le début, Kaspar aussi. Mais où était-il ?

— Montrez-lui, ordonna Drevin.

Magnus Payne posa la mitraillette. Il leva les deux mains et souleva ses cheveux roux. Une perruque. Puis il tira sur sa peau. Alex s'en voulut de n'avoir pas reconnu le latex. Lui-même avait récemment porté un déguisement de ce genre. Il regarda avec dégoût le chef de la sécurité arracher la seconde peau qui lui recouvrait la tête, dévoilant, dessous, les atroces tatouages. Magnus Payne avait disparu, remplacé par Kaspar.

— Les tatouages ont été une phase douloureuse et désagréable, poursuivit Drevin. Mais nous devions créer un chef terroriste dont tout le monde pourrait se souvenir. Nous avons réussi, tu ne trouves pas ?

Alex se sentit anéanti. Il se rappela sa rencontre avec Magnus Payne, le jour de son arrivée sur l'île. Le chef de la sécurité avait déguisé sa voix, bien sûr. Pourtant, Alex avait eu l'impression de l'avoir déjà vu. Et Payne, évidemment, l'avait reconnu tout de suite.

— Vous mettrez les quatre corps sur la plage après la mise à feu, dit Drevin à Kaspar. Ceux de la femme et du garçon ensuite.

Il posa son verre et se leva.

— Adieu, Alex. J'ai été ravi de te rencontrer. J'aurais aimé te connaître un peu mieux, mais je crains que nous n'approchions de la fin.

Il fit tourner sa bague sur son doigt. Il semblait avoir oublié de dire quelque chose. Les hommes de Force Trois, dont Alex ne connaîtrait jamais les noms, gisaient sur le sol.

Kaspar s'approcha d'Alex et saisit le dossier de sa chaise. Impuissant, Alex fut contraint de se laisser traîner, assis à la renverse, hors du hangar.

18

EAU ET VENT

Kaspar conduisit Alex en buggy à travers le site jusqu'à un bâtiment plat et rectangulaire, avec des fenêtres à barreaux et une porte menant, après quelques marches, à un sous-sol. Alex ne voyait plus Magnus Payne mais Kaspar. Le chef de la sécurité ne s'était pas donné la peine de remettre sa perruque et son masque, et la hideuse carte du monde tatouée sur sa peau blême luisait dans l'obscurité. Combien Kaspar avait-il dépensé pour se défigurer ? Beaucoup, sans doute. Et il dépenserait probablement autant, un jour, pour se faire enlever les tatouages au laser.

Alex n'était plus ligoté sur la chaise mais il avait encore les mains attachées devant lui. En descendant du buggy, il testa ses liens pour vérifier s'il y avait du mou. Il lui sembla que, avec un peu de temps, il parviendrait à se libérer. Ce qui ne l'avancerait d'ailleurs à rien. L'endroit où Kaspar le conduisait avait tout l'air d'une prison. Il savait ce dont Alex était capable et ne commettrait plus d'erreurs.

Au bas des marches, ils arrivèrent dans une grande salle remplie de matériel électronique, d'ordinateurs et de postes de travail. Un spécimen de sonde spatiale – engin en acier étincelant d'où jaillissait tout un assemblage de circuits électriques – occupait la plus grande partie de la salle. Alex remarqua, sur un portique, deux harnachements qui ressemblaient vaguement à des survêtements, avec le sigle « Ar*k*ange » cousu sur une manche. Probablement des tenues portées par des astronautes.

— Par ici, grogna Kaspar.

Du canon de son arme, il indiqua un autre escalier qui descendait.

Alex obéit et déboucha dans un couloir très large, flanqué par deux cages massives de chaque côté. Il avança au milieu et entendit, venant de la première cage, des cris stridents et un curieux caquetage. Tout à coup, un orang-outan bondit vers lui et se mit à marteler les barreaux de ses poings. Alex se souvint que Drevin lui avait parlé de son projet d'envoyer un singe dans l'espace pour tester l'endurance à l'apesanteur.

— Je te présente Arthur, dit Kaspar, avec un sourire hideux.

— Un cousin à vous ?

Son ironie lui valut un coup de canon brutal dans les côtes. Mais il oublia très vite la douleur. Dans la cage suivante, Alex découvrit Tamara Knight, très pâle mais vivante. Il était soulagé de la revoir. Tamara lui sourit mais ne prononça pas un mot quand Kaspar ouvrit la porte de la cage face à la sienne.

— Entre là-dedans, ordonna Kaspar.

Alex n'avait pas le choix. Il obéit et regarda autour de lui pendant que Kaspar verrouillait la porte. La cage mesurait environ deux mètres carrés. Les barreaux étaient en acier, la serrure neuve. Alex n'avait aucun gadget sur lui et ses mains étaient toujours attachées. Il n'irait nulle part.

Kaspar glissa la clé dans sa poche et regarda sa montre. Il était presque une heure du matin.

— Je vais vous laisser là, tous les trois. Vous entendrez la mise à feu. Dès que la fusée aura décollé, quelqu'un viendra vous chercher et vous conduira à la plage pour votre dernière balade.

L'Afrique de l'Ouest se tordit en un rictus haineux.

Alex n'était pas étonné. Il avait déjà vécu cela. Plus les criminels étaient dangereux, plus ils étaient vexés de se faire battre par un adolescent. Or, Alex avait humilié Kaspar deux fois de suite.

— Je regrette juste de ne pas te liquider moi-même, poursuivit Kaspar. Mais je penserai à toi. J'espère que ta mort ne sera pas trop rapide, Alex.

Il les laissa seuls. Le bruit de ses pas s'éloigna. La porte principale s'ouvrit puis se ferma. Arthur, l'orang-outan, recula dans le fond de sa cage et s'assit.

— Charmant garçon, marmonna Tamara.

— Tamara, comment te sens-tu ? s'inquiéta Alex.

— J'ai connu des jours meilleurs, admit-elle. Je ne me trompe pas ? C'était bien Magnus Payne ?

— Oui, c'était lui.

— Il m'avait semblé reconnaître sa voix. Qu'est-il arrivé à son crâne ?

Alex le lui expliqua. Il lui raconta aussi la scène avec Drevin dans le hangar et le plan fou du Russe pour détruire Washington. Tamara s'était assise contre les barreaux de sa cage pour l'écouter. Lorsqu'il eut terminé, elle poussa un long soupir. Son visage était d'une pâleur cadavérique.

— Nous qui pensions qu'il voulait s'enfuir ! Qu'il était fini. Jamais nous n'aurions imaginé qu'il projetait un truc pareil !

— Tu penses qu'il peut réussir ?

Tamara réfléchit un instant puis hocha la tête.

— Peut-être. Je ne sais pas. Pour ça, il faudrait qu'il ait calculé absolument tout. Jusqu'à la dernière seconde. L'explosion et le reste. Mais, oui... j'ai peur qu'il en soit capable.

— Il faut prévenir Joe Byrne.

— Les gardes m'ont pris mon émetteur. Et j'imagine qu'ils ont aussi pris ton iPod.

— Et le téléphone ?

— L'île dispose de quelques téléphones radio, mais Drevin les a mis hors circuit. Et les téléphones mobiles ordinaires ne servent à rien. Il n'y a pas de signal. Nous n'avons pas beaucoup de solutions. Soit nous essayons d'arrêter Drevin nous-mêmes. Soit l'un de nous va chercher du secours.

— À la Barbade.

— Oui. Ce n'est qu'à quinze kilomètres. Ed Shulsky attend avec toute son équipe à Harrison Point. Tu pourrais peut-être voler un bateau.

— Pourquoi moi ? Pourquoi pas nous deux ?

— Désolée, Alex, dit Tamara en secouant la tête. J'ai une balle dans l'épaule et je ne ferais que te ralentir.

Alex donna un coup de pied rageur dans les barreaux de la cage.

— Comment veux-tu que je sorte d'ici ?

— Je peux peut-être t'aider.

Alex la vit se baisser et ôter les lacets de ses tennis. Puis elle passa son bras valide entre les barreaux et lui lança les lacets.

— Attrape !

— Qu'est-ce que c'est ?

— Vous n'êtes pas les seuls à avoir des gadgets. Il y a du fil de tungstène dans ces lacets. Aiguisé comme un diamant. Avec ça, tu peux scier les barreaux.

— Très ingénieux, dit Alex, en regrettant secrètement que la CIA n'ait pas imaginé quelque chose de plus pratique et, peut-être, de plus efficace.

— Ils m'ont confisqué mes boucles d'oreilles explosives, ajouta Tamara, lisant dans ses pensées.

Alex ramassa un des lacets et examina la porte. Les barreaux étaient minces, il lui suffirait d'en scier trois pour se faufiler. Ses mains attachées ne lui facilitaient pas la tâche, mais il résoudrait assez vite ce petit handicap.

— Nous avons combien de temps devant nous ? demanda-t-il.

— Pas beaucoup. Le jour se lève vers six heures. Si tu n'es pas parti avant, tu as peu de chances de réussir.

— Je vois.

Alex encercla ses liens avec le lacet, puis il en saisit les extrémités entre ses dents et le tendit. Ensuite il exerça un vague mouvement de scie avec ses poignets. En moins d'une minute, il libéra ses mains. Il vit Tamara sourire. Maintenant il pouvait passer aux choses sérieuses.

Les barreaux étaient nettement plus coriaces. D'après ses estimations, il lui fallut plus d'une demi-heure pour faire la première entaille, et, contrairement à ce qu'il avait espéré, même scié à sa base, le barreau refusa de se tordre. Alex dut faire une seconde coupe. Soit une demi-heure de plus. Le barreau tomba bruyamment et Alex se maudit intérieurement. S'il y avait des gardes, le bruit risquait de les avoir alertés. Mais personne ne vint. On les avait sans doute laissés seuls dans le bâtiment.

Tamara, qui n'avait pas pipé mot pendant qu'il sciait le premier barreau, l'encouragea :

— Continue, Alex !

— Quelle heure est-il ?

— Je ne sais pas. Ils ont pris ma montre.

C'était très stressant de ne pas savoir l'heure. Alex s'attaqua au deuxième barreau sans la moindre idée du temps qui s'était écoulé. Il savait seulement qu'il était épuisé. Il avait envie de dormir. Il avait des ampoules sur les doigts et les paumes.

La nuit avançait. Il était assis, le dos voûté, et il sciait. Tamara l'observait. L'orang-outan leur avait tourné le dos et dormait.

Enfin il arriva au bout. Le troisième barreau céda, laissant assez d'espace à Alex pour se faufiler. Il s'approcha de Tamara.

— À toi, maintenant.

— Non, Alex.

— Mais je ne peux pas te laisser ici !

— Écoute. Tu n'as pas beaucoup de temps. Débrouille-toi pour atteindre la Barbade. Trouve Ed.

Elle s'adossa contre la cage. Malgré ses efforts pour ne pas le montrer, il était évident qu'elle souffrait.

— Ça ira. Et puis j'ai Arthur pour me tenir compagnie. File avant que quelqu'un arrive.

Tamara avait raison, et Alex le savait. Il ramassa un des

barreaux et monta les marches. Personne. Par un vasistas, il vit avec inquiétude des traînées de lumière rose pâle strier le ciel d'encre. Le jour se levait. Donc, dans moins de trois heures, ce serait la mise à feu.

Il gravit les quelques marches menant à la porte et l'entrebâilla avec précaution. Un garde en combinaison grise et casquette était assis à l'extérieur. Alex esquissa un sourire. Pour une fois, la chance lui souriait. Le garde somnolait. Alex serra fermement le barreau à deux mains, ravi d'avoir pensé à s'en munir.

Dix minutes plus tard, revêtu de l'uniforme du garde, la casquette enfoncée sur le front, Alex roulait dans un buggy électrique en direction du poste de contrôle. Il ralentit à peine et brandit le badge du garde en tendant le bras de façon à cacher son visage. Il était prêt à enfoncer la barrière en cas de besoin, mais elle se leva et il poussa un soupir de soulagement, en se disant que la sécurité de Flamingo Bay laissait à désirer. La surveillance de la piste s'était sans doute relâchée maintenant que Tamara et lui étaient censés être sous les verrous. Ici, Drevin pensait n'avoir rien à craindre. Le seul danger pouvait venir de l'extérieur, et l'île la plus proche se trouvait à quinze kilomètres.

Conduire le buggy était d'une extrême simplicité. Il n'y avait que deux pédales : le frein et l'accélérateur. Pas de levier de vitesses. Alex enfonça la pédale et traversa la forêt tropicale à vive allure, conscient de la lumière qui envahissait doucement le ciel. Au loin, il aperçut la maison de Drevin et Petite Pointe. Il tourna le volant pour quitter la piste et s'engagea entre les palmiers en direction de la plage. À l'approche du rivage, le buggy s'enlisa dans le sable. Alex sauta à terre et courut jusqu'à la jetée.

Il y avait deux canoës et un yacht Princess V55. Un canoë serait beaucoup trop lent. Mais le bateau ? Il était magnifique, très bas sur l'eau, conçu pour la vitesse, doté d'une proue effilée. Alex chercha la clé de contact. On ne savait jamais ! Il avait eu un premier coup de chance avec le garde endormi, et un deuxième avec la sentinelle négligente de la barrière de contrôle. Pourquoi pas un troisième ?

Ç'aurait été trop beau. Pas de clé sur le contact. Alex fouilla dans les placards et les tiroirs de la cabine principale. Rien. Frustré, il se força à réfléchir calmement. La maison de Drevin était toute proche. Il était tenté de s'y introduire pour mettre la main sur un téléphone, mais Tamara lui avait affirmé que tous les téléphones de l'île étaient hors service. Arriverait-il à dénicher la clé du yacht dans la maison ? Possible, mais trop risqué. Alex leva les yeux. Le ciel s'éclaircissait rapidement. L'obscurité s'écoulait comme de l'encre renversée. Bientôt le lever du jour. Drevin allait se réveiller d'un instant à l'autre.

Pas de téléphone. Pas de bateau. La Barbade à quinze kilomètres, donc trop éloignée pour la rejoindre à la nage ou en canoë. Alex n'avait plus qu'une solution. Il y avait songé pendant qu'il sciait les barreaux de sa cage, mais il avait espéré trouver un autre moyen. Or, il n'y en avait pas.

Il sauta du bateau et courut le long de la plage en direction de la maison. Il fit le tour par-derrière et entra dans la réserve où Kolo l'avait conduit pour prendre le matériel de plongée. Le double de la clé du yacht s'y trouvait peut-être, mais il ne perdrait pas de temps à la chercher.

C'était là que Paul rangeait son cerf-volant et sa planche. Et c'était cela qu'Alex venait chercher.

Il rassembla l'équipement, tout en se demandant s'il lui serait possible d'atteindre la Barbade. C'était long, quinze kilomètres. Surtout sur une mer encore agitée après la tempête de la nuit. Mais la forte brise qui soufflait était un avantage. Alex l'avait sentie sur la jetée. D'autant qu'elle venait du littoral. En général, les cerf-volistes évitent le vent de terre, qui est inégal et peut les pousser vers le large. Mais c'était exactement ce que souhaitait Alex. Il voulait s'éloigner, et vite.

Au moment où il allait prendre la planche, la porte s'ouvrit derrière lui. Il fit volte-face, poings levés, en position de karaté. C'était Paul. Visiblement, celui-ci sortait de son lit. Il regarda Alex bouche bée.

— Alex ? Mais qu'est-ce que... Je pensais que... Je te croyais parti.

— Malheureusement non.

Alex ignorait ce que savait Paul et n'osait pas trop en dire. Il avait conscience que la situation avait totalement changé. Comment se comporter avec Paul, maintenant ?

— Que t'est-il arrivé, Alex ? Qu'est-ce que tu fais ici ? Et pourquoi es-tu habillé comme ça ?

— Pardonne-moi, Paul. Je ne peux pas t'expliquer.

Il regrettait amèrement que Paul l'ait surpris.

— Comment tu m'as trouvé ?

— J'avais du mal à dormir. Je suis allé à la fenêtre respirer un peu d'air frais et je t'ai aperçu sur la plage.

— Tu as la clé du bateau ? Tu sais où elle est ?

— Non.

Tout à coup, Paul se mit en colère :

— Mon père m'a expliqué qu'on t'avait envoyé pour

l'espionner. Je ne voulais pas le croire mais il en était certain. Il dit qu'il a des ennemis, à New York, qui t'ont payé pour venir et nous créer des problèmes.

— Ton père t'a aussi raconté ce qu'il m'a fait ? coupa Alex, gagné à son tour par la colère.

Paul l'accusait sans savoir.

— Il m'a dit qu'il t'avait mis dans l'avion pour que tu partes.

Paul dévisagea Alex, indécis.

— C'est vrai, Alex ? Tu es venu nous espionner ?

— Je n'ai pas le temps de discuter de ça maintenant.

Alex avança vers la porte et vit Paul tendre le bras vers un bouton encastré dans le mur.

— C'est une alarme. Si j'appuie sur le bouton, dix gardes vont accourir en moins d'une minute. Je veux la vérité, Alex. Qu'est-ce que tu fais ici ? Dis-moi ce qui se passe.

— Il se passe que, si tu appuies sur ce bouton, je suis mort.

— Tu mens...

— Ton père me tuera. Il a déjà essayé.

— Non !

Sur le visage de Paul, Alex lut autre chose que de l'incrédulité. De la colère. C'était naturel. Alex aurait beau raconter tout ce qu'il savait sur Nikolaï Drevin, cela ne servirait à rien.

Drevin avait menti à Paul. Il le raillait, ne lui témoignait aucune tendresse. Et pourtant il restait son père. C'était aussi simple que ça. Quels que soient leurs sentiments, Paul défendrait Drevin. Parce qu'il était son fils.

Alex comprit cela quelques secondes avant que Paul

ne donne l'alarme. Il leva les bras, paumes en avant pour montrer qu'il était sans défense, et dit :

— D'accord, Paul. D'accord. Je vais tout te dire.

— N'approche pas.

La main de Paul était à quelques centimètres du bouton. Alex risqua un autre pas.

— Ce n'est pas ce que tu crois. Ton père s'est trompé à mon sujet. Toi aussi. C'est ta mère qui m'a demandé de venir.

— Quoi ?

En mentionnant sa mère, Alex avait prévu la réaction de Paul. Celui-ci se figea, interloqué. Et, dans cette fraction de seconde, Alex passa à l'action. Il lui assena un cou de coude sur la tempe. Paul s'écroula. Alex le rattrapa pour amortir sa chute. Il avait commencé à apprendre le karaté à l'âge de six ans, mais c'était la première fois qu'il frappait quelqu'un de son âge. Il eut honte. Paul n'avait fait que rechercher son amitié, et voilà comment il lui répondait. Mais que faire d'autre ? Il devait impérativement quitter l'île. Et tenter d'empêcher la destruction d'une ville entière.

Alex se força à détourner les yeux du corps inerte de Paul. Il ramassa l'équipement de *kite-surfing* et le traîna jusqu'à la plage. Le soleil s'était déjà levé au-dessus de l'horizon. Alex gonfla le cerf-volant et le déploya sur le sable, tout en surveillant ses arrières. Combien de temps Paul resterait-il inconscient ? Quinze minutes, peut-être vingt. De toute façon, il fallait faire vite.

Restait le problème du lancement du cerf-volant. Avec Paul, ç'avait été facile. Tout seul, ce serait plus compliqué et plus long. Alex se débarrassa rapidement de l'uniforme gris, sous lequel il portait son maillot de bain. Il ramassa le harnais-ceinture et l'attacha à sa taille. C'était un Mystic Darkrider, en caoutchouc noir avec une coque en mousse. Paul avait choisi ce qu'il y avait de mieux. Si seulement il avait pu être là pour l'aider !

Comment procéder ?

Alex vérifia la direction du vent, puis il disposa le cerf-volant sur le sable avec les lignes étirées du côté de l'eau. Il ramassa plusieurs poignées de sable qu'il déposa sur le bord du cerf-volant, contre le vent, laissant l'autre bord libre.

Ensuite il prit la planche, la barre de pilotage, et entra dans l'eau à reculons. La mer, étonnamment froide, s'enroula autour de ses chevilles. Le cerf-volant en forme de croissant de lune gisait à plat et commençait à palpiter comme un animal blessé cherchant à se redresser. Seul le sable l'immobilisait.

Alex plaça la planche à côté de lui et tira sur une des lignes reliées au bord sous le vent du cerf-volant, pour l'offrir doucement à la brise. Presque aussitôt, la voile commença à se dresser et l'aile se gonfla, l'air s'engouffrant dans les caissons. Alex recula plus loin dans l'eau. Le cerf-volant se rebiffait, la toile se tendait et chassait le sable. Tout à coup, il prit son envol. Alex le manœuvra avec précaution et le neutralisa à la verticale, au-dessus de sa tête. Tous ces préparatifs avaient pris de longues et précieuses minutes. Alex avait conscience du temps qui s'écoulait cruellement. Mais il avait réussi. Il était prêt à partir.

Il accrocha la barre de pilotage au harnais puis monta sur la planche. Ensuite, prudemment, il abaissa le cerf-volant dans le vent. Aussitôt il ressentit la traction dans ses bras, d'une puissance irrésistible. Il s'inclina en arrière et se laissa emporter. Il eut l'impression de mettre le contact. Il prit immédiatement de la vitesse.

Le cerf-volant filait devant lui, à une quinzaine de mètres au-dessus de la mer. Malgré les circonstances, Alex éprouva la même jubilation que lors de son premier essai avec Paul. Il allait à une allure folle. Le vent le fouettait, les embruns l'aveuglaient. Le soleil commençait déjà à donner. Il sentait sa chaleur sur ses bras, son torse, ses épaules. S'il restait là trop longtemps, il allait rôtir. Mais c'était le moindre de ses problèmes. Le plus difficile serait de parcourir les quinze kilomètres qui le séparaient de la Barbade, avec Drevin qui ne tarderait pas à lancer ses tueurs à ses trousses.

Alex allait bientôt dépasser Petite Pointe. Une fois au large, il naviguerait dans des eaux moins amicales. Il relâcha un peu la barre de pilotage et la souleva légèrement pour ralentir la vitesse, puis il tira sur les deux lignes avant, et l'inclina sur la gauche. Au moment où il dépassa le cap, il sentit la différence. Brusquement, les vagues devinrent plus grosses. Devant lui, la visibilité était obstruée par des murs bleus qui se dressaient à une vitesse alarmante et menaçaient de l'écraser. Pourtant il parvenait à les escalader, l'un après l'autre. Mais ses bras, qui encaissaient la plus forte traction, le faisaient déjà souffrir. Et lorsqu'il parvenait à entrevoir l'horizon, il ne voyait rien, pas même un point minuscule. La Barbade était encore très loin.

Dix minutes passèrent. Alex était un bon surfeur mais la manœuvre d'un cerf-volant était très différente. Il ne quittait pas des yeux l'aile Flexifoil noire et blanche. S'il la laissait s'égarer hors de la prise du vent, elle tomberait à la mer. Ce serait alors l'arrêt immédiat, et il lui deviendrait pratiquement impossible de relancer le cerf-volant. Il devait tenir. Malgré l'épuisement et le manque de sommeil. « Oublie la fatigue. Reste concentré. » Alex serrait les dents et s'encourageait.

Maintenant, le vent arrivait de côté, à plus de 40 kilomètres à l'heure. Les embruns le fouettaient. Pour s'assurer qu'il allait dans la bonne direction, Alex risqua un regard derrière lui. Flamingo Bay n'était plus qu'un îlot dans le lointain. Il calcula que, tant que l'île resterait en arrière de son épaule gauche, il avancerait à peu près en ligne droite. Il devait vérifier sa positon régulièrement.

Tout à coup, en jetant un nouveau coup d'œil, il sentit son estomac se nouer. Il était certain d'avoir parcouru environ sept kilomètres mais la Barbade n'était toujours pas en vue, et le pire était arrivé.

Il était poursuivi.

Paul avait sans doute repris connaissance et donné l'alarme. Ou bien quelqu'un avait aperçu le cerf-volant. Le Princess V55 fonçait dans sa direction. Le yacht, avec sa ligne aérodynamique, filait à près de 39 nœuds, soit l'équivalent de 60 kilomètres à l'heure. Il n'allait pas tarder à le rattraper. Et ce n'était pas tout. Deux autres bateaux plus petits l'accompagnaient. Du coin de l'œil, Alex les vit se détacher, prendre de l'avance et combler la distance entre le Princess et lui.

C'étaient des Bella 620 DC, de fabrication finlandaise. Six mètres de long, trapus, l'air méchant avec leur bastingage argent évoquant des naseaux de taureau furieux. Chaque bateau était équipé d'un moteur hors-bord Mercury Optimax Saltwater de 150 chevaux. Alex savait qu'ils allaient deux fois plus vite que lui. Dans moins d'une minute, ils seraient là.

Les mains crispées sur la barre de pilotage, il abaissa le cerf-volant aussi bas qu'il l'osait, cherchant désespérément à gagner de la vitesse. Maintenant, il entendait le bruit des moteurs par-dessus le vent. Et les murs d'eau bleu continuaient de se dresser devant lui. Ses jambes tremblaient à force de lutter pour franchir les vagues.

Il y avait deux hommes sur chaque Bella, l'un à la manœuvre, l'autre tenant une mitraillette. Ils n'étaient pas venus pour capturer Alex et le ramener mais pour le tuer. La première rafale se fondit presque dans le grondement des vagues. Alex tira brutalement la barre vers lui pour faire monter le cerf-volant. En même temps, il transféra son poids sur le plat de la planche, banda ses muscles, et sauta. Tout d'un coup, il se retrouva en l'air, à une dizaine de mètres de l'eau. Les balles sifflèrent largement au-dessous de lui. Le temps parut rester suspendu. Il volait, le corps en arrière, les plantes de pieds vers le ciel. Dans les bateaux, les hommes avaient été surpris. Chahutés par la mer, déséquilibrés, à demi aveuglés par les embruns, incapables de viser une cible mouvante au-dessus de leurs têtes. Pendant quelques secondes, Alex ne risqua rien.

Mais il ne pouvait rester dans les airs éternellement. Il s'arc-bouta pour l'amerrissage, essayant d'oublier les deux bateaux horriblement proches. Il toucha l'eau entre eux, plia les genoux pour amortir le choc, et abaissa l'aile pour maintenir sa vitesse. S'il basculait, c'était fini. Et tant qu'il resterait debout, les gardes ne pourraient pas tirer, car ils risquaient de s'entretuer dans un tir croisé.

C'est alors qu'Alex aperçut la Barbade. Droit devant lui, pas plus grosse qu'une pièce de monnaie. S'il parvenait à tenir encore quelques minutes, il était sauvé.

Il filait au milieu des deux bateaux, si près d'eux que,

sans le bruit des moteurs et de la mer, il aurait pu parler à ses poursuivants. Ses forces faiblissaient, ses bras étaient douloureux et tous ses muscles tendus. C'est tout juste s'il sentait la planche sous ses pieds.

Le Bella situé à sa gauche bondit en avant, dégageant la ligne de tir de celui de droite. Alex vit le garde lever sa mitraillette et s'apprêter à tirer. Il se fit l'impression d'un canard en plastique dans un stand de fête foraine, sans aucune protection, à deux mètres de l'homme qui allait le faucher.

Alex fit la seule chose qu'il pouvait faire. Il bondit de nouveau en l'air. Mais pas aussi haut que la première fois. L'homme à la mitraillette crut sans doute qu'il avait manqué son décollage. En fait, Alex avait parfaitement calculé son coup. Tout reposait sur l'effet de surprise.

En décollant, il lâcha la barre d'une main et se baissa. De sa main libre, il saisit la poignée qui se trouvait au milieu de la planche, dégagea ses pieds, et, tenant la planche comme une batte, s'en servit pour assommer le garde. La planche était en Kevlar, le même matériau que celui utilisé pour les gilets d'armes des SAS. Pour l'homme à la mitraillette, ce fut comme s'il était frappé par une plaque de métal. Il s'effondra. Mais son index resta sur la détente. Alex vit l'arme tressauter. Les balles déchiquetèrent le pont du hors-bord, le pare-brise, et le pilote, qui bascula en avant.

Alex remit la planche sous lui et glissa ses pieds dans les cales une seconde avant de toucher l'eau.

Le Bella 620 DC filait maintenant sans contrôle, avec un passager inconscient et un pilote mort écroulé sur le volant. Il décrivit un S, virant d'abord à droite, puis à gauche, et percuta à pleine vitesse l'autre bateau. Alex assista à la collision. Il y eut une explosion de métal et de fibre de verre. Le second Bella s'éleva dans les airs et se retourna. Pendant un bref instant, il parut rester suspendu. Alex aperçut le visage du pilote terrifié, la tête en bas, qui contemplait sa propre mort. Le bateau retomba et s'aplatit comme une crêpe dans une immense gerbe d'eau.

C'était fini. Alex laissa le cerf-volant l'entraîner, loin du danger. Soudain, il fut seul.

Mais pas pour longtemps. Le Princess était resté en retrait, attendant que les Bella finissent leur travail. Maintenant c'était à lui d'intervenir. En plus du pilote, il y avait trois gardes armés de mitraillettes. Après ce qui venait de se passer, ils allaient se montrer prudents. Il leur suffisait de venir à la hauteur d'Alex et de le cribler de balles.

Alex n'avait plus la force de sauter. La Barbade approchait, comme pour le narguer, mais le vent était tombé. Le cerf-volant perdait de la vitesse. Il avait beau l'incliner au maximum, cela ne changeait rien.

Impuissant, Alex se raidit, guettant les rafales des mitraillettes et la brûlure des projectiles dans son corps.

Mais au lieu du crépitement des armes automatiques, c'est une explosion qu'il entendit. Il vit une grosse bouffée de fumée et de pétrole en feu, et perdit l'équilibre. L'espace d'une seconde, il crut avoir été touché. Il s'enfonça dans l'eau alors que des fragments de fibre de verre noircis ricochaient tout autour de lui comme un essaim d'abeilles. Il n'avait plus la force de s'accrocher à la barre de pilotage. Il se sentit aspiré sous l'eau et tournoya, brisé, désarticulé.

Il refit surface.

Le Princess était en feu. Aucune trace du pilote et des

trois hommes armés. L'épave poursuivit sa route dans un nuage noir, puis commença à ralentir.

Alex toussa. Il cracha de l'eau et se retourna. Un autre navire venait d'apparaître. Un vaisseau militaire. Debout à la proue, un homme tenait un bazooka. Alex reconnut les cheveux blonds et les traits ciselés d'Ed Shulsky, l'agent de la CIA.

— Alex ! cria Shulsky. Je t'emmène ?

Alex était trop faible pour répondre à sa boutade. Le soleil et le vent lui avaient brûlé la peau, pourtant il frissonnait. Le bateau approcha et des mains le hissèrent à bord. Une douzaine d'hommes étaient sur le pont, tous jeunes et athlétiques. L'un d'eux s'avança avec une grande serviette et enveloppa Alex dedans.

— Nous étions en train d'observer Flamingo Bay, expliqua Shulsky. On t'a vu arriver de loin, mais on ne savait pas que c'était toi. Très franchement, on a eu du mal à croire ce qu'on voyait. D'ailleurs, je n'y crois toujours pas ! Et on a rappliqué illico...

Alex n'avait pas besoin d'autres explications.

— Drevin retient Tamara prisonnière, coupa-t-il. Et il y a autre chose que vous devez savoir...

C'est à cet instant que cela se produisit.

Une lumière aveuglante, si éclatante qu'elle parut masquer le soleil, aspirer le bleu de la mer et du ciel, et blanchir le monde tout entier. Une explosion, mais dix fois plus forte et prolongée que les précédentes. Une onde de choc qui fit onduler la mer et secoua le bateau. Et une vibration dans l'air, douloureuse pour les tympans.

Alex se retourna et vit un crayon argent filer dans le ciel, une flamme orange s'échappant de sa base, comme posé sur un coussin de fumée. La fusée était à quinze kilomètres, toute petite, et pourtant Alex sentit sa puissance phénoménale et sa majesté. Il la regarda disparaître sans effort dans les couches supérieures de l'atmosphère.

Il était arrivé trop tard. *Gabriel 7* avait décollé.

La bombe qui allait provoquer la chute d'Ar*k*ange sur Washington était en route.

19

LE BOUTON ROUGE

Alex avait parfois l'impression que le monde entier se dressait contre lui. Son évasion de Flamingo Bay avait failli lui coûté la vie. Il avait dû lutter contre la montre, les éléments, et la puissance de feu de Drevin.

Or, voilà qu'il y retournait !

Et cela à cause d'Ed Shulsky, l'agent de la CIA.

— Tu connais les lieux, Alex. J'ai besoin de savoir où ils retiennent Tamara. Tu m'indiqueras la disposition des installations. Le temps presse. Tu l'as vu toi-même. La fusée est partie, et si ce que tu m'as dit est vrai...

— C'est vrai, coupa Alex, mécontent.

Pourquoi l'Américain doutait-il, même une seconde, de ses informations ? Parce qu'il n'avait que quatorze ans ? Shulsky remarqua son agacement.

— Excuse-moi. Je n'aurais pas dû dire ça. Mais ce plan délirant... Ar*k*ange... Washington... Ça dépasse tout ce qu'on pouvait imaginer. C'est pourquoi il faut mettre Drevin hors d'état de nuire. Sans perdre une seconde. On n'a pas le temps de retourner te déposer à la Barbade.

— De toute façon, vous arriverez trop tard, objecta Alex. *Gabriel 7* a décollé. Que comptez-vous faire ? L'abattre ?

— Pas la peine, répondit Shulsky avec un sourire. Il nous suffit de trouver le bouton rouge.

Devant l'expression perplexe d'Alex, il précisa :

— L'autodestruction ! En cas de problème avec le lancement d'une fusée, il y a toujours une solution de secours. Nous pourrons la faire exploser avant qu'elle approche d'Ar*k*ange.

Alex se tenait à la proue du *Mark V*, un navire blindé à la ligne aérodynamique, utilisé à l'origine par les SEAL, commandos de nageurs de combat. Il était équipé d'une batterie Gatling Gun 7.62 mm et de missiles Stinger. Les douze soldats présents à bord étaient des agents de la CIA, surarmés et prêts à envahir l'île.

Alex avait hérité d'une tenue de combat trop grande pour lui. Il regardait Flamingo Bay se rapprocher et reconnut les repères familiers. Le plus étrange était que, en son for intérieur, il avait décidé de revenir avec les Américains avant même que Shulsky balaie ses objections. Tamara Knight l'attendait. Et puis il y avait Paul. Alex se sentait encore honteux de l'avoir frappé et il éprouvait le besoin de s'expliquer.

— Deux minutes ! cria Ed Shulsky.

Les hommes vérifièrent leurs armes et leur équipement. Le bateau se dirigeait vers la vieille jetée de bois à proximité de la maison. Shulsky préférait aborder le site de lancement par la forêt. Cela imposait une marche forcée à travers l'île et prendrait plus de temps, mais, après avoir écouté les descriptions d'Alex, Shulsky avait jugé qu'une attaque frontale par la mer serait trop risquée. Ils débarqueraient à découvert et se feraient massacrer dès l'accostage.

Shulsky rejoignit Alex à la proue.

— Alex, je veux que tu restes à bord jusqu'à la fin des combats.

— Quoi ? Je croyais que vous aviez besoin de mon aide !

— Tu nous as aidés. Grâce à toi, nous savons où nous mettons les pieds et comment opérer. Mais ça va barder, Alex. Et je ne veux pas que mes hommes se fassent du souci pour toi. Reste sur le bateau et planque-toi.

Il était trop tard pour discuter. Ils avaient atteint la jetée. Alex devait admettre que Shulsky avait eu raison au moins sur un point. Ce côté de l'île était désert. Si Drevin les avait vus approcher, il avait concentré ses forces autour du pas de tir. Personne ne se montra lorsque le bateau s'amarra à la jetée. Alex observa les treize Américains sauter à terre. Ils traversèrent la plage au pas de course et disparurent sous les palmiers. C'était frustrant de rester en rade. Il leur avait expliqué où trouver Tamara, mais il aurait préféré la délivrer lui-même.

Il se sentait délaissé. Oublié. Un peu plus loin, les fenêtres de la maison de Drevin miroitaient sous le soleil étincelant. Hormis des skis nautiques et deux câbles de remorquage abandonnés sur le sable, la plage semblait vide. Le Cessna 195 flottait un peu plus loin, ballotté par les vagues.

Le Cessna ?

L'hydravion n'était pas là quand Alex était parti avec le cerf-volant. Une sourde inquiétude s'insinua en lui. Le premier réflexe de Drevin, s'il avait aperçu les Américains arriver, serait de sauver sa peau. Shulsky et son groupe avaient foncé sans réfléchir. Ils auraient dû commencer par saboter le Cessna.

Alex scruta les alentours, cherchant une arme, n'importe quoi, pour faire le travail lui-même. Mais les Américains avaient tout emporté. Quant à la mitrailleuse, inutile de vérifier pour savoir qu'elle était verrouillée. Quoi d'autre ? Rien. Juste les canoës oscillant paisiblement à côté de la jetée, le matériel de ski nautique, et un pélican qui l'observait de loin, perché sur un piquet de bois.

Une rafale d'arme automatique brisa le silence et le pélican s'envola, effrayé. Les combats avaient commencé. Alex entendit les tirs s'intensifier. Il y eut une explosion, puis une colonne de flammes s'éleva brièvement au-dessus des arbres. Soudain, un mouvement attira l'attention d'Alex. Un buggy fonçait sur la piste entre les palmiers. Le véhicule jaillit à découvert et Alex se figea. Nikolaï Drevin était au volant. Seul.

Alex supposa que le Russe fonçait vers le Cessna, mais il continua jusqu'à la maison. Peut-être y avait-il un coffre-fort. Peut-être avait-il besoin de récupérer quelques affaires. Ou, plus simplement, peut-être allait-il chercher Paul. Alex ne savait quoi faire. Il regrettait de plus en plus que Shulsky ne l'ait pas emmené, ou, au moins, n'ait pas laissé un de ses hommes avec lui.

Cinq minutes plus tard, Alex approchait de la maison.

Il avait conscience de commettre une erreur mais il voulait voir ce que tramait Drevin. De toute façon, ce n'était pas dans sa nature de rester tranquillement assis, camouflé dans un bateau, tandis qu'on se battait dans les parages. Il sentit une odeur de brûlé. De la fumée noire dérivait sur la forêt. D'autres rafales crépitèrent. Alex courut sur le sable chaud, conscient d'arriver à la fin de la partie. Les joueurs avançaient leurs derniers pions.

Il atteignit le côté de la maison et se colla contre le mur. La terrasse sur laquelle il avait pris le petit-déjeuner avec Drevin et Paul se trouvait juste au-dessus de lui. Un escalier de bois en colimaçon permettait d'y accéder par la plage. Alex fut tenté de monter jeter un coup d'œil par une fenêtre. C'était risqué. Il hésitait encore lorsque Drevin surgit sur le côté de la maison, un attaché-case dans une main, un pistolet automatique dans l'autre.

Il aperçut Alex et se figea.

— Alex Rider ! s'exclama-t-il, le regard étrangement vide.

Il semblait avoir rétréci au cours des dernières heures.

— Pourquoi es-tu revenu ?

— J'avais oublié de vous remercier de votre accueil.

— Je suis enchanté de te revoir une dernière fois. Je n'arrête pas de me demander ce qui t'a mis sur mon chemin. Le hasard ? Le destin ?

— Alan Blunt.

— Le MI 6 ? Eh bien, il a manqué son coup. *Gabriel 7* va rejoindre Ar*k*ange. Rien ne l'arrêtera. La bombe explosera et Washington sera détruite, ainsi que toutes les preuves réunies contre moi.

— Ils n'ont plus besoin de preuves. Ils savent que vous êtes fou.

— Oui. Je vais être obligé de disparaître. Mais ce sera facile. Un homme aussi riche que moi, avec autant de relations...

— Au contraire. Le monde est trop petit pour qu'un homme comme vous puisse s'y cacher.

— Fais-moi confiance, dit Drevin en pointant son arme. Une chose est certaine, nous ne nous reverrons plus, toi et moi.

Il pressa la détente.

Alex s'y était préparé. Il plongea sur le sable. La première volée de balles siffla quelques centimètres au-dessus de sa tête, et il comprit qu'il ne pourrait pas éviter la seconde.

Drevin poussa un grognement.

C'était un son terrible, une sorte de cri animal, venu du plus profond de l'âme. Alex se redressa, essuya le sable qu'il avait dans les yeux, et vit Drevin, debout, les bras ballants, le regard fixe. Alex se retourna.

Paul était sorti de la maison. Il avait sans doute entendu leurs voix et surgi au moment précis où Drevin faisait feu. Alex avait plongé mais Paul avait été moins chanceux. Il gisait sur le dos, bras et jambes écartés. Son sang imbibait le sable.

— Toi... !

Drevin hurla ce simple mot. Puis il se mit à bafouiller. Non pas en anglais mais en russe. Son visage était livide, déformé par le chagrin et la haine. Des larmes perlaient aux coins de ses yeux. Il pointa de nouveau son pistolet sur Alex. Mais celui-ci avait anticipé son geste. Il se mit à rouler sur lui-même, encore et encore, pour se propulser sous la maison. Les balles firent voler le sable et s'enfoncèrent dans le mur le plus proche. Il poursuivit son roulé-boulé et disparut dans le vide sous la maison. Il y faisait frais, sombre et humide. Des araignées et des scorpions nichaient sans doute dans les fondations, mais Alex était à l'abri des balles. Pour le moment, il ne risquait rien.

Drevin ne sembla pas s'en rendre compte. Il continua de tirer sur la maison jusqu'à ce que le chargeur soit vide. Et il mit un temps avant d'en prendre conscience. Alors, il poussa un juron, jeta son arme, et s'approcha de son fils en titubant. Paul ne bougeait pas. Au loin, des cris retentirent. Puis un bruit de moteur. Un buggy approchait à travers la forêt. Drevin fit volte-face et partit en courant à travers la plage en direction du Cessna.

Allongé à plat ventre, Alex l'aperçut, par une trouée, atteignant le rivage. Il comprit que Drevin ne reviendrait pas. Lentement, redoutant ce qu'il allait trouver, Alex sortit en rampant et s'approcha de Paul.

Il y avait beaucoup de sang. Certain que Paul était mort, Alex fut envahi par un immense sentiment de tristesse et de culpabilité. Mais, à sa surprise, Paul ouvrit les yeux. Alex s'agenouilla près de lui. De plus près, malgré la perte de sang, les dégâts semblaient moins graves qu'il ne l'avait cru. Paul avait été touché au bras et à l'épaule. Les autres balles l'avaient manqué.

— Alex..., souffla-t-il d'une voix rauque.

— Ne bouge pas, Paul. Je suis désolé. Tout est de ma faute. Jamais je n'aurais dû venir.

— Non. J'avais tort...

Paul voulait parler mais c'était un trop grand effort.

Alex entendit le ronronnement du Cessna et se retourna au moment où l'hydravion s'éloignait de la jetée. Drevin était aux commandes. Derrière le pare-brise, Alex aperçut son visage fou, déformé, méconnaissable. En même temps, un buggy freina brutalement devant la maison et Ed Shulsky en descendit, accompagné de deux de ses commandos et de Tamara. Alex fut soulagé en la voyant. Toujours pâle, mais apparemment moins faible que lorsqu'il l'avait quittée.

En l'apercevant, elle s'écria : « Alex ! » Puis elle découvrit Paul et se figea.

Shulsky fit un signe à ses deux hommes, qui accoururent vers le blessé avec une trousse de secours.

— Qu'est-ce qui s'est passé, ici ? demanda l'agent de la CIA.

— Drevin, répondit Paul. En voulant me tuer, il a blessé Paul.

— C'est grave ? demanda Shulsky à ses hommes.

— Je pense que ça ira, répondit l'un d'eux. Il a perdu pas mal de sang et il faudra l'évacuer en hélico le plus vite possible, mais il s'en sortira.

Alex respira mieux, tout à coup. Shulsky se tourna vers lui.

— On a pris le contrôle de l'île. Les gardes n'ont pas opposé beaucoup de résistance. Mais on a perdu Drevin. Où est-il ?

Alex tendit le bras. Le Cessna 195 avait atteint sa pleine vitesse et s'élevait souplement au-dessus de la mer. Bizarrement, incroyablement, deux canoës se hissaient derrière lui comme pour le suivre dans les airs.

— Mais qu'est-ce que..., commença Shulsky.

C'était la seule chose qu'Alex avait pu faire dans un minimum de temps. Avec les deux câbles de traction de ski nautique, il avait attaché les canoës aux flotteurs de l'hydravion. Il avait d'abord songé à arrimer le Cessna à la jetée, mais Drevin s'en serait aperçu. Il avait vaguement espéré l'empêcher de décoller, et il fut déçu. Le Cessna était déjà haut. La vision des deux canoës suspendus sous lui était assez insolite. Drevin ne les avait peut-être même pas remarqués. En tout cas, l'appareil serait plus facile à repérer. Et s'il se posait, avec un peu de chance, les canoës lui causeraient des problèmes.

C'est alors que Drevin commit une erreur. La dernière.

Jamais Alex ne saurait ce que le Russe avait en tête. Pensait-il que son fils était mort ? Tenait-il Alex pour seul responsable ? En tout cas, il semblait avoir décidé de se venger. L'hydravion vira et revint droit vers eux. Sans avertissement, avant même d'entendre le son, ils virent le sable voltiger autour d'eux et comprirent que Drevin les arrosait avec la mitrailleuse montée sur l'appareil. Les détonations retentirent avec un temps de retard. Tout le monde plongea à couvert. Les deux agents se couchèrent sur Paul pour le protéger de leur corps. Des balles s'écrasèrent dans un mur de la maison. Le bois éclata et l'une des grandes baies vitrées vola en milliers de fragments. Le Cessna passa au-dessus d'eux en rugissant et continua vers la forêt, les canoës virevoltant dans son sillage.

Drevin avait manqué sa cible au premier passage, mais Alex savait qu'ils auraient moins de chance la deuxième fois. Il jeta un regard interrogateur vers Shulsky. Qu'allait-il décider ? Ils pouvaient se réfugier dans la maison. Mais Paul ? Le déplacer trop vite risquait de le tuer.

L'hydravion amorça son virage et les canoës plongèrent. Drevin était juste au-dessus de la forêt. Il n'avait pas vu les canoës et ne pouvait donc pas savoir qu'ils étaient très bas. Or, deux arbres, plus hauts que les autres, se dressaient côte à côte. Bouche bée, Alex vit les canoës heurter les arbres et se coincer entre eux, en travers.

L'hydravion accusa un arrêt brutal. Comme s'il avait jeté l'ancre en plein ciel. Il y eut un fracas de bois éclaté.

Les canoës s'étaient brisés, mais les flotteurs aussi. En fait, tout le train d'amerrissage de l'hydravion avait été arraché, et Drevin semblait assis dans le vide, au milieu d'un demi-avion. Il vola encore quelques mètres, puis il fit une rotation à 90 degrés et plongea à la verticale vers le sol. Une sorte de cri strident monta de ce qui restait du moteur : l'hélice du Cessna tournait inutilement. L'appareil disparut dans la forêt. Il y eut une déflagration terrible. Quelques secondes plus tard, une boule de feu monta dans le ciel comme si elle cherchait à fuir la dévastation. Suivirent deux autres explosions. Et enfin le silence.

Alex ne pouvait plus détacher son regard de l'endroit du crash. Des flammes léchèrent les arbres et il craignit qu'un incendie gagne toute l'île. Mais le feu diminua bientôt et finit par s'éteindre, étouffé par l'humidité. Une volute de fumée s'éleva, en forme de point d'exclamation. Drevin était mort. Cela ne faisait pas le moindre doute.

Une immense lassitude envahit Alex. Il avait l'impression que tout ce qui s'était passé, depuis sa rencontre avec Nikolaï Drevin à l'hôtel *Waterfront*, avait conduit à cet instant. Il songea au luxe de *Neverglade*, à la course de karting, au match de football qui s'était achevé par un meurtre, au voyage à bord du jet privé. Drevin était un monstre et il avait mérité de mourir. Washington ne courait plus aucun danger. *Gabriel 7* et la bombe qu'il transportait exploseraient bien avant d'atteindre Ar*k*ange.

Cependant, Alex n'arrivait pas à éprouver un sentiment de victoire. Il se tourna vers Paul. Les deux agents s'occupaient de lui. L'un appliquait des pansements sur ses blessures pour stopper l'hémorragie, tandis que l'autre lui faisait une injection intraveineuse. Les yeux de Paul étaient fermés. Par chance, il s'était évanoui et n'avait pas vu le crash de l'avion. Alex regarda la fumée se diluer dans l'air et, brusquement, il eut envie d'être loin de Flamingo Bay. Très loin. Il voulait rejoindre Jack et rentrer avec elle à la maison.

C'était fini.

Alex se rendit compte qu'Ed Shulsky et Tamara l'observaient.

— Qu'est-ce qu'il y a ?

Les deux agents échangèrent un regard. Ce fut Shulsky qui prit la parole :

— Dommage que tu aies bricolé son avion, Alex. Nous voulions discuter avec Drevin.

— Je ne pense pas qu'il serait resté pour bavarder avec vous, répondit Alex en haussant les épaules.

— Tu as raison. Mais nous avions besoin de l'interroger. Tu te souviens du bouton rouge dont je t'ai parlé ?

— Oui. Le bouton d'autodestruction de la fusée.

— Eh bien, apparemment, j'avais tort. Il n'y en a pas. On ne peut pas faire exploser *Gabriel 7*. On ne peut pas l'arrêter.

— Quoi ? Mais vous disiez avoir le contrôle de l'île ! Il y a sûrement un moyen.

Alex avait l'impression d'être pris de vertige. Tamara secoua la tête.

— Après la mise à feu, Drevin a verrouillé tout le système informatique. Il était le seul à connaître les codes. Ce n'est pas de ta faute, Alex. Même si on l'avait capturé, il aurait probablement été trop tard. Mais, maintenant, *Gabriel 7* est en route et on ne peut pas communiquer avec lui. On ne peut ni le faire revenir, ni dévier sa trajectoire. Il s'arrimera à Ar*k*ange dans moins de trois heures.

La bombe est reliée à un minuteur. Tout va se passer exactement selon les plans de Drevin.

— Alors ? Que comptez-vous faire ?

Tamara n'eut pas le courage de lui répondre. Elle jeta un coup d'œil à Shulsky, qui se dévoua :

— J'ai bien peur d'avoir encore besoin de ton aide, Alex.

20

ARKANGE

— Non, dit Alex. Pas question. Je refuse.

— Examinons une nouvelle fois le problème, suggéra Shulsky.

Ils discutaient dans le centre de contrôle, sur la face ouest de Flamingo Bay. Ils étaient venus en buggy et Alex avait pu constater que les agents de la CIA avaient la totale maîtrise de l'île. Il y avait eu peu de dégâts. Le poste de garde et la barrière avaient sauté – c'était l'explosion qu'Alex avait entendue –, mais les hommes de Drevin s'étaient ensuite rendus rapidement. Aucun n'était au courant des véritables intentions du Russe. Les techniciens et les ingénieurs avaient été payés pour lancer une fusée dans l'espace. Drevin ne leur avait pas précisé ce qu'elle contenait réellement.

Au moins, Paul n'était plus là. Un hélicoptère l'avait transporté à l'hôpital Queen Elizabeth de Bridgetown, à la Barbade. Alex avait appris avec soulagement qu'il était hors de danger. On lui avait déjà fait une transfusion sanguine et les médecins attendaient que son état se stabilise avant de le transférer en Amérique. Apparemment, sa mère était en route pour venir le voir. Alex se demandait s'il reverrait Paul, mais il en doutait.

Ils étaient quatre dans la salle, entourés d'ordinateurs et d'écrans vidéo. Des plans s'étalaient sur la table de conférence. On y voyait le dessin d'ensemble d'Ar*k*ange, avec les différents modules – une douzaine – qui se déployaient dans toutes les directions, en haut et en bas. Cela ressemblait à un jouet formidablement compliqué.

Alex était affalé sur une chaise, le visage sombre, toujours vêtu de la tenue de combat trop grande pour lui. Ed Shulsky et Tamara lui faisaient face. Tamara semblait exténuée. Son teint était gris, de douleur et de fatigue. Elle avait accepté une injection de morphine, mais refusé d'être évacuée. Elle ne voulait pas quitter Alex avant qu'une décision soit prise.

Le quatrième personnage était le professeur Sing Joo-Chan, directeur du lancement de *Gabriel 7*. Il avait totalement changé d'attitude. Il avait perdu son calme, son assurance, et paraissait au bord de la crise cardiaque. Il était livide et transpirait abondamment, se tamponnant le front avec un grand mouchoir blanc. Comme les autres ingénieurs et techniciens, il affirmait ne rien savoir de la bombe ni des véritables projets de Drevin. Il avait promis de coopérer et d'obéir à la CIA. Pour le moment, Shulsky lui accordait le bénéfice du doute. Alex était plus sceptique. Le professeur avait été recruté par Drevin. Il dirigeait l'opération depuis le commencement et il en connaissait sûrement beaucoup plus sur le projet qu'il ne voulait le laisser croire.

— Résumons la situation, dit Shulsky. *Gabriel 7* va s'arrimer à Ar*k*ange à quatorze heures trente cet après-midi. Il transporte une bombe qui explosera exactement deux heures plus tard. C'est ce que Drevin, t'a dit, n'est-ce pas, Alex ?

— Oui. L'explosion aura lieu à seize heures trente.

— Si j'ai bien compris, il y a trois points d'arrimage sur Ar*k*ange, poursuivit Shulsky en pointant les emplacements sur le plan. Deux se trouvent au centre... ici. Mais ce n'est pas là que viendra se positionner *Gabriel 7* car, si la bombe explosait à cet endroit, elle fendrait la station en deux.

Il fit glisser son doigt et tapota une autre section, de l'autre côté, au bout d'un long boyau de communication.

— *Gabriel 7* s'arrimera ici. Juste sur le bord.

— C'est bien ça, confirma Sing.

Alex remarqua que les yeux du professeur étaient écarquillés et vagues. Il prenait soin de ne croiser le regard de personne.

— C'est ce que M. Drevin a décidé. Il a bien insisté.

— La bombe doit se trouver à l'intérieur du module d'observation, reprit Shulsky. Et je suppose qu'elle sera dans la position adéquate. L'essentiel de la puissance de l'explosion sera dirigé vers l'extérieur. De cette façon, elle exercera une poussée dans la mauvaise direction, et propulsera toute la station vers la Terre.

Il prit une profonde respiration et, pendant un bref instant, un éclair de panique passa dans son regard.

— Bon sang, on ne peut pas l'arrêter ! Ni faire exploser *Gabriel 7* avant. Et, selon le professeur Sing, il est impossible d'accéder aux ordinateurs pour modifier le programme.

— Non, impossible, confirma Sing en se tamponnant avec son mouchoir blanc. Seul M. Drevin avait les codes. Seulement lui...

— J'ai vérifié, intervint Tamara. C'est vrai. Tout le système a été verrouillé. Il faudrait des jours, peut-être des semaines, pour s'y introduire.

— Je sais que ça paraît fou, mais nous n'avons qu'une seule option, poursuivit Shulsky. Envoyer quelqu'un dans Ar*k*ange. Crois-moi, Alex, c'est l'unique solution. Quelqu'un doit trouver la bombe et la neutraliser. C'est-à-dire la désactiver. Si ce n'est pas possible, il faudra la transporter au milieu de la station et la laisser là. De cette façon, la puissance de l'explosion provoquera l'effet inverse. Elle détruira Ar*k*ange, et ce qui restera des morceaux s'éparpillera et brûlera dans l'espace.

— Vous détruirez Ar*k*ange ! murmura le professeur Sing comme s'il avait du mal à croire ce qu'il venait d'entendre.

— Je me fous d'Ar*k*ange ! hurla Shulsky. Mon unique souci, c'est Washington !

— Déplacer la bombe ou la désactiver, ça revient au même, remarqua Alex. Comment envoyer quelqu'un là-haut ?

— Tout le problème est là, dit Shulsky. La Soyouz-Fregat est prête au départ. Tout a été mis au point pour envoyer Arthur dans l'espace. Mais... il n'y a aucune raison pour que tu ne prennes pas sa place.

— Moi ?

— Oui, Alex. Toi.

— Je ne suis pas un orang-outan.

— Je sais. Mais tu dois comprendre une chose. Ce n'est pas aussi compliqué que tu l'imagines. En fin de compte, une fusée est un engin relativement simple. C'est une sorte de grand réservoir. Il n'y a rien à contrôler, ni à piloter. Tout se fait ici, dit Shulsky avec un geste large. Nous avons encore accès au programme de vol de la Soyouz-Fregat. Les ordinateurs sous le panneau *COMMANDEMENT* manœuvrent la fusée. L'arrimage, la rentrée dans l'atmosphère... tout. Et ceux sous le panneau *TÉLÉMÉTRIE* permettent de surveiller l'état de santé et le bien-être du passager... Toi.

— Non. Pas moi.

— Il n'y a personne d'autre, insista Shulsky d'un ton où perçait le désespoir. C'est bien le problème. Nous sommes des adultes, et beaucoup trop grands ! Dites-lui, professeur !

— C'est exact, acquiesça Sing. Nous avions prévu d'envoyer Arthur dans l'espace. J'ai personnellement fait tous les calculs. Le lancement, l'approche, l'arrimage. Mais le premier calcul différentiel est le poids du passager. Si le poids change, tous les calculs doivent être modifiés, et cela prend des jours.

— Comment savez-vous que je pèse le même poids qu'Arthur ?

— *Presque* le même, rectifia le professeur en écartant les mains. Une petite marge est acceptable. Mais ce n'est pas seulement une question de poids, il y a aussi la taille.

— La capsule a été modifiée pour Arthur. Aucun de nous ne tient dedans, expliqua Shulsky. C'est trop exigu. Tu es le seul à pouvoir y aller. Sinon, jamais je ne te le demanderais. Il n'existe aucune autre solution. Ce doit être toi.

Alex avait la tête qui flottait. Il n'avait pas dormi depuis près de trente heures et il se demanda si cette conversation n'était pas une hallucination.

— Mais comment je vais trouver la bombe ? Et si je la trouve, savoir où la mettre ?

— Ici, répondit Shulsky en pointant un des modules sur les plans. C'est le secteur de repos. Tu le traverseras pour rejoindre *Gabriel 7*. Il se trouve au cœur d'Ar*k*ange. C'est là que la bombe doit être quand elle explosera. J'ai réfléchi à la question avec le professeur et il est d'accord. Si l'explosion se produit à cet endroit, Washington est sauvée.

— Donc, je suis juste censé la transporter d'un endroit à un autre.

— Elle ne pèsera rien, lui rappela Sing. C'est l'apesanteur !

Alex se sentait démuni. Il avait envie d'argumenter mais il savait que personne ne l'écouterait. Ils étaient tous décidés.

Tamara lui prit la main et dit :

— Tu sais, Alex, j'irais si je pouvais. J'ai à peu près la taille qui convient et je dois sans doute peser le même poids que toi. Mais je crains de ne pas y arriver. Avec ma blessure...

— Moi qui croyais que les jeunes donneraient leur bras droit pour aller dans l'espace ! remarqua bien inutilement Shulsky. Tu n'as jamais rêvé de devenir astronaute ?

— Non, dit Alex. Moi, je voulais conduire des trains.

— Statistiquement, Soyouz a un excellent coefficient de fiabilité, ajouta Tamara.

Alex se souvint de l'avoir vu lire un ouvrage sur les voyages dans l'espace, à bord de l'avion de Drevin.

— Il n'y a eu que deux ou trois ratés sur des centaines de lancements.

— Combien de temps lui faudra-t-il pour arriver là-haut ? demanda Shulsky.

De toute évidence, il considérait qu'Alex avait donné son accord.

— Je n'ai pas le temps de vous l'expliquer maintenant, répondit le professeur Sing. Mais Soyouz suivra une trajectoire qui concorde exactement avec l'inclinaison d'Ar*k*ange. Il lui faudra huit minutes pour quitter l'atmosphère, et moins de deux heures pour s'arrimer.

— Et la Soyouz-Fregat est prête, c'est sûr ?

— Oui, monsieur. Elle est prête.

Alex trouva cela étrange. Il savait que le lancement avait été avancé, mais pourquoi Drevin avait-il prévu l'envoi d'un singe dans l'espace quelques heures seulement après *Gabriel 7* ? Cela signifiait que la station Ar*k*ange aurait été détruite juste après l'arrivée de la seconde fusée. À nouveau, Alex avait l'impression que quelque chose leur échappait, un élément que tout le monde avait négligé. Mais il baignait lui-même dans une telle confusion qu'il était incapable de mettre le doigt dessus.

Tamara n'avait pas lâché sa main.

— Je sais que c'est beaucoup te demander, Alex. Je sais que tu ne veux pas le faire. Mais, crois-moi, on ne te le demanderait pas s'il y avait un autre moyen. Et tu ne risques rien. Tu reviendras. Je n'ai aucun doute là-dessus.

Soudain, tous se turent et le regardèrent. Alex songea à la bombe qui volait en ce moment même vers Ar*k*ange. Il imaginait l'explosion dans l'espace, la station spatiale plongeant sur Washington. Qu'avait dit Drevin ? Ah oui. Il en resterait quatre cents tonnes. Quatre cents tonnes qui détruiraient presque la totalité de la ville. Il songea à Jack Starbright, quelque part, chez ses parents. Et il comprit que, pas plus qu'Arthur, il n'avait le choix.

Il hocha la tête.

— Bien. Allons te préparer, dit Ed Shulsky.

Dès cet instant, tout alla très vite. Pour Alex, ce fut comme si son monde se désintégrait. Il était cerné de pièces détachées dont aucune ne s'emboîtait. Depuis ses débuts forcés au MI 6, il avait souvent eu du mal à croire à ce qu'il lui arrivait. Mais, cette fois, ça dépassait tout. Il ne savait plus très bien qui il était. Il avait perdu tout contrôle sur sa vie, il était emporté, et il se rapprochait d'une expérience qui le terrifiait plus que tout ce qu'il avait connu.

On lui fit prendre une douche, puis enfiler une des tenues qu'il avait aperçues dans le bâtiment où Kaspar l'avait mis en cage avec Tamara. Un tee-shirt blanc et un survêtement bleu, avec le sigle « Ar*k*ange » sur la manche. Des lanières passées sous ses pieds tenaient ses jambes de pantalon en place, et il avait six poches à fermeture Éclair. Soudain, il se trouva encerclé par des inconnus, qui tous lui donnaient des conseils, le préparaient au terrible voyage qui l'attendait.

— Attention au phénomène de séparation ! dit un homme à lunettes, avec des poils dans la nuque.

Un psychologue, apparemment.

— C'est un sentiment d'euphorie. On peut prendre tellement goût à l'espace qu'on n'a plus envie de revenir.

— J'en doute, dit Alex.

— Nous allons te poser des biocapteurs ...

— Je vais te faire une piqûre, annonça une jeune

femme blonde en blouse blanche, qui tenait à la main une grosse seringue hypodermique. C'est du Phénergan. Tu te sentiras mieux.

— Je me sens bien.

— Tu vomiras probablement en arrivant en apesanteur. Tous les astronautes vomissent.

— Dans *Star Trek*, ça n'arrive jamais, marmonna Alex. Bon, d'accord, allez-y.

Il retroussa sa manche.

— Pas dans le bras, Alex. Dans les fesses...

Pourquoi ne lui avait-on pas donné un vrai costume d'astronaute, comme on en voit dans les vieux films sur les premiers pas sur la Lune ? Le professeur Sing lui fournit la réponse :

— Tu n'en as pas besoin, Alex. Arthur n'en aurait pas porté, lui non plus. Tu seras dans une capsule hermétique. S'il y avait une fuite, là tu aurais besoin d'une combinaison spatiale pour te protéger. Mais ce ne sera pas nécessaire, je te le promets. Fais-moi confiance !

Alex regarda les yeux sombres qui clignaient derrière les verres de lunettes. Il savait que Sing cherchait à entrer dans les bonnes grâces de la CIA, et à persuader Shulsky qu'il était innocent comme l'agneau qui vient de naître. Tamara et Shulsky le tiendraient à l'œil pendant le lancement, il le savait. Pourtant Alex n'arrivait pas à se fier au professeur. Il était persuadé que celui-ci leur cachait quelque chose.

On lui mit des écouteurs, un émetteur radio, et des électrodes sur le cœur. Alex trouvait ahurissant d'être expédié dans l'espace de cette façon, sans des mois d'entraînement préalable. Tamara ne le quittait pas et tentait de le rassurer. Un adolescent était plus adaptable qu'un adulte, affirmait-elle. Le voyage serait rude, mais il le supporterait bien justement parce qu'il était très jeune. D'ailleurs, Ed avait raison. Ce serait une expérience inoubliable.

Alex se retrouva dans un buggy électrique avec Tamara et le professeur Sing. Le tissu très doux de son survêtement était agréable à la peau. La fusée se dressait devant lui, mais il ne la voyait pas. C'était comme si le contact entre ses yeux et son cerveau avait été rompu. Soyouz était immense. La capsule qui le transporterait dans l'espace était au sommet d'un long réservoir argent, haut comme un gratte-ciel, suspendu entre deux tours. De l'eau tombait en cascade. La pluie ? Non, l'eau semblait provenir de la fusée. Il entendait les grincements du métal, comme si Soyouz faisait un immense effort pour tenir en place. Des nuages de vapeur blanche se déversaient – l'évaporation du combustible. Une profonde tranchée allait du pas de tir vers la mer. Alex supposa qu'elle servait à canaliser les flammes jaillissant des propulseurs. Il lui paraissait impossible que ce feu d'artifice gigantesque l'expédie dans l'espace.

Maintenant, il était dans un ascenseur. Qui montait, montait. Toujours avec Tamara et le professeur. Il voyait l'île entière, la mer, partout, d'un bleu incroyable, et, dans le lointain, la Barbade. Les conseils et les recommandations continuaient de pleuvoir. Les mots se succédaient. Mais ils ne pénétraient pas dans son esprit. Ils voletaient autour de lui comme des insectes :

— ... Ne regarde pas le Soleil en face, tu serais aveuglé. Ne regarde même pas les nuages autour de la Terre. Le Soleil s'y reflète... Certaines parties d'Ar*k*ange sont très chaudes, d'autres très froides. Il y a des problèmes avec l'air conditionné... Tu te sentiras bizarre... Ne t'inquiète pas si ton visage devient bouffi ou se met à enfler. Si ta colonne vertébrale s'étire. Si tu as envie d'aller aux toilettes. C'est pareil pour tous les astronautes. Ton corps doit s'adapter à l'apesanteur...

Qui parlait ? Étaient-ils sérieux ? Allaient-ils vraiment l'expédier là-haut ?

— Tu devras accéder au module d'observation de *Gabriel 7* pour atteindre la bombe. Il y a un sas. Tu l'as vu sur le plan. Tu transportes la bombe à l'endroit que t'a indiqué Ed et tu reviens dans le module de rentrée de Soyouz. Ne perds pas de temps. Nous dirigerons toute la manœuvre d'ici. Tu sentiras la capsule se dégager...

Et voilà. Cette fois, il était à l'intérieur. On ne lui avait pas menti sur la dimension de l'habitacle. Aucun adulte n'aurait pu y tenir. Il était sur le dos, dans une boîte de métal qui ressemblait vaguement à un lave-linge ou à une fontaine d'eau, les pieds en l'air et les jambes si tassées que ses genoux touchaient son menton. Il y avait de minuscules hublots de chaque côté, mais ils étaient obstrués par une sorte de volet qui empêchait de voir au travers. Il n'y avait aucune commande. Évidemment. Arthur l'orang-outan n'en aurait pas eu besoin. Le professeur Sing posa d'autres capteurs sur Alex, reliés à d'autres écrans de contrôle. Maintenant, c'était Alex qui transpirait. Et on l'avait prévenu qu'il transpirerait encore plus une fois dans l'espace. À cause des fluides qui remontaient, la concentration de sel du corps était chamboulée. Alex s'efforça de chasser tout cela de son esprit. Il n'arrivait même pas à croire qu'il allait vraiment là-haut. Il ne pensait pas survivre à ce voyage.

Tamara se pencha au-dessus de lui. Il était sanglé sur

son siège. Il avait l'estomac comprimé et n'arrivait pas à gonfler ses poumons d'air. Il pouvait bouger les bras, mais rien d'autre. Il n'était pas encore parti et déjà il souffrait de crampes. Le visage de Tamara s'approcha tout près du sien, envahit son champ de vision.

— Bonne chance, Alex, murmura-t-elle.

Elle lui fit un petit signe, doigts croisés.

— Tu vas entendre le compte à rebours, dit la voix du professeur Sing derrière elle. Ne t'inquiète de rien, Alex. Nous te guiderons pendant toute la manœuvre. Tu nous entendras sur la radio. Nous veillerons sur toi.

Ils scellèrent la porte. Dans la capsule, Alex sentit l'air se comprimer. Il déglutit, cherchant à dégager ses tympans. Hormis le son de sa propre respiration, tout était silencieux.

Il était seul.

— *H moins trente.*

Un grésillement et un chuintement d'électricité statique. Les mots désincarnés lui parvenaient par les écouteurs. Qu'est-ce que ça signifiait ? Trente minutes avant la mise à feu ? Dans trente minutes, il quitterait la planète ! Alex essaya de s'installer plus confortablement mais il ne pouvait pas bouger.

— *Comment ça va, Alex ?*

C'était peut-être Ed Shulsky. Impossible de l'affirmer. Les voix résonnaient dans sa tête et avaient toutes le même son.

— *H moins vingt-cinq... H moins vingt...*

Il était coincé là, plié en deux, tandis que le compte à rebours continuait. Le plus étrange était que le temps lui-même semblait avoir perdu les pédales. Une minute paraissait une heure. Et pourtant une heure passait comme quelques minutes. Il se concentra sur sa respiration.

— *H moins quinze.*

Dans la salle de contrôle, Ed Shulsky observait Sing et son équipe de trente personnes achever les ultimes préparatifs. Il portait un revolver dans son holster, par-dessus sa chemise. Il s'approcha du professeur et lui dit à voix basse :

— Je ne veux pas vous déranger en ce moment, professeur. Mais je tiens à ce que tout soit bien clair entre nous. Si Alex ne revient pas sain et sauf, je vous taille en menus morceaux de mes propres mains.

— Bien sûr ! répondit Sing avec un sourire nerveux. Il n'y a aucun souci à avoir. Tout se passera bien !

Tamara était assise, immobile, devant la vitre d'observation. Un filet de fumée s'élevait encore au-dessus des arbres où le Cessna s'était écrasé. Il n'y avait pas un oiseau en vue. L'île entière semblait crispée dans l'attente de la mise à feu.

— *H moins cinq.*

Où était passé *H moins dix* ? Alex avait la nausée. La piqûre qu'on lui avait faite ne produisait aucun effet. Il entendait un son éloigné. Était-ce son imagination ou quelque chose était-il en train de gronder ?

— *H moins quatre... trois... deux... un...*

Cela commença.

D'abord très lentement. Alex sentit une vibration, vague au début, mais qui se diffusa bientôt partout. La capsule entière se mit à trembler. Il ne savait s'il bougeait ou non. Il y eut un bruit sourd quand les bras retenant la fusée lâchèrent prise. Les vibrations s'amplifièrent. Toute la capsule était agitée de secousses si fortes qu'Alex sentait ses dents s'entrechoquer dans son crâne. Le volume sonore avait augmenté. Cela lui faisait l'effet d'un rugissement qui le martelait avec des poings invisibles. Il était totalement impuissant.

Mais le pire était encore à venir.

Cette fois, il montait. Littéralement écrasé dans son siège, il sentit la poussée phénoménale des propulseurs. Il ne voyait quasiment plus rien. Ses globes oculaires étaient compressés. Il voulut ouvrir la bouche pour crier mais tous ses muscles se pétrifiaient. Il eut la sensation qu'on lui arrachait la peau du visage.

Ensuite, il se produisit une déflagration assourdissante et Alex fut projeté en avant. Une douleur irradia dans sa nuque, les sangles lui scièrent la poitrine. Il s'affola, croyant à un accident. Peut-être cette section de la fusée avait-elle explosé ? Peut-être allait-il périr carbonisé ou être vaporisé dans l'air ? Puis il se rappela ce qu'on lui avait seriné en le préparant. Le premier étage de la fusée avait fait son travail et s'était détaché. C'était ce qu'il avait entendu et ressenti. Cette fois, il était vraiment en route. Une accélération de 0 à 28 000 kilomètres à l'heure en huit minutes.

Tout avait été calculé. Le seul changement était l'identité du passager. Un adolescent au lieu d'un singe. Pour les ordinateurs, cela ne faisait aucune différence. À la seconde précise, le deuxième étage de la fusée s'alluma et le module orbital fut de nouveau propulsé vers le ciel. Alex eut l'impression d'être pulvérisé par la force gravitationnelle. Combien de temps s'était écoulé depuis la fin du compte à rebours ? Était-il dans l'espace, à présent ? Il lui sembla que les secousses étaient plus violentes. La capsule entière était devenue une masse distordue de lignes brisées et vacillantes, semblable à l'image d'un téléviseur détraqué. Il était à Max Q[1], assis sur quatre cent cinquante tonnes d'explosifs, projeté dans le ciel à vingt-cinq fois la vitesse du son. Le moteur principal brûlait quatre mille cinq cents litres de carburant par seconde. Si Soyouz devait exploser, c'était maintenant. Le feu ! Une lumière aveuglante s'engouffra dans la capsule. Une explosion nucléaire ? Non. Les carénages des hublots s'étaient ouverts. Il n'en avait plus besoin. C'était le Soleil qu'Alex regardait. Un Soleil envahissant, éblouissant. Et ce bleu. Était-ce le ciel ou la mer ? Combien de temps son corps pourrait-il encore supporter le martèlement auquel il était soumis ? Rien au monde, pas même des mois d'entraînement, n'aurait pu le préparer à une telle expérience.

La fusée s'arrêta. Du moins eut-il cette impression. Le vacarme s'estompa et une sensation très différente l'envahit : un flottement un peu nauséeux lui signala qu'il était passé, en une seconde, en apesanteur. Il n'eut pas le temps de le vérifier car le troisième étage de la fusée entra en action et le propulsa à nouveau dans sa folle chevauchée. Cette fois, Alex ferma les yeux, incapable d'en supporter davantage. Il ne vit donc pas le moment où il perça la pelure d'oignon de l'atmosphère, et passa du bleu au noir.

Enfin il rouvrit les yeux. Il avait envie d'étirer ses membres mais c'était impossible. Il regarda par le hublot et vit des étoiles... des milliers d'étoiles. Des millions. Il n'avait toujours aucune sensation de mouvement. Était-il réellement en apesanteur ? D'une main, il ouvrit une de

1. Zone où l'accélération, la pression dynamique et la vitesse relative d'une fusée sont maximales.

ses poches de pantalon et en sortit un crayon. Il le lâcha. Le crayon flotta devant lui. Alex le regarda et, sans même s'en rendre compte, il se mit à rire. Il ne pouvait plus s'arrêter. C'était comme ces effets spéciaux de pacotille des films américains. Sauf que, ici, il n'y avait pas de fils cachés. Pas de trucage d'ordinateur. Le crayon flottait réellement devant ses yeux.

— *Alex ? Comment te sens-tu ? Tu m'entends ?* grésilla la voix de Shulsky dans son oreille.

C'était bien la voix de l'agent de la CIA, et elle semblait très proche, non à cent cinquante kilomètres.

— Je vais bien, répondit Alex, d'un ton où perçait l'émerveillement.

Il avait survécu au lancement. Et il poursuivait sa route.

— *Félicitations. Tu viens de battre un record du monde. Tu es le plus jeune passager de l'espace...*

L'espace ! Il était dans l'espace ! Maintenant que le choc du décollage était passé, Alex essaya de se détendre et de profiter du spectacle. Mais les hublots étaient trop petits et mal placés. La Terre se trouvait derrière lui, hors de vue, mais il y avait les étoiles et l'obscurité infinie. Comme c'était étrange, ce sentiment d'aller nulle part. Le crayon flottait toujours devant lui. Il l'effleura du doigt et le crayon se mit à tourner sur lui-même. À tourner, tourner. Alex était hypnotisé. Rien d'autre ne semblait bouger. Ce n'était pas un voyage. Il avait l'impression que tout, sa vie entière étaient arrêtés.

Puis il vit Ar*k*ange.

D'abord, il eut conscience qu'un curieux objet de la forme d'une araignée apparaissait dans le périscope fixé au hublot à l'intérieur de la capsule. Un peu comme une étoile, mais plus grosse que les autres. L'objet se rapprocha. Et soudain cela devint un impressionnant assemblage de modules et de galeries argentés qui s'entrecroisaient, suspendus à une sorte de tour de grue, avec des panneaux s'étirant dans toutes les directions, chargés d'absorber l'énergie du Soleil. C'était immense. Ça pesait près de sept cents tonnes. Mais ça flottait sans effort dans l'immensité sidérale, et Alex eut du mal à se convaincre que chaque pièce avait été laborieusement construite sur Terre, puis transportée et montée. C'était une prouesse technologique inimaginable.

Graduellement, Ar*k*ange emplit son champ de vision. La station spatiale et Soyouz évoluaient à 28 000 kilomètres à l'heure ; une vitesse si démesurée qu'elle ne signifiait rien pour Alex. Au contraire, il avait une étonnante impression de lenteur. Puis un booster s'alluma et Soyouz accéléra pour aller se placer au point d'arrimage central. Alex put alors mesurer sa progression dans l'espace. Les boosters étaient commandés depuis Flamingo Bay, mais leur précision atteignait la fraction de millimètre. Alex vit les plaques de métal incurvées, la construction très élaborée de la station spatiale. Il aperçut le drapeau britannique peint sur la surface et le mot Ar*k*ange imprimé en gris.

Cette dernière phase de l'expédition durait un temps infini. La station spatiale était en train d'avaler Alex. Il se souvint que, à la moindre fausse manœuvre, un heurt équivaudrait à l'impact d'un autobus s'écrasant contre un mur.

Il y eut une légère secousse – rien de comparable avec ce qu'il avait enduré au début. C'était terminé. Une voix grésilla dans les écouteurs et il crut entendre des applaudissements. Ou alors c'était l'électricité statique. Malgré les doutes que lui inspirait le professeur Sing, celui-ci avait tenu parole. Alex était arrivé à destination.

Il regarda la montre qu'on lui avait glissée au poignet avant le départ. Quinze heures. Il avait une heure et demie pour trouver la bombe et la désactiver, ou la déplacer. Mais un problème se posait. Pendant un instant, Alex céda à la panique. N'y avait-il plus d'oxygène ? Il suffoquait. Son cœur tambourinait. Il était certain qu'il allait mourir. Mais ce n'était pas ça. Il y avait toujours de l'air dans le module. Il suffisait d'inspirer. Alex se força au calme. Que se passait-il ?

Bien sûr. Le silence. Plus personne ne lui parlait. Soit il se trouvait du mauvais côté de la planète, hors de portée du centre de contrôle, soit la radio était en panne. Le silence régnait, total, absolu. Jamais Alex ne s'était senti plus vide, plus seul. Mais peu importait. Il n'avait pas besoin qu'on lui parle.

Il savait ce qu'il avait à faire.

Il défit ses sangles et tendit les mains vers l'écoutille circulaire située juste au-dessus de sa tête. C'était sa première expérience de l'apesanteur et il comprit tout de suite son erreur. Il s'éleva beaucoup trop vite et se cogna la tête contre la paroi métallique, avant de redescendre aussitôt comme par un « effet boomerang » et de heurter brutalement le siège qu'il venait de quitter. Résultat : une bosse sur le front et un goût de sang dans la bouche. Mauvais départ.

Chaque mouvement devait être accompli avec lenteur. Il leva doucement la main et saisit la poignée. Il la dégagea et la tourna. L'écoutille bascula à l'extérieur.

Alex rassembla ses forces. À la moindre erreur, si le sas n'était pas sécurisé, il serait exposé à l'environnement le plus mortel connu de l'homme. Et il périrait de la mort la plus atroce. Tout l'air serait aspiré hors de ses poumons et son sang se mettrait à bouillir. Ses organes internes se paralyseraient et son corps serait déchiqueté par le vide cosmique. Il s'efforça de ne pas y penser. Ça n'arriverait pas. Dans moins de trente minutes, il serait de retour vers la Terre.

Il était devant un tunnel d'environ quatre-vingts centimètres de large et deux mètres de long. C'était l'entrée – qui porte le nom de « nœud » –, entre sa capsule et la réception d'Ar*k*ange. De l'air reconditionné, froid et sec, lui souffla dans le visage. Il poussa sur ses pieds, le plus légèrement possible, et s'éleva sans effort. Il avait vu cela dans un nombre incalculable de films. Il volait.

Le nœud conduisait au premier module. Ar*k*ange avait été conçu pour les touristes. Le satellite se faisait appeler « hôtel de l'espace », mais c'était en réalité une station spatiale très semblable à MIR ou à la Station spatiale internationale, avec très peu d'espace (un comble !) habitable, les moindres recoins étant aménagés en placards et casiers, et bourrés de tous les circuits électriques, tuyaux, cadrans, jauges, manettes et boutons indispensables pour maintenir les habitants en vie. Chaque section était un cylindre de la taille d'une caravane ordinaire, éclairé par une lumière blanche et crue, et rempli de matériel et de rampes sur trois côtés. Sur le quatrième, il y avait d'autres rampes et des sangles en Velcro. Alex comprit que, pour s'empêcher de flotter, il devrait s'agripper aux rampes ou glisser les pieds dans les sangles.

Il s'était attendu au silence. En réalité, il était environné par le bourdonnement continuel de la climatisation, la pulsation des pompes qui faisaient circuler les liquides de refroidissement dans les parois, le grincement du métal contre le métal – il y en avait des tonnes, boulonnées plaque à plaque, qui tournaient en orbite. Alex inspira à fond. L'air était très sec. Comment était-il produit ? Sortait-il d'une bouteille ou y avait-il une machine ?

Alex flottait. Du moins il essayait. À nouveau, il poussa trop énergiquement sur ses pieds et le décor se renversa. Il se mit à tourner sur lui-même, sans pouvoir se contrôler. Malgré la piqûre qu'on lui avait faite, il souffrait de ce que la NASA appelle « le syndrome d'adaptation à l'espace ». En d'autres termes, il avait envie de vomir. Il essaya de se stabiliser. L'une de ses mains rencontra la paroi, et il se mit à tourner dans l'autre sens. Il ne savait plus où était le haut ni le bas. Il ne voyait même plus la capsule qui l'avait amené.

Il tendit un bras et parvint, d'un doigt, à accrocher une des sangles. Cela le freina. Jusqu'à présent, l'expérience était franchement atroce. Alex avait vu *Star Wars*. Il avait vu Harrison Ford traverser l'univers et, comme des millions d'autres spectateurs, cela l'avait fait rêver. La réalité était bien différente. Son corps envoyait à son cerveau d'étranges signaux. Il transpirait. L'équilibre de son oreille interne avait disparu. Ses os, qui ne travaillaient plus, perdaient leur calcium. Son dos lui faisait mal à cause de l'élongation de sa colonne vertébrale. À l'intérieur de son ventre, ses boyaux flottaient, et en raison du mouvement de ses fluides, il avait une envie irrépressible d'aller aux toilettes. Harrison Ford n'avait rien connu de tout ça.

Et cela empira. Alex s'arrêta de tournoyer et se retrouva en train de flotter au centre exact du module. Soit il bougeait très lentement, soit il ne bougeait pas du tout. Les rampes et les sangles de Velcro étaient maintenant parfaitement inutiles au-dessus de sa tête. Il écarta les bras et s'aperçut que les cloisons étaient hors d'atteinte de deux ou trois centimètres. C'était un vrai cauchemar. Chaque fois qu'il s'étirait vers l'avant, son corps reculait. Il était en rade, flottant inexorablement, n'allant nulle part

Et maintenant ? Comment faire pour monter ou descendre. Il gigota, pédala avec les jambes. Sans résultat. Il essaya de battre des bras comme dans un mauvais dessin animé. Rien.

L'affolement le gagna. Personne ne l'avait averti sur ce phénomène. Il était immobilisé en impesanteur et se demandait s'il était condamné à rester ainsi jusqu'à ce qu'Ar*k*ange explose. Incapable de se mouvoir.

Il mit un temps qui lui parut une éternité avant de trouver la solution. C'était vraiment étonnant qu'un cours de physique, donné lors d'un après-midi pluvieux à Brookland, lui revienne subitement en mémoire et lui sauve la vie. Alex ôta ses chaussures et les lança de toutes ses forces. Le mouvement en avant produisit une réaction inverse, un peu comme le recul d'un revolver. Alex fut rejeté en arrière et parvint à saisir une rampe. Il s'y agrippa un moment, le souffle court. Il venait de vivre un moment angoissant et il devrait faire en sorte que cela ne se reproduise pas.

Il fallait avancer. Il n'avait pas vu le module d'observation ni les étages restants de *Gabriel 7*, mais il savait où ils étaient. La fusée s'était arrimée automatiquement depuis près d'une heure, apportant avec elle une bombe activée. Il regarda sa montre. Vingt-cinq minutes s'étaient écoulées ! Il lui restait à peine une heure. Si la bombe explosait au moment et à l'endroit initialement prévus, il serait pulvérisé dans l'espace, et un missile de quatre cents tonnes entamerait son trajet mortel vers la Terre. Alex visionna mentalement les plans d'Ar*k*ange qu'on lui avait montrés. Il allait devoir naviguer à travers une série de modules emboîtés les uns dans les autres pour atteindre sa destination. Les paroles d'Ed Shulsky étaient gravées dans sa mémoire :

« N'essaie pas de désamorcer la bombe à moins d'être certain de savoir le faire. Si tu appuies sur le mauvais bouton, tu fais le travail pour Drevin. Contente-toi d'aller dans les quartiers d'habitation. Déplace la bombe et tire-toi. Vite. »

Le tic-tac avait commencé. Alex l'imaginait. Tous les deux seuls. La bombe et lui. Dans une station spatiale en orbite autour de la Terre.

Il s'apprêtait à partir lorsqu'il entendit quelque chose. Le son métallique d'une écoutille qui se fermait. C'était parfaitement reconnaissable. Il se figea et tendit l'oreille. Rien. Quelle nouvelle surprise l'attendait ? Des Martiens, maintenant ? Il avait dû rêver. Alex poussa sur ses pieds, aussi doucement que possible, s'efforçant de viser le module suivant. Encore trop fort. Son épaule heurta le plafond – ou le plancher – et, pour la deuxième fois, il se mit à tournoyer.

Il étendit les bras pour se stabiliser et saisit, au hasard, une manette qui sortait de la cloison. C'était une poignée de volet. Incapable de résister à la curiosité, il l'ouvrit, espérant avoir une vue de la Terre. Mais la station spatiale était orientée dans le mauvais sens. Alex recula, ébloui. Une lumière violente s'engouffra dans le module. Le professeur Sing lui avait recommandé de ne pas regarder le

Soleil. Même en une fraction de seconde, Alex avait failli s'aveugler.

Il ferma le volet et attendit que sa vision revienne. Puis il poursuivit son chemin, traversa en flottant les quartiers d'habitation. Les couchettes étaient attachées verticalement aux parois et munies de sangles pour éviter aux dormeurs de dériver. Dans l'espace, que l'on dorme sur le côté, debout ou la tête en bas, c'est pareil. Alex arriva devant un long corridor brillamment éclairé, constitué de quatre ou cinq modules attachés ensemble. Tout était blanc. C'était le cœur d'Ar*k*ange. Il y avait, en enfilade, la salle à manger, la salle de gymnastique, les douches et les toilettes, un salon et deux laboratoires. *Gabriel 7* devait être arrimé à l'autre extrémité.

Alex se prépara à un dernier bond au ralenti. Il écarta les bras, paumes ouvertes. Et se figea.

Un homme venait d'apparaître devant lui, vêtu d'une tenue identique à la sienne. L'homme portait une casquette, qu'il enleva en apercevant Alex, dévoilant l'image du monde qui se trouvait désormais quatre cent cinquante kilomètres plus bas.

Kaspar.

Évidemment.

Alex l'avait oublié. Tout le monde l'avait oublié. Mais le professeur Sing, lui, devait savoir que Kaspar était à bord de *Gabriel 7*. Voilà le détail qu'il avait caché. Pourquoi ? Avait-il si peur de Kaspar qu'il n'avait pas osé révéler toute la vérité ?

Alex ne le saurait probablement jamais. Kaspar n'était qu'à vingt mètres. Il n'avait pas prononcé un mot mais il se propulsa en avant avec l'habileté d'un homme bien entraîné, et flotta vers Alex. Il était plein d'assurance, de maîtrise.

Et il tenait un couteau à la main.

21

RENTRÉE

C'était une scène sortie tout droit d'un cauchemar. Ou tous les cauchemars réunis en un seul. Le visage hideusement tatoué, le couteau, Ar*k*ange, l'espace... Impuissant, Alex regardait Kaspar avancer en flottant, bras étendus, jambes allongées derrière lui.

Que faisait-il dans la station spatiale ?

Soudain, Alex comprit.

La deuxième fusée, l'orang-outan, les prétendues études sur la vie en apesanteur. Tout cela faisait partie du plan. Il n'y avait pas d'études en vue. Il n'y en avait jamais eu.

Kaspar avait décollé avec *Gabriel 7*. Et Alex savait pourquoi. Le lancement en orbite qu'il venait de vivre aurait dû lui mettre la puce à l'oreille. Envoyer une bombe amorcée dans l'espace était absurde. Les vibrations suffiraient à la faire exploser avant même qu'elle ait quitté l'atmosphère. Il n'était possible de l'armer qu'une fois en orbite. Ce qui impliquait d'envoyer quelqu'un pour l'activer. Kaspar. Mais Kaspar, une fois le travail accompli, devait pouvoir revenir sur Terre. D'où la nécessité d'une seconde fusée. Le professeur Sing était forcément au courant depuis le début. Le module de rentrée Soyouz était chargé de ramener Kaspar. Celui-ci avait sans aucun doute laissé des instructions précises : en cas de problème, le professeur Sing devait être exécuté. La nervosité du directeur de vol s'expliquait ! Pris entre deux feux, il avait décidé d'envoyer la fusée, et de laisser Kaspar et Alex se débrouiller.

Alex prit conscience d'une nouvelle complication. À présent, ils étaient deux dans la station spatiale. Or, il n'y avait qu'une seule place de retour.

Kaspar franchit le premier nœud, où il baigna pendant un instant dans une douce lumière rosée, avant d'émerger dans l'éclairage cru du module suivant. Il semblait très habile pour évoluer en apesanteur. Il choisissait parfaitement ses trajectoires et prenait des élans calculés. D'un simple effleurement de la main contre une paroi, il rectifiait sa direction. L'autre main tenait solidement le couteau. Kaspar prenait son temps. Il savait qu'Alex ne pouvait se cacher nulle part. Dans quelques secondes, ils allaient se trouver face à face dans un module tout juste assez large pour deux.

Alex chercha des yeux une arme, n'importe quel objet pour se défendre. Mais tout était bien trop soigneusement rangé et fixé. Les placards et les casiers étaient fermés. Et il se sentait toujours nauséeux et désorienté. Chaque geste menaçait de le propulser dans la mauvaise direction. S'il perdait le contrôle de ses mouvements et recommençait à tournoyer, il était perdu. Kaspar le taillerait en pièces.

Kaspar franchit le deuxième noyau. Il n'allait pas tarder à entrer dans le module où était Alex. Les quartiers d'habitation. C'était l'endroit que le professeur Sing et Ed Shulsky lui avaient désigné sur les plans. Le cœur d'Ar*k*ange. Un point de rencontre approprié. Kaspar se rendrait-il compte que sa mission était désormais inutile ?

Alex en doutait. La tatoué avait le regard vide, halluciné. Un rictus étirait ses lèvres. Le couteau qu'il tenait était un Sabatier : une lame d'une seule pièce en acier inox, affûtée à la main, d'environ dix centimètres de long. Où avait-il déniché un couteau de cuisine professionnel ? Mais oui, bien sûr ! Ar*k*ange était un hôtel. Et un hôtel de luxe où, un jour, un chef cuisinier aurait besoin d'un couteau pour découper un filet de bœuf bien tendre pour un milliardaire américain. Kaspar l'avait probablement trouvé dans la cuisine.

Quand Kaspar pénétra dans la zone des chambres à coucher, Alex fit la seule chose possible. Il s'accroupit très bas, puis, d'un coup de pied, se propulsa vers l'avant en rasant le sol, comme s'il nageait sous l'eau dans une piscine. Son mouvement surprit Kaspar, qui passa au-dessus de lui. Alex eut la confirmation de ce qu'il pensait : en apesanteur, il est impossible de changer de direction. Kaspar poursuivit donc sur sa lancée jusqu'à la prochaine cloison. Mais en passant au-dessus d'Alex, il abaissa le couteau. Alex sentit la pointe couper le tissu de son survêtement, entre les omoplates. Il eut de la chance. À quelques millimètres près, c'était sa peau.

Arrivé à la paroi, Kaspar agrippa une poignée. De son côté, Alex continua jusqu'au module suivant et parvint à s'arrêter. Il évoluait dans la salle de gymnastique, entouré d'un équipement varié : tapis de jogging, extenseurs, rameur. Mais rien qui pourrait lui servir de projectile. Où étaient les haltères ? Question stupide. À quoi serviraient des haltères dans un environnement sans pesanteur ! Alex ouvrit un des nombreux casiers nichés dans les parois. Il contenait des outils. Un marteau, une roue crantée de forme bizarre, une sorte de clé pour serrer des boulons. Il dégagea le marteau du clip, et le tint devant lui.

Alex se retourna au moment où Kaspar s'apprêtait à lancer une deuxième attaque. Le tatoué avait un air fou, comme s'il était drogué. Peut-être l'était-il. Ou bien peut-être trouvait-il l'expérience spatiale aussi terrifiante qu'Alex.

— Kaspar ! cria Alex.

Quel était son vrai nom ? Magnus Payne ou Kaspar ? Peu importait.

— C'est terminé, Kaspar. Ça ne sert à rien. Drevin est mort. La CIA a pris le contrôle de Flamingo Bay.

— Tu mens !

— D'après vous, comment je suis venu ici ? Il n'y a plus rien à faire. Lancer Ar*k*ange sur Washington ne servirait à rien. Drevin est mort.

— Non !

Deux continents se crispèrent de colère et d'incrédulité. Et Kaspar s'élança, cette fois en diagonale et vers le bas. Alex comprit qu'il était inutile d'essayer de le raisonner. Quoi qu'il se soit passé à Flamingo Bay, Kaspar avait besoin de Soyouz. Or, Alex était un obstacle. Donc Alex devait mourir.

Kaspar flotta vers lui. Alex leva le marteau et le lança de toutes ses forces. Pendant un instant, le marteau parut se déplacer au ralenti. N'était-ce pas ce qui arrivait dans les films ? Dans la réalité, non. Le marteau tournoya à toute vitesse et frappa Kaspar à l'épaule. Un marteau causait-il des dommages s'il ne pesait rien ? Alex dut, là encore, faire appel à ses souvenirs de physique. Le marteau se chargeait d'énergie à cause du mouvement ; l'énergie était dispersée dès que le mouvement s'arrêtait. Dans le cas présent, le mouvement s'arrêta parce qu'il avait frappé Kaspar de plein fouet. Celui-ci poussa un cri et lâcha le couteau. Énergie dispersée égale douleur !

Mais, de l'autre côté, lancer le marteau avait expédié Alex en arrière. Pendant un moment, il perdit tout contrôle. Ses épaules heurtèrent un mur. Ou peut-être était-ce le plafond. Ou le sol. Le résultat était le même. Kaspar avait réagi et bondi en avant. Il plongea comme si on lui avait tiré dessus. Une seconde plus tard, il était sur Alex.

La peau verte et bleue du tatoué flottait à quelques centimètres. Les yeux étincelants de haine le fixaient. Les mains se refermèrent sur sa gorge et commencèrent à serrer. Kaspar l'étranglait et Alex était réduit à l'impuissance. Il n'avait ni arme, ni gadget. Il ne pouvait même pas bouger. Il sentait les plaques de métal contre ses épaules, un casier lui meurtrissait le dos. Kaspar flottait horizontalement au-dessus de lui, et relié à lui uniquement par ses mains. L'air ne parvenait plus dans les poumons d'Alex. Sa tête tournait. Dans une seconde, il s'évanouirait.

Sachant à peine ce qu'il faisait, il tâtonna derrière lui. Ses doigts rencontrèrent une manette. Alex était sur le point de perdre connaissance, et pourtant, dans la brume qui le gagnait, il eut une lueur de conscience. Un souvenir. Il savait à quoi servait cette manette. Il la chercha du bout des doigts, la trouva, et tira.

Le volet s'ouvrit et la lumière qui avait failli l'aveugler

un peu plus tôt explosa à l'intérieur du module, par-dessus son épaule. Le hublot était juste en face du Soleil et la lumière avait une force presque physique. Alex sentit une brûlure dans sa nuque et ses épaules. Le module entier parut se désintégrer dans un chaos blanc et argent, qui absorba toutes les autres couleurs.

Kaspar hurla, les yeux brûlés, comme s'il avait pris un coup de poing en plein visage. Ses mains lâchèrent instinctivement la gorge d'Alex pour se protéger. Alex replia ses jambes contre lui et lança une ruade. Kaspar reçut ses talons dans l'estomac. Sous l'impact, Alex heurta la paroi dans son dos, et Kaspar fut projeté contre la paroi opposée. Juste au-dessus d'Alex.

Le couteau flottait derrière lui, sa pointe mortelle dirigée sur la nuque de Kaspar. Et lorsque celui-ci partit en arrière, le couteau l'accompagna. Le manche entra en contact avec la paroi, et la lame pénétra dans la ville de Pékin, avant de poursuivre son trajet à l'intérieur du monde. Le corps de Kaspar fut agité d'une secousse, comme s'il avait été électrocuté. Puis il ne bougea plus.

Alex le contempla, incrédule. Les bras de Kaspar étaient encore tendus vers lui. Il était au milieu du module, ne touchant aucune surface, suspendu. Un chapelet de billes écarlates apparurent et se mirent en orbite autour de sa tête. Les billes grossirent. Devinrent des balles de golf.

Le couteau avait sectionné une artère. Le sang de Kaspar flottait autour de lui comme de grotesques décorations de Noël.

Alex en avait assez vu. La température du module s'élevait rapidement sous le rayonnement du Soleil. Il ferma le volet. Une ombre traversa le visage de Kaspar. Le chapelet s'assombrit.

Alex frissonna. Il avait la chair de poule. Il n'avait qu'une envie : fuir ce cadavre obscène qui flottait dans le vide. Il passa dans le module suivant en se servant des sangles de Velcro pour avancer. C'était une zone sanitaire. Il remarqua une boîte en plastique gris, avec un ustensile conique au bout d'un tuyau. Ça tombait bien. Il avait des nausées. Mais il déglutit et se força au calme. Finalement, il n'avait pas envie de vérifier quel effet cela faisait de vomir dans l'espace.

La bombe...

Combien de temps lui restait-il ? Il regarda sa montre. Seize heures et une minute. Il lui restait vingt-neuf minutes. Pas une seconde à perdre. Après avoir parcouru tant de chemin, traversé tant d'épreuves, mourir maintenant aurait été stupide. Il s'obligea à se concentrer, à maîtriser ses mouvements, à se remémorer le plan qu'on lui avait montré dans la salle de contrôle. Voilà. Il savait où aller.

L'écoutille de la capsule qui avait amené Kaspar était ouverte. Alex aperçut aussitôt la bombe. De la forme d'une torpille, noire, munie de six boutons et d'un petit écran de verre avec un affichage digital. Elle était attachée au mur par des sangles. Avec une fascination morbide, Alex s'accroupit et s'en approcha. L'affichage digital comportait six chiffres, qui défilaient rapidement : *27 : 07 : 05*. Alex compara avec sa montre. Exact. Il était seize heures et trois minutes. Il lui restait donc vingt-sept minutes.

Saurait-il la désactiver ? Il examina les boutons mais il n'y avait aucune indication, aucun symbole permettant de déterminer leur fonction. Fallait-il prendre le risque d'en essayer un ? S'il se trompait, il volait en mille morceaux. Il tendit un doigt. Sa gorge était sèche. La proximité de la bombe le terrifiait. Pourtant il devait tenter sa chance. Malgré le détournement pervers projeté par Drevin, Ar*k*ange restait un miracle technologique exceptionnel, le premier hôtel en orbite autour de la Terre. Alex pouvait-il réellement participer à sa destruction ? Son index effleura le premier bouton. Il suffisait de l'abaisser. Ce simple geste pouvait désactiver l'engin. Ou, au contraire, la déclencher. Devait-il courir le risque ?

Le compte à rebours continuait. *25 : 33 : 00.*

Alex pesta. Pourquoi n'y avait-il pas une sorte de vide-ordures ? Il aurait pu se débarrasser de la bombe, la larguer dans l'espace. Il existait sans doute un sas dans Ar*k*ange, mais il n'avait pas la moindre idée de son emplacement ni de son fonctionnement. De toute façon, il n'avait pas le temps. Son index était toujours sur le bouton. L'un des six boutons. Une chance sur six.

Trop risqué.

Alex poussa un long soupir et retira son doigt. Il détacha la bombe, la prit doucement dans ses bras, recula lentement par l'écoutille, et l'emporta au centre de l'hôtel spatial. Ed Shulsky lui avait indiqué le module où la déposer, mais Alex choisit un endroit précis. Les toilettes. C'était une fin appropriée. Il fourra le nez de la bombe dedans et l'abandonna.

Il était temps de partir.

Il prit un élan soigneusement mesuré, et fut récompensé par une progression sans heurt. Il passa sous Kaspar, en prenant soin de ne pas le regarder. Dans quelques minutes, le défunt tatoué allait s'offrir la plus spectaculaire des crémations. Il n'en méritait pas tant.

Le poste d'arrimage était juste devant lui, mais Alex avait une dernière chose à faire. Il regarda sa montre. Seize heures onze. Il lui restait dix-neuf minutes seulement. Il savait que c'était une folie de perdre même quelques secondes, mais jamais plus l'occasion ne se représenterait. Il trouva un autre hublot, à l'opposé du Soleil, et ouvrit le volet.

Elle était là.

La Terre. Vue de l'espace.

La première pensée d'Alex fut qu'elle était grosse. La seconde, qu'elle était petite. Bien sûr, il avait déjà vu des photos prises par des astronautes. Mais c'était très différent de la voir en vrai. Et en mouvement. Il volait si vite, accroupi devant ce hublot, qu'il lui faudrait seulement quatre-vingt-dix minutes pour en faire le tour. Rien d'étonnant à ce qu'elle paraisse si petite. Et pourtant elle emplissait son champ de vision. Toute la vie de l'univers, soit cinq milliards d'individus, était concentrée là. Et cela, c'était énorme.

Les couleurs le stupéfièrent. Aucune photo ne rendait cette irisation, ce chatoiement. La Terre y paraissait éclairée de l'intérieur. Au premier regard, tout semblait bleu et blanc, car une large proportion était recouverte d'eau. Alex se souvint d'un jour où il était resté longtemps allongé sur l'herbe pour contempler le ciel parfaitement bleu. S'il avait pu modeler le ciel comme un ballon, il aurait obtenu le même effet que maintenant. Mais peu à peu il commença à distinguer la découpe des rivages : un mince trait vert émeraude. Puis Ar*k*ange poursuivit sa course et l'Afrique apparut, l'Afrique tout entière. Alors, soudain, les couleurs passèrent à l'or, au rouge, au jaune. Des déserts, des montagnes. Pas de villes. Rien ne bougeait. Il se demanda si un extraterrestre pourrait passer ainsi au-dessus de la Terre sans avoir conscience de la vie qui y fourmillait.

La nuit succéda au jour et il survola les côtes méditerranéennes. Même à cette distance, on devinait les milliers de lumières électriques. L'Espagne et Gibraltar, la Turquie, la Tunisie, l'Algérie, le Liban. Les minuscules points lumineux luisaient comme des lucioles. Il y avait des orages sur l'Europe. Alex vit les lumières briller au travers des nuages.

Il n'avait pas seulement conscience de la vie qui grouillait sur Terre. La Terre elle-même était vivante. Il la sentait palpiter au-dessous de lui, et, soudain, il comprit qu'Ar*k*ange, malgré sa formidable technologie, était un lieu stérile, mort, et que sa destruction imminente le laissait indifférent. Peu lui importait sa disparition. Alex éprouvait un immense sentiment de solitude, dont il se souviendrait jusqu'à la fin de sa vie. Il n'aspirait qu'à une chose : rentrer chez lui.

Il se dirigea vers le module de rentrée de Soyouz. Malgré ses efforts pour maîtriser sa progression, il se heurtait encore aux parois. Seules les poignées et les rampes l'empêchaient de tournoyer. Il avait terriblement soif et espérait trouver à boire avant de quitter la station. Que se passait-il quand on ouvrait une boîte de Coca dans l'espace ? Il ne le saurait jamais.

Il parvint à regagner le sas et se plia pour s'y faufiler. Il agissait comme un automate. Son seul objectif était de partir. Il ferma l'écoutille et tourna le levier de verrouillage. C'était la capsule d'arrimage. Mais elle allait rester là. Sous lui, il y avait une seconde écoutille. Il l'ouvrit pour passer dans le module de rentrée. Le siège était plus spacieux. C'était logique puisqu'il était prévu pour Kaspar. Il se sangla, trouva un casque et le mit sur ses oreilles.

Aussitôt une voix jaillit.

— *Alex ?* dit Tamara. *Où en es-tu ?*

Jamais il n'avait été aussi heureux d'entendre quelqu'un parler. Il regarda sa montre : seize heures vingt-cinq.

— La bombe est toujours active, répondit-il. Le professeur Sing nous a menti. Kaspar était ici. Il ne me reste que cinq minutes. Sortez-moi de là.

Il y eut des grésillements. Une voix désincarnée marmonna des mots hachés qui n'avaient aucun sens. La radio était-elle détraquée ? Alex ignorait ce qui allait se passer. Combien de temps fallait-il pour que le module se détache ? Et s'il ne se détachait pas ? L'aiguille des secondes de sa montre tournait inexorablement. Il avait même l'impression qu'elle tournait plus vite qu'elle n'aurait dû. Seize heures vingt-huit minutes.

Il transpirait déjà. Le dos arrondi, les genoux repliés sous le menton, sans aucune vue, il n'avait pas la moindre idée de sa position au-dessus de la Terre. Seize heures vingt-neuf. Entamait-il les dernières soixante secondes de sa vie ?

Il ressentit une secousse brutale. Pendant un instant horrible, il crut que la bombe avait explosé. Puis il se dit que c'était impossible. Il n'avait rien entendu, pourtant il eut soudain conscience que les rétrofusées avaient été mises à feu. Il tourna la tête pour jeter un coup d'œil dans le périscope. Ar*k*ange se trouvait déjà à deux kilomètres et disparaissait dans l'espace comme un caillou jeté dans un puits.

Et le caillou explosa.

La bombe explosa. Une boule de feu orange s'empara de la station tout entière, projetant les différents modules dans toutes les directions. Les bras équipés des panneaux solaires se volatilisèrent. Deux autres explosions suivirent. Une pluie d'étincelles et un éclatement de lumière blanche se prolongèrent dans le silence.

Alex eut une bouffée de joie. Il avait réussi ! Il avait placé la bombe au bon endroit et, au lieu de propulser Ar*k*ange vers Washington, elle l'avait anéanti. Il ne restait rien. Quelques débris avaient giclé dans l'espace mais ils seraient bientôt calcinés. Enfin c'était terminé.

Il tombait.

Le grésillement de la radio se tut brusquement. Alex baignait dans un silence si profond qu'il aurait pu croire être mort. En réalité il tombait à pic, à une vitesse phénoménale. 28 000 kilomètres à l'heure. 8 kilomètres par seconde. C'était la phase la plus dangereuse du voyage. À la moindre erreur de calcul du centre de contrôle, il serait réduit en cendres. Il perçut une lueur rose derrière le hublot lorsque la capsule pénétra dans les couches supérieures de l'atmosphère.

Il prenait feu ! Le monde entier était en feu ! L'air même explosait en morceaux, les électrons se détachaient du noyau ! La capsule était devenue une boule de feu. Alex savait que sa vie dépendait des centaines de tuiles thermiques qui l'enveloppaient. Il était au cœur de l'enfer.

Il cria. Incapable de s'en empêcher.

Puis le rouge disparut. Comme un rideau qu'on écarte.

Il vit le bleu.

Une seconde secousse lui martyrisa le dos quand le parachute se déploya. Derrière le hublot, le monde miroitait. L'océan Pacifique s'étalait devant lui.

Une gerbe d'éclaboussures. De la buée. Des vagues léchant les hublots. Le Soleil transformant l'eau en diamants.

Et, enfin, le silence.

Alex se balançait doucement, à cent cinquante kilomètres des côtes orientales de l'Australie. Du mauvais coté de l'équateur. Mais c'était sans importance.

Alex Rider était rentré.

TABLE

« Pour l'éditeur, le principe est d'utiliser des papiers composés de fibres naturelles, renouvelables, recyclables et fabriquées à partir de bois issus de forêts qui adoptent un système d'aménagement durable. En outre, l'éditeur attend de ses fournisseurs de papier qu'ils s'inscrivent dans une démarche de certification environnementale reconnue. »

Composition JOUVE – 62300 LENS
N° 1091934e
Achevé d'imprimer en Italie par G. Canale & C. S.p.A.
32.10.2631.3/03 - ISBN : 978-2-01-322631-8
Loi n° 49-956 du 16 juillet 1949 sur les publications destinées à la jeunesse
Dépôt légal : janvier 2010